KB036755

그녀는 다 계획이 있다

그녀는 다 계획이 있었다
히가시노 게이고 장편소설
양윤옥 옮김
하빌리스

목차

1장 그녀는 다 계획이 있었다

1

깊은 블루 사파이어를 중심으로 작은 다이아몬드가 줄줄이 이어진다. 안을 잡아주는 것은 골드. 높은 품격을 갖춘 목걸이, 반지, 귀걸이, 팔찌까지 한 세트가 모두 합해 7,430만 엔.

그 옆에는 루비와 다이아몬드에 수정을 조합한 목걸이가 2,800만 엔, 귀걸이는 1,000만 엔…….

이중유리 너머에 별세계가 펼쳐졌다. 사람 한 명보다 작은 돌 한 개의 가치가 더 높다니. 하지만 그것도 어쩔 수 없다. 저토록 아름다우니까.

작은 한숨을 내쉬었을 때, 교코는 유리에 비친 자신을 깨달았다. 나이는 스물넷, 글래머까지는 아니어도 몸매는 그럭저럭 괜찮은 편이다. 요즘 피부 결도 좋아서 화장이 잘 받는다. 오늘은 길쭉한 눈매를 살린 상큼한 스타일이다.

교코가 쇼윈도 앞에서 자세를 잡고 있는데 안쪽에서 점원이 이상한 눈빛으로 쳐다보았다. 검은 스커트에 흰 블라우스를 입은 여우 같은 얼굴의 여직원이다. 으이그, 돈도 없는 주제에 탐이 나서 들여다보고 있네, 라는 눈빛이었다. 메롱 혀를 내밀어주고 그 자리를 떴다.

언젠가는 나도 손님으로 당당히 찾아갈 거야, 라고 교코는 벌써 몇 번째인지 모를 맹세를 했다. 5,000만 엔쯤 되는 모피코트를 걸치고, '좀 더 감각 있는 물건은 없나?'라는 얼굴로 가게에 들어서는 것이다. 그리고 '그것'에 시선을 던진다. 그렇다, '그것'이다. 사파이어와 다이아몬드를 중심으로 루비며 에메랄드를 조합해서 가슴팍에 큼직한 별이 대롱거리는 것처럼 보이는 목걸이. 그것과 한 세트의 팔찌와 반지와 귀걸이. 반지의 사파이어는 22.76캐럿, 끝자리 수까지 완벽하게 외우고 있다. 그걸 한꺼번에 몽땅 사들이는 것이다. 얼마죠? 여우 직원은 손을 비벼가며 대답한다. 네에, 그게 그러니까, 8억 엔입니다. 어머나, 8억? 보기보다 비싸네……. 여기서 싸다고 하지 않는 게 선수다. 어떻게 좀 안 될까? 6억 정도면 괜찮은데. 안 돼? 하긴 그렇겠지. 그럼 어쩔 수 없네, 8억으로. 좋아요, 그거 포장해줘요…….

그런 일은 없으려나.

8억 엔은 꿈의 꿈의 꿈같은 일일지라도 800만 엔 정도의 보석은 척척 사들이고 싶다. 죽기 살기로 겨우겨우 사는 게 아니라 채소 한두 개 사듯이 가볍게. 그렇게 좀 안 되려나.

응, 그건 안 돼, 라고 교코는 자각했다.

일단 내 힘으로는 어렵다. 하지만 남의 힘을 빌린다면 희망이 전혀 없는 것도 아니다.

좋아, 열심히 뛰어보자.

22.76캐럿을 꿈꾸며 교코는 힘주어 걸음을 뗐다. 코트 자락을 펄럭이며 긴자 주오도리 길을 왼쪽으로 꺾어 들었다.

그 앞에 그녀가 오늘 일할 곳, 긴자 퀸호텔이 있는 것이다.

2

호텔에 도착해 프런트에서 대기실 방 번호를 문의했다. 밤비 뱅큇에서 나온 사람인데요. 네, 203호실과 204호실입니다, 라고 프런트 담당은 사무적으로 대답했다.

시계를 보니 5시 15분. 오늘 파티는 6시부터 시작이니까 아슬아슬하다.

204호실에 갔더니 영업실장의 모습이 보이지 않았다. 물어보니 낯익은 프리랜서 동료가 알려주었다.

"요네자와 씨? 옆방에 있어."

203호실 문을 두드리자 영업실장 요네자와가 열어주었다. 창백한 얼굴에 금테 안경이 번뜩 빛났다.

"교코 씨, 또 꼴찌야."

"미안해요, 지하철이 붐벼서."

"무슨 소리야? 지하철 붐빈 것과는 관계도 없으면서."

요네자와는 안경 위치를 바로잡은 뒤에 손에 든 서류에 뭔가 적어 넣었다. 근무 태도를 체크한다는 소문이었지만 어떤 내용을 쓰는지는 아무도 알지 못한다.

교코는 요네자와의 눈을 피해 슬금슬금 유니폼으로 갈아입었다. 검은색 스커트와 흰 블라우스다. 어쩐지 조금 전 보석점의 여우 직원과 비슷한 차림새다. 부자들을 대할 때는 어떤 직업이든 다 똑같은 건가, 라고 생각하면서 화장을 다듬었다.

"교코, 그거 알아?"

옆에 다가와 속닥거린 것은 3개월쯤 전에 들어온 에리였다. 키가 크고 늘씬한 미인인데다 영어회화를 잘한다.

"오늘 파티, 그 하나야(華屋)가 주최한 거래."

"하나야? 진짜?"

교코는 눈을 반짝였다.

"그렇다니까. 그래서 누구보다 교코가 좋아할 것 같더라. 전부터 기대했었잖아."

"당연히 좋지. 그렇다면 화장도 좀 더 꼼꼼하게 해야겠네."

"나는 하나야 고객 감사파티는 처음이야. 교코 얘기 듣고 은근히 기다렸는데, 정말 그렇게 대단한 사람들이 오는 거야?"

에리의 물음에 교코는 후훗 웃었다.

"그런 거 아냐. 실은 내가 점찍어둔 사람이 있어서."

"엇, 그랬구나. 돈도 많고 잘생긴 사람?"

"그리고 보석을 이해해준다는 거, 그게 중요해."

교코는 거울에 비친 얼굴을 여러 각도에서 점검했다. 좋아, 라고 납득하고 콤팩트를 닫았다.

"다들 준비됐습니까?"

요네자와가 손목시계를 들여다보며 여자처럼 높직한 소리를 냈다. 컴패니언(행사, 전시회, 이벤트, 파티 등에서 내빈 안내 및 접대를 하는 사람.—옮긴이주) 서른 명과 좁은 호텔방에 함께 있어도 이 남자는 딱히 아무것도 느껴지지 않는 모양이다. 여자들이 슬립 차림으로 오락가락하는 것보다 인원수가 맞는지 어떤지에 더 신경을 쓰는 것 같았다.

"정확히 30분 전입니다. 자, 여러분, 고객 서비스에 최선을 다해주시기 바랍니다. 여러분의 귀중품은 내가 잘 지키고 있을 테니까 그대로 두시고요."

요네자와의 목소리에 배웅을 받으며 교코를 비롯한 밤비 뱅큇 컴패니언들은 파티장으로 향했다.

오늘 파티를 주최한 하나야는 전국에서도 손꼽히는 보석 체인점이다. 도쿄를 본거지로 오사카, 나고야, 삿포로, 후쿠오카 등 전국에 지점을 개설했다. 이 호텔에 오기 전에 교코가 홀린 듯 쇼윈도를 들여다본 곳도 하나야의 긴자점이었다.

그 하나야가 1년에 두 번, 고객 감사파티를 이곳 긴자 퀸 호텔에서 연다. 초대되는 고객은 최고의 단골이고 당연히 어딘가의 회사 사장 부인이나 병원장 부인, 정치가의 아내와 딸, 혹은 연예인들이다. 교코는 오늘이 두 번째지만 지난번에 나갔을 때는 이건 정말 사업 수완이 보통이 아니구나, 라고 감탄했다.

파티 초대장이 일종의 상류층 자격처럼 여겨져서 참석하는 여자들은 온몸에 하나야의 보석을 주렁주렁 달고 나온다. 그러면 당연히 여자들 사이에 거센 경쟁의 불꽃이 튄다. '이름도 없는 여배우 주제에 에메랄드 반지를 꼈어?'라든가 '흥, 주름 자글자글한 아줌마가 화려한 다이아몬드 목걸이를 해봤자 빛이 안 나지'라든가, 다들 마음속으로 그런 평가를 한다. 그렇게 되면 좋아, 다음에는 좀 더 값비싼 걸로, 라는 식으로 흘러간다.

즉 하나야는 점점 더 장사가 잘된다. 너무 많이 벌어서 그 이익을 환원해드린다는 명목으로 다시 감사파티를 연다. 불꽃이 번쩍번쩍 튀고 다시금 값비싼 보석이 팔려 나간다는 구조인 것이다.

그러니 남편들 쪽에서는 배겨날 수가 없다. 오늘도 아내들은 눈에 핏발을 세우며 남의 보석 가격을 가늠해보고 남편들은 그 모습을 씁쓸하게 바라보는 광경이 여기저기서 눈에 띄었다.

그런 파티장이 교코를 비롯한 밤비 뱅큇 컴패니언들의 일터였다.

교코는 미즈와리(위스키, 소주 등의 술에 적당량의 물을 섞어 마시기 수월하게 만든 것.—옮긴이주)를 나르고 맥주를 따르며 음식을 접시에 담아내고 무료한 아저씨들의 잔소리도 들어주며, 평소와 똑같은 작업을 이어갔다.

하지만 기분은 평소와 전혀 달랐다.

그녀에게는 원대한 계획이 있는 것이다.

교코는 서서히 한 테이블 쪽으로 접근해갔다. 그곳에 점찍어둔 인물이 있었다. 그녀의 꿈을 이루게 해줄지도 모르는 인물이다.

하지만 그 테이블은 이미 다른 컴패니언이 맡고 있었다. 이런 경우는 영 재미가 없다. 오늘은 한 테이블에 컴패니언 한 명이라는 게 원칙이었다. 교코는 중앙 테이블에서 요리를 덜어내면서 상황을 살펴보았다.

잠시 뒤 그 컴패니언이 자리를 떴다. 빈틈을 놓치지 않고 교코는 그쪽으로 다가가 방금 자신이 덜어온 요리를 그에게 내밀며 말했다.

"드시겠어요?"

천박한 교태 따위는 흘리지 않는다. 희미한 미소 정도만 짓는다.

"고마워요."

그는 요리를 받아들더니 자기 앞에 내려놓았다. 마시는 건 맥주였다. 재빨리 병을 들고 따라주며 말했다.

"맛있게 드세요."

그는 맥주를 한 모금 마시더니 말을 건네 왔다.

"아, 우리 지난번에도 여기서 봤었죠?"

드디어 알아본 모양이다. 내심 안도하면서도 교코는 웃는 얼굴로 시치미를 뗐다.

"그랬나요?"

평소 같으면 진짜로 시치미를 떼며 무시해버릴 상황이지만 오늘은 그럴 수 없다.

"맞아요. 지난번 이 파티였어요. 내가 실수로 위스키인지 뭔지 쏟았을 때 재빨리 닦아줬잖아요."

"아, 그러고 보니."

그제야 처음으로 생각난 척했다. 물론 그때 일은 똑똑히 기억한다. 오히려 정확하게 기억하지 못한 건 그 사람 쪽이다. 그때는 교코가 그의 팔꿈치를 쳤고 그래서 미즈와리가 쏟아졌다. 그리고 실은 팔꿈치도 일부러 친 것이었다. 어떻게든 그와 얘기할 기회를 만들어보려는 필사의 작전이었다.

그 작전이 효과가 있어서 오늘은 이렇게 그가 먼저 말을 건네주기에 이르렀다.

하지만 이다음부터 잘 풀어나가기가 어렵다. 컴패니언은 특정 고객만 지나치게 접대해서는 안 되기 때문이다. 각 컴패니언의 근무 태도는 팀장이 정확히 체크한다. 팀장은 에자키 요코라는 베테랑이다. 지금 그녀는 의회 의원의 아내라는 것을 유난히 과시하는 여자 손님을 접대하는 중이지만, 그 눈초리는 빈틈없이 다른 컴패니언들의 행동을 감시하고 있었다.

그런 생각을 하는 사이에 중년의 뚱뚱한 남자가 그에게 말을 건넸다. 교코는 주변 사람들에게 서빙을 하면서 그 테이블에서 멀지도 가깝지도 않은 위치를 계속 유지했다. 그렇게 해서 작은 기회라도 어떻게든 잡아볼 계획인 것이다.

그의 이름은 다카미 슌스케, 다카미 부동산회사의 전무라고 하는데, 나이는 아직 삼십대 중반쯤일 것이다. 교코가 그에게 관심을 갖게 된 것은 지난번 파티 때 독신이라는 말을 우연히 들었기 때문이다. 다만 결혼한 적이 없는 건 아니고 아내가 몇 년 전 병으로 세상을 떠났다고 했다. 하지만 그런 건 감점 대상이 되지 않는다.

그가 이 파티에 초대된 것은 하나야의 단골 고객이라서가 아니라 지점 건설을 도와줬기 때문이라고 들었다.

다카미 부동산회사의 젊은 후계자야.

그런 정보를 건네준 손님이 그를 그렇게 표현했다. 실제로 젊은 스포츠맨 타입에 눈썹이 짙고 정돈된 얼굴이었다. 생김새 면에서도 교코의 취향에 맞았다.

"이봐, 여기 스카치 한 잔 갖다줄래?"

교코가 멍하니 생각에 잠겨있는데 갑자기 눈앞에 벽 같은 남자가 나타났다. 얼굴이 큰 편치고는 눈이며 코가 지극히 오목조목하다. 흰색 정장이 전혀 어울리지 않았다.

하나야 사장 니시하라 마사오의 셋째 아들 겐조였다. 망나니 아들이라고 지난번에 어떤 손님이 숙덕숙덕 험담을 했었지만 사실인지 어떤지는 알 수 없었다.

교코가 스카치 잔을 들고 가자 겐조는 그녀의 얼굴을 찬찬히 훑어보며 주점 호스티스에게 하는 투로 말을 건넸다.

"오, 넌 상당한 미인이네. 이름이 뭐야?"

"아뇨, 저는 이름을 밝힐 만한 사람이 아니라서요."

무슨 야쿠자 영화에나 나올 법한 대답이지만, 손님이 이름을 물을 때는 그렇게 말하는 게 컴패니언의 규칙이다.

"이름쯤은 알려줘도 괜찮잖아? 그나저나 어때, 다음에 식사라도 한 번 할까?"

"아뇨, 그러시면 너무 죄송하죠. 다른 멋진 분과 함께해주세요."

"네가 멋있어서 하는 얘기인데?"

어떤 말로 거절할까 고민하는 참에 짙은 감색 양복을 차려입은 남자가 겐조 옆으로 다가왔다. 나이는 겐조보다 조금 많은 편일까. 광대뼈가 두드러지고 눈매가 몹시 예리했다.

"야마다 선생의 부인이 오셨습니다. 인사하시는 게 좋을 것 같습니다."

남자의 말에 겐조는 성가시다는 얼굴을 보이더니 떨떠름하게 고개를 끄덕이고 그의 뒤를 따라갔다.

교코는 다시 다카미 슌스케의 테이블로 돌아갔다.

하나야의 셋째 아들도 물론 그리 나쁘지는 않다. 다카미 슌스케와 나이도 비슷하고 재벌급인 데다가 무엇보다 보석이 쉽게 손에 들어올 것이다.

다만 생리적으로 도저히 좋아질 만한 타입이 아니었다. 이따금 '섹스하고 싶지 않은 탤런트 워스트 10'이라는 앙케트가 여성지에 실리곤 하는데, 바로 그런 느낌이다. 부자와 결혼하는 게 교코의 원대한 계획이지만 이건 아무래도 좀…….

그녀의 이상형 다카미 슌스케는 로맨스그레이의 중년 남

자와 대화를 나누고 있었다. 파티 처음에 인사말을 한 사람이라서 누군지 알고 있다. 하나야 부사장이자 니시하라가의 장남 쇼이치였다. 셋째 아들 겐조와 나이 차가 많이 나서 사십대 중반쯤일 테지만 피부가 처진 곳은 그리 눈에 띄지 않았다. 쇼이치 옆에 기모노 차림의 미인은 아마도 부인일 것이다. 니시하라가의 둘째 아들은 현재 외국에 체류 중이라고 했다.

다카미와 니시하라 부사장은 나고야 지점에 대한 얘기를 하고 있었다.

니시하라 마사오 사장의 감사 인사를 마지막으로 파티는 8시 정각에 끝났다. 교코와 다른 컴패니언들은 다시 203호 대기실로 돌아왔다.

"다들 수고했어, 수고했어."

요네자와가 살살거리는 웃음으로 맞아주었다.

"있잖아, 그 하나야 셋째 아들이라는 사람, 진짜 웃겨."

'야카이(夜會)'라고들 하는 컴패니언 특유의 헤어스타일을 풀고 긴 머리를 빗질하면서 아사오카 아야코가 옆에서 말했다. 아야코는 약간 통통한 편에 오지랖 넓은 언니 타입이다.

"젊은 여자만 봤다 하면 말을 걸더라고. 근데 아무도 상대를 안 해주니까 결국 우리한테까지 슬슬 수작을 부리는 거야."

아무래도 교코한테만 말을 걸었던 게 아닌 모양이다.

"망나니 아들이라는 소문은 나도 들었어. 그래도 하나야에서는 이사급이라던데?"

파티 때 누군가 얘기했던 게 생각나서 교코는 말했다.

"글쎄 그렇다니까. 머지않아 간사이 쪽을 전담할 거래. 남의 일이지만 저런 사람을 위에 앉혀도 되는지 걱정스럽던데, 다행히 두뇌 명석한 충신을 붙여준 모양이야. 짙은 감색 양복을 입은 호리호리한 남자가 계속 그 망나니 아들 옆에 붙어있었잖아."

"아, 그렇구나."

그 남자의 날카로운 눈매를 교코는 떠올렸다.

"일종의 뒤처리 담당이야, 그 사타케라는 사람이. 뭐, 그 사람 덕분에 그럭저럭 잘될 거라나 봐."

"그게 뭐야, 그럴 바에는 사타케라는 사람한테 다 맡기면 되잖아."

"니시하라 사장 입장에서는 아들한테 물려주고 싶은 모양이지. 내 자식부터 챙기는 건 다 똑같다니까."

어차피 나와는 아무 상관도 없지만, 이라면서 아야코는 자리에서 일어섰다.

"나 먼저 갈게."

"응, 수고했어. 잘 가."

교코는 다카미 슌스케를 생각하고 있었다. 다카미 부동산 회사도 가족 운영체제라고 들었다. 슌스케도 그 회사 사장의 아들인 걸까.

멍하니 생각에 잠겼다가 문득 정신을 차리고 보니 컴패니언 동료들은 거의 돌아간 뒤였다. 남은 사람은 교코와 에리뿐이었다. 요네자와는 하릴없이 담배만 피우고 있었다.

"먼저 들어가셔도 돼요." 교코는 요네자와에게 말했다. "열쇠는 제가 프런트에 반납할 테니까."

"어, 그래? 그럼 부탁 좀 할까."

요네자와는 가방을 껴안고 일어서더니 살살 웃으면서 방을 나갔다.

"우리도 그만 나갈까?"

의상 가방을 어깨에 걸고 교코는 에리를 내려다보았다. 에리는 왠지 아직도 꾸물거리고 있었다. 교코는 가방을 내려놓고 잠깐 화장실에 들르기로 했다.

교코가 나오자 에리도 몸단장을 마치고 기다리고 있었다.

"자, 가자."

그녀가 말했다.

"뭔가 잊어버린 건 없지?"

교코는 실내를 한 바퀴 둘러본 뒤에 열쇠를 집어 들었다. 에리가 먼저 문을 열고 기다려주었다.

"오케이, 고마워."

교코가 복도로 나서자 에리가 문을 당겨서 닫았다. 자동으로 잠기는 문이다.

프런트에 열쇠를 돌려주고 교코는 에리와 함께 출구로 향했다. 하지만 무심코 라운지 쪽을 돌아보고는 발을 멈췄다.

그곳에 다카미 슌스케가 있었던 것이다. 슌스케는 혼자 커피를 마시고 있었다.

"에리, 미안하지만 여기서 헤어지자. 잠깐 인사할 사람이 있어서."

그녀는 잠깐 의아한 얼굴을 지었지만 곧바로 출구 쪽으로 몸을 돌렸다.

"그럼 다음에 또 봐."

에리의 모습이 보이지 않는 것을 확인하고 교코는 라운지로 향했다.

그리고 일부러 다카미와 조금 떨어진 테이블에 앉았다. 커피를 주문한 다음에야 무심코 고개를 드는 척하며 주위를 둘러보았다.

곧장 다카미와 눈이 마주쳤다. 뜻밖이라는 표정이었지만 그래도 빙긋이 웃음을 건넸다. 교코도 가볍게 인사했다.

"자주 마주치는군요." 그가 먼저 말을 건넸다. "무슨 약속 있어요?"

"아뇨, 잠깐 쉬려고요." 교코도 대답하고 똑같이 물었다. "약속 있으세요?"

"네. 아, 그냥 업무차 만나는 사람이에요. 시간이 어중간해서 따분하던 참인데."

다카미가 손목시계를 들여다보며 말했다.

"9시 15분 약속이니까 아직 40분이나 남았군요. 괜찮으면 합석할까요?"

기회다, 라고 교코는 생각했다.

"그래도 될까요?"

"물론이죠. 이런 미인이라면 언제든 괜찮죠."

다카미가 자기 앞의 자리를 손바닥으로 가리켰다.

"그러시다면."

교코는 다카미의 테이블로 자리를 옮겼다. 이런 기회를 놓칠 수는 없다.

"컴패니언 일, 꽤 힘들죠? 때로는 진상 손님도 있을 거고, 신경 쓸 일이 많을 것 같은데."

"좀 그렇긴 해요. 하지만 이제 익숙해졌어요." 교코는 옮겨온 커피를 입에 대며 물었다. "다카미 씨……라고 하셨던가요?"

"그렇습니다. 잘 아시네요."

그는 흐뭇한 얼굴을 했다.

"이야기하는 게 귀에 들어왔거든요. ……약속하신 분은 회사 일 관련인가요?"

"뭐, 그렇죠. 근데 모처럼 미인과 자리를 같이했으니까 되도록 늦게 왔으면 좋겠군요."

다카미는 상큼하게 웃었지만 교코 쪽은 농담이 아니라 진심으로 그렇게 생각했다. 어떻게든 이 기회에 깊은 인상을 남기지 않으면 안 된다.

"다카미 씨는 클래식에 조예가 깊으시다고 하던데요?"

교코가 물었다. 파티 때, 그가 누군가와 대화하는 것을 들었던 것이다.

"조예가 깊다고 할 정도는 아니고요."

그가 수줍어하며 말했다.

"하지만 네, 좋아해요. 회사 일로 피곤할 때는 클래식이 좋거든요. 이따금 콘서트도 보러 갑니다. 얼마 전에도 N교향악단의 연주회에 다녀왔어요."

그리고 그는 클래식의 장점을 열심히 늘어놓았다. 교코는 잘 알지 못하는 얘기였지만 적당히 맞장구를 쳤다. 컴패니언 업무상, 뭐가 뭔지 모르는 얘기를 들어주는 데도 능숙한 것이다.

클래식 다음에는 뮤지컬 얘기가 나오고 이윽고 여행담으로 넘어갔다. 그는 1년에 몇 번씩 해외에 나가는 모양이었다.

예상보다 재미있게 이야기꽃을 피웠지만 그와 약속한 사람이 오는 것도 예상보다 빨랐다. 9시를 막 지났을 때, 다카미가 건너편을 보며 살짝 고개를 숙였다. 교코가 돌아보니 작은 너구리 같은 남자가 손을 흔들며 다가오는 참이었다.

"호텔 앞 맞은편에 '위드'라는 카페 있죠? 괜찮으시면 거기서 기다려줄래요? 30분쯤이면 얘기가 끝날 테니까."

작은 소리로 다카미가 속삭였다. 교코는 짧게 고개만 끄덕였지만 마음속으로는 펄쩍 뛸 듯이 기뻤다.

그녀는 너구리 같은 남자에게 가볍게 목례를 건네고 자리에서 일어섰다. 너구리가 다카미에게 "누구예요, 저 여자는?"이라고 묻는 소리가 들려왔다. 다카미의 대답 소리는 들리지 않았다.

마지막에 다시 한번 교코는 뒤를 돌아보았다. 다카미는 그새 너구리와 진지하게 얘기를 하느라 그녀 쪽에는 신경도 쓰지 않는 기색이다.

라운지에는 그들 외에 손님 세 명이 있을 뿐이었다. 커플과 한 남자다. 그 남자의 얼굴을 보고 교코는 저절로 발이 멈춰졌다.

바로 그 짙은 감색 양복의 남자, 이름이 사타케라고 했던 사람이었다. 사타케는 우묵한 눈을 지그시 다카미 쪽으로 향하고 있었다. 멀거니 쳐다보다가 결국 교코와도 시선이 마주쳐버렸다. 감정이 담기지 않은 눈빛에 그녀는 등이 오싹해져서 급히 눈을 돌렸다. 그리고 총총걸음으로 출구로 향했다.

위드는 털이 긴 카펫 위에 유리 테이블을 줄줄이 배치한, 그야말로 약속 장소라는 느낌의 카페였다. 교코는 오렌지주스를 주문하고 클래식 입문 책을 무릎 위에 펼쳤다. 마침 바로 옆이 서점이어서 당장 책을 구입했다. 벼락치기 공부이긴 해도 안 하는 것보다는 나을 것 같았다.

카페 안이 소란스러워진 것은 책을 20페이지쯤 읽고 이제 슬슬 따분해지려던 때였다. 손님들이 하나같이 2층 창문 너머를 보고 있었다. 그녀도 목을 길게 빼고 내다보니 퀸호텔 앞에 경찰차 여러 대가 와있었다.

무슨 일이 있나?

그렇게 생각했을 때, 카페 직원이 "오다 교코 씨 계십니까?"라고 큰 소리로 불렀다. 그녀가 손을 들자 전화가 와있다는 안내였다.

"여보세요, 교코 씨?"

역시 다카미의 목소리였다. 뭔가 심각한 분위기의 말투였다.

"무슨 일이세요?"

물어보면서 교코는 가슴이 수런거리는 것을 느꼈다.

"뭔가 심상치 않아요. 호텔방에서 누군가 사망했답니다. 지금 여기는 발칵 뒤집혔어요. 교코 씨에게 연락한 건 사망자가 아무래도 교코 씨가 아는 사람인 것 같아서……."

심장이 꿈틀 뛰었다.

"제가 아는 사람이라고요?"

"네, 분명 아는 사람이에요. 오늘 파티의 컴패니언이라고 하니까요. 마키무라라는 사람이라던데."

"……."

선뜻 말이 나오지 않았다.

"일단 지금 이쪽으로 오는 게 좋을 것 같아요. 여보세요, 교코 씨, 듣고 있습니까?"

교코는 수화기를 손에 든 채 지이잉 하는 이명을 느꼈다. 그게 이명이 아니라 심장이 뛰는 소리라는 것을 그녀는 한참 동안 깨닫지 못했다.

마키무라…….

그건 에리, 마키무라 에리였다.

3

호텔로 달려가자 경찰들이 심각한 표정으로 돌아다니고 있었다. 직원들의 움직임에서는 침착성이 사라졌고 호텔을 찾은 투숙객들은 완전히 외면당하고 있었다.

교코가 프런트로 갔더니 곧바로 다카미가 뛰어왔다. 짧은 시간에 예상 밖으로 친해진 셈이었지만, 지금은 그런 걸 기뻐할 기분이 아니었다.

"경찰에서 관계자들을 조사하는 모양이에요. 교코 씨도 가보는 게 좋겠어요."

그의 충고에 교코는 고개를 끄덕였다.

"에리가 죽었다니, 대체 어떻게 된 거예요?"

울먹이는 소리로 물었지만 다카미는 고개를 저었다.

"글쎄, 나도 잘 모르겠어요. 조금 전에 갑작스럽게 주위가 소란스러워져서 알았죠."

"방은 몇 호실이에요?"

"내가 듣기로는 203호실이라던데."

"203호실?"

"예, 경찰이 분명 그런 얘기를 주고받았어요."

203호실이라고?

이상하다, 라고 교코는 생각했다. 그곳은 오늘 컴패니언 대기실로 사용했던 방이 아닌가. 어째서 에리가 그 방에 다시 돌아갔고 게다가 거기서 죽었다는 것인가.

교코가 계단을 뛰어 올라갔더니 역시 아까까지 대기실로 사용했던 방 앞에 험상궂은 느낌의 남자들 여러 명이 모여 있었다. 그녀가 다가가자 제복 경찰이 불러 세웠다.

그녀가 에리와의 관계를 설명하자 경찰은 일단 남자들 사이로 사라졌고, 이윽고 머리를 짧게 깎은 중년 남자를 데리고 돌아왔다. 유도 선수 같은 체형이었다.

"쓰키지 경찰서의 가토라고 합니다." 짧은 머리가 이름을 밝히며 물었다. "마키무라 에리 씨와 친구 사이라고요?"

"네, 같은 회사의 컴패니언이에요. 에리는 어떻게 된 거예요? 죽었다니, 정말이에요?"

하지만 가토는 그 질문에는 대답하지 않고 204호실을 가리키며 말했다.

“아무튼 자세한 얘기를 듣고 싶군요. 물론 우리도 설명해 드릴 거고요.”

교코는 뭐가 뭔지 알 수 없었지만 어쨌든 형사 뒤를 따라가는 수밖에 없었다.

204호실에서 교코는 가토와 마주 앉았다. 곧바로 다시 문이 열리고 서른 살 전후의 젊은 남자가 들어왔다. 키가 크고 유난히 가무잡잡한 얼굴이었다.

“본청 수사1과의 시바타입니다.” 젊은 남자는 이름을 밝히면서 코를 실룩거렸다. “화장품 냄새가 나는데요? 그것도 상당한 숫자의.”

“사건 현장과 이 방을 컴패니언들이 대기실로 사용했어. 얘기 못 들었어?”

“아, 그래서…….”

시바타는 그제야 이해가 된다는 듯이 몇 번이나 고개를 끄덕이며 옆의 침대에 걸터앉았다. 가토는 헛기침을 한 차례 하고 교코 쪽으로 시선을 돌렸다.

“조금 전, 정확히 말하면 9시 40분경에 이 옆방 203호실에서 사체가 발견됐어요. 사체는 마키무라 에리 씨였습니다.”

“에리가 왜요? 어쩌다 죽었어요?”

교코가 물었다. 아까부터 몇 번이나 똑같은 질문을 되풀

이하고 있었다.

“사인은 독극물입니다.” 가토는 목에 뭔가 걸린 듯한 목소리를 냈다.

“일단 청산화합물인 것으로 추정하고 있어요. 최근에는 이걸 많이 쓰더라니까. 텔레비전 드라마나 책 때문에 많이 알려져서 그런지.”

“독극물이라니, 그러면 에리는…….” 여기서 교코의 목소리가 높아졌다. “살해된 거예요?”

가토는 흠칫 놀랐고 시바타는 10센티미터쯤 펄쩍 뛰었다. 가토가 급히 손을 내저었다.

“아니, 아니, 그건 아직 모릅니다.”

“네, 지금부터 그걸 조사해보려는 거예요.” 시바타가 귓구멍을 후비면서 말했다. “그게 우리 일이니까.”

교코는 가토의 얼굴을 정면으로 바라보았다.

“그러시다면 저도 협력할게요. 뭐든 물어봐 주세요.”

“차례차례 물어보도록 하지요.” 가토가 말했다.

“교코 씨는 오늘 마키무라 에리 씨와 함께 일했다고 했지요? 일하는 동안 에리 씨에게서 뭔가 이상한 기척은 느끼지 못했습니까?”

“그런 건 전혀 없었어요.” 교코는 대답했다. 적어도 자신은 깨닫지 못했다.

"오늘은 하나야 보석점의 감사파티여서 에리도 크게 기대했거든요."

"오호, 어떤 기대를?"

"그야 보석점이 주최하는 파티니까 고객들도 상당히 값비싼 보석을 달고 나오고, 그런 걸 보는 것만으로도 즐겁잖아요."

"여자들은 그런 시답잖은 것에 빠져든다니까."

시바타가 옆에서 비웃듯이 말하는 바람에 교코는 그를 흘끗 노려보았다.

"보석은 시답잖은 것이 아니에요."

교코의 강한 말투에 시바타는 눈이 둥그레졌다. 가토도 입을 헤벌리고 있다가 다시 헛기침을 했다.

"그럼 일이 끝난 뒤에는 어떻게 했지요?"

"딱히 어떻게, 라고 할 것도 없었어요. 에리와 제가 맨 마지막에 대기실을 나왔기 때문에 열쇠를 프런트에 돌려주고 그 길로 헤어졌어요. 별다른 얘기도 없었고요."

"헤어진 뒤에 교코 씨는 어디로?"

"저는……." 교코는 잠깐 머뭇거리다가 말을 이었다.

"라운지에서 차를 마셨어요. 좀 피곤해서 잠깐 쉬다 가려고. 그리고 거기서 우연히 아는 사람을 만나 얘기를 나눴고요."

거짓말이 아니다. '우연히'라는 말만은 약간 양심에 찔렸지만.

당연히 형사는 그 아는 사람이 누구냐고 물었다. 이런 일로 폐를 끼치고 싶지는 않았지만, 어쩔 수 없이 다카미의 이름을 댔다. 다카미 부동산회사의 전무라고 하자 형사들의 눈빛이 약간 달라지는 것 같았다.

"교코 씨와 헤어질 때, 에리 씨가 어디로 간다든가 하는 얘기는 없었어요?"

"그런 얘기는 안 했어요. 곧장 집에 갈 거라고만 생각했거든요."

"평소에는 그렇게 했었군요?"

"네, 대개는 그렇죠."

"따로 남자를 만난다든가 하는 일은 없었어요?"

시바타가 배려 없는 질문을 던졌다. '따로 남자를 만난다든가'라는 말에서 그가 컴패니언 일을 얕잡아본다는 불쾌한 느낌이 들었다. 교코는 "모르겠는데요?"라고 일부러 퉁명스럽게 대답했다. 시바타는 뭔가 더 할 말이 있는 모양이었지만 교코는 고개를 홱 돌리고 무시해버렸다.

"혹시 사귀는 사람은 있었습니까?"

가토가 부드럽게 물었다.

교코는 고개를 저었다.

"그런 건 정말 몰라요. 친구라고 해도 일하러 왔을 때 편하게 얘기를 나누는 정도고, 사적으로 따로 만나는 일은 거의 없었으니까요."

흐흠, 하고 가토는 새끼손가락으로 콧등을 긁적였다.

"최근에 에리 씨의 상태는 어땠어요? 뭔가 고민이 있어 보였다든가 멍하고 있는 일이 많다든가, 그런 건 없었습니까?"

"글쎄요……." 어려운 질문이라고 교코는 생각했다. 누구든 멍하고 있는 일쯤은 있다. 전혀 없다고 한다면 그게 오히려 이상할 것이다.

"그냥 평범했던 것 같아요."

고민 끝에 그렇게 대답했다. 형사도 이해할 듯 말 듯한 얼굴로 고개를 끄덕였다.

"이건 다른 얘기지만, 밤비 뱅큇 사장이 마루모토 히사오 씨라던데 어떤 사람이에요?"

"어떤 사람? 나이는 아직 마흔 전이고 얼굴이 길고 안경을 썼어요. 항상 얼굴이 번들거린다고 할까……."

"여자관계는 어땠죠?"

옆에서 시바타가 답답하다는 듯이 물었다.

"그건 좀 안 좋은 편이긴 했던 것 같아요." 교코는 머뭇머뭇 대답했다.

"우리 회사 컴패니언은 한 달에 한 번씩 일반교양 연수 때마다 사장님과 얼굴을 마주하는데 매번 은근히 집적거린다는 소문이 있었어요. 저는 아직 당해본 적이 없지만."

"현재 사귀는 여자는 있어요?"

가토가 물었다.

교코는 고개를 갸우뚱했다.

"잘은 모르겠지만, 있지 않겠어요? 근데 왜 사장님 얘기를 물어보세요?"

"아, 그건 말이죠……."

가토는 잠시 망설이듯이 말을 끊고 옆의 시바타를 보았다. 시바타는 고개를 돌린 채 아무 말이 없었다. 가토는 다시 그녀에게로 시선을 돌렸다.

"실은 마루모토 사장이 사체 발견자예요."

"사장님이요? 왜 사장님이 이 호텔에 와있었죠?"

교코는 큰 눈으로 두 형사를 번갈아 보았다. 다른 때는 사장이 파티장에 나오는 일은 없었다.

"이래저래 속사정이 있더라고요." 가토가 진정시키려는 듯한 투로 말했다. "아무튼 마루모토 사장과 호텔 직원이 최초 발견자예요."

"제가 질문 좀 해도 될까요?"

"그러시죠."

"에리는 왜 203호실에 있었어요? 분명 저랑 같이 그 방을 나왔거든요?"

"다시 돌아왔기 때문이죠." 가토가 말했다. "교코 씨와 헤어진 뒤, 에리 씨는 203호실로 다시 돌아왔어요."

"왜요?"

교코는 그걸 알고 싶었던 것이다.

하지만 가토는 다시 뜸을 들였다.

"그건 프라이버시에 관한 일이라서 되도록 입 밖에 내지 않도록 하고 있어요."

"어차피 곧 알게 될 겁니다." 옆에서 시바타가 말했다. "우리 입으로 밝히기 어려운 것뿐이니까. 일단 그렇게만 알고 있으면 돼요."

그의 말에 가토는 씁쓸한 얼굴을 보였다. 아무래도 그게 본심인 모양이다.

"그럼 하나만 더 알려주세요. 에리는 자살이에요? 아니면 누군가에게 살해됐어요?"

"조금 전에도 말했지만 그건 아직 밝혀지지 않았어요. 다만 현재로서는 자살일 가능성이 높다고 보고 있죠. 문제는 동기인데……."

"자살이라니……."

그때 톡톡 소리가 났다. 교코가 흠칫 돌아보니 시바타가 수첩을 손끝으로 튕기고 있었다. 톡톡톡톡. 그런 다음에 그는 자신의 손톱 끝을 들여다봤다.

"이봐." 가토가 짧은 머리를 긁적이며 팔짱을 꼈다. "더 물어볼 게 있나?"

이건 시바타에게 던진 질문인 모양이다. 그의 얼굴이 교코에게로 향했다.

"에리 씨는 술은 어땠어요?"

"술? 글쎄요……." 교코는 고개를 갸우뚱하며 말했다. "그리 센 편은 아니었어요. 맥주 한 잔 정도?"

"그렇군." 시바타는 고개를 끄덕이고 가토를 보았다. "저는 오늘은 이 정도면 됐습니다. 앞으로 몇 번 더 만나야 할 거고."

듣기에 따라서는 의미심장한 말이었지만 가토도 "하긴 그렇군"이라며 고개를 끄덕였다.

방을 나온 교코는 비척비척 복도를 지나 계단을 이용해 로비로 내려갔다. 그리고 출구 쪽으로 나가려는데 문득 앞이 컴컴해졌다.

"조사받는다는 컴패니언이 너였어? 아하, 그렇구나."

하나야의 망나니 아들 니시하라 겐조였다. 머리꼭지에서 나는 듯한 목소리였다. 교코는 본능적으로 웃는 얼굴을 만들었다가 금세 거둬들였다.

"겐조 씨도 아직 여기 있었어요?"

"응, 그랬지. 최상층 바에서 거래처와 한잔했거든. 2차를 가려고 했더니만 이 소동이 났지 뭐야. 신분증을 내라느니 뭐니, 귀찮게시리."

그러고 보니 어딘지 소란스러웠다. 손님 전원의 신분을 확인 중인지도 모른다.

"그래서 어떻게 됐어? 역시 살인사건인가?"

교코는 겐조를 노려보았다.

"전 잘 모르는데요."

"그래? 그나저나 집이 어디야? 내가 데려다줄게."

"아뇨, 괜찮아요."

교코는 빠른 걸음으로 자리를 뜨려고 했지만 겐조가 끈질기게 따라붙었다.

"사양할 거 없어. 이봐, 이봐……."

그 순간 앞쪽에 불쑥 나타난 사람이 있었다. 짙은 감색 양복의 사타케였다. 교코도 깜짝 놀라 움찔 발이 멈춰버렸다.

"상무님, 부사장님이 찾으십니다."

"형이?"

겐조는 지겹다는 얼굴을 했다.

"에이, 별수 없네. 그럼 다음에 또 보자."

그렇게 말하고 그는 사타케와 함께 돌아갔다.

교코가 호텔 현관을 나서자 검은색 센추리가 바로 앞에

와서 섰다. 뒷좌석 문이 열리고 다카미 슌스케가 얼굴을 내밀었다.

"배웅해줄게요. 타요."

물론 교코는 망설임 없이 그 호의를 받아들이기로 했다.

"큰일을 겪는군요. 놀란 건 좀 진정됐습니까?"

"네, 이제 좀."

차가 출발할 때, 교코는 무심코 호텔 쪽을 돌아보았다. 그러자 밤비 뱅큇 사장 마루모토 히사오가 나오는 모습이 보였다. 약간 구부정한 어깨에 몹시 초췌해 보이는 얼굴이었다.

교코가 사는 고엔지의 원룸에 도착할 때까지 다카미는 거의 말을 건네지 않았다. 배고프지 않은지, 그리고 내일도 일이 있는지를 물었을 뿐이다. 식욕은 없었다. 그리고 내일도 물론 일이 있었다.

"또 연락할게요."

헤어지는 참에 다카미가 말했다.

집에 도착하자 교코는 입은 옷 그대로 침대에 털썩 엎드렸다. 친구를 잃었다는 것과는 또 다른 슬픔이 그녀의 마음속을 가득 채웠다. 에리는 혼자였다. 나도 혼자다. 내가 죽을 때도 그 비슷한 대화들이 오가겠지, 라는 생각이 들었다. 이 도시에 교코를 제대로 아는 사람은 아무도 없는 것이다.

눈물 한 줄기가 뺨을 타고 흘렀다. 그것을 계기로 교코는 옷을 벗고 다시 침대로 기어들었다. 그리고 잠시 소리 내어 울었다.

2장 삼류 소설 같은 죽음

1

띵똥, 하고 차임벨 소리가 울려서 눈을 떴다. 어젯밤에는 그대로 잠이 들어서 평소보다 푹 잘 잤다. 하지만 머리가 멍한 것은 여전했다. 티셔츠를 주워 입고 슬리퍼를 끌면서 현관으로 갔다. 그리고 도어체인이 걸린 것을 확인한 뒤에 빼꼼 문을 열었다.

"누구세요?"

"아, 네, 옆집에 이사 온 사람인데요, 전화선이 아직 연결이 안 돼서요. 잠깐 전화 좀 쓸 수 있을까요?"

젊은 남자의 목소리였다.

"전화요?"

눈을 비비며 상대의 얼굴을 보고 교코는 어라, 하고 생각했다. 어디선가 본 얼굴이었다. 유난히 까무잡잡한 피부가 인상에 남아있다.

엇, 하고 상대도 놀란 소리를 냈다.

"당신은…… 어제 그 컴패니언?"

"아, 어제 그 형사님? 이름이……뭐였더라, 까먹었네."

"시바타에요. 근데 왜 이런 곳에 있어요?"

"왜냐면," 교코는 머리를 쓸어 올리며 말했다. "여기가 집이니까요."

"진짜요?"

시바타는 급히 문에 붙은 명패를 확인하더니 고개를 끄덕였다.

"아, 오다 교코라고 적혀있네."

"그래서, 옆집으로 이사 왔다고요?"

"맞아요. 이런 우연이 다 있네. 형사 일 하면서 별별 사람을 다 만나니까 이런 일도 있는 건가. 와아, 대박이다."

시바타는 왜 그런지 무척 감탄한 듯한 말투였다.

"형사가 옆집에 살다니 한결 마음이 놓이네요. 이따금 이상한 사람이 어슬렁거리기도 하는데. 앞으로 잘 부탁해요."

"나야말로 잘 부탁해요."

교코는 문을 닫았다. 이런 우연도 있구나, 하고 혼자 고개를 끄덕이며 침대로 돌아갔다. 그러자 또다시 문을 두드리는 소리가 났다. 교코는 느릿느릿 나가서 문을 열었다.

"전화요, 전화."

가무잡잡한 얼굴의 시바타가 말했다.

"아 참, 전화 좀 쓰자고 했었지."

일단 문을 닫고 도어체인을 푼 다음에 그를 맞아들였다. 전화는 주방 테이블 위에 있다. 그가 전화를 거는 동안 교코는 커피를 내려주기로 했다.

시바타가 전화한 곳은 경찰서인 것 같았다. 1시간쯤 늦는 것에 대한 변명을 하고 있었다.

"아니, 그게요, 제가 어제도 오늘도 휴가였잖습니까. 이사를 했다고요. 어제 이사하던 중에 호출이 떨어진 거예요. 예에, 가구고 뭐고 뒤죽박죽이에요. 당연히 저도 가구 한두 개쯤은 있죠. 1시간입니다. 30분으로는 아무것도 못 해요. 누울 자리도 없다니까요, 지금?"

그가 상사와 협상을 마쳤을 즈음, 커피가 다 내려졌다.

"고생이 많으시네요."

교코는 커피를 권하며 말했다.

"오, 고마워요. 고생이 막심하죠. 꼰대들은 말귀를 못 알아먹는다니까. 새벽부터 여기저기 뛰어다니지 않으면 일했다는 기분이 안 드는 모양이에요. ……음, 이 커피, 맛있네."

교코는 커피 잔을 든 채 바닥 카펫에 앉았다.

"그렇게 바쁜 건 어제 그 사건이 났기 때문이에요?"
"그렇죠. 하지만 그리 길게 끌 것 같진 않아요. 자살로 처리될 모양이니까."
"자살이에요?"
"그야 모르죠. 하지만 정황으로만 보자면 자살 말고는 생각하기 어려워요."
교코는 잔 속의 커피를 지그시 들여다보았다. 자신이 어젯밤 다카미와 라운지에서 커피를 마시는 동안, 에리에게는 대체 무슨 일이 있었던 것일까.
"저기요." 교코는 입을 열었다. "어제, 나한테 제대로 말해 주지 않은 게 있었죠? 그거, 아직도 비밀이에요?"
"아니, 나는 굳이 감출 필요도 없다고 생각해요. 뭘 알고 싶은데요?"
"전부 다 알고 싶죠."
"좋아요, 커피도 얻어 마셨으니."
그렇게 말하며 시바타는 커피를 후루룩 마셨다.
"교코 씨가 마지막으로 에리 씨를 본 게 9시 전이었죠? 호텔 프런트 앞에서 헤어진 게."
교코는 고개를 끄덕였다.
"그런데 에리 씨는 9시 조금 지나서 다시 돌아왔어요. 프런트 담당 얘기로는 9시 20분쯤이었대요. 밤비 뱅큇의 마키무라 에리인데 방에 물건을 깜빡 잊고 왔으니 203호실 열쇠를 좀 달라고 얘기해서 받아갔다는 거예요."

물건을 깜빡 잊었다는 건 아마 거짓말일 거라고 교코는 생각했다. 그때 자신이 마지막으로 방 안을 찬찬히 살펴봤던 것이다. 잊고 나온 물건 따위는 없을 터였다.

"그러고는 20분쯤 지나서 이번에는 한 남자가 프런트에 와서 마키무라 에리라는 여자가 203호실 열쇠를 가져가지 않았느냐고 물었어요. 그 남자가 누군가 하면 바로 교코 씨 회사 사장 마루모토예요."

"마루모토 사장이요?"

"맞아요. 분명 그런 여자가 열쇠를 가져갔다고 프런트 담당은 대답했겠죠. 근데 마루모토가 203호실에 올라가 문을 두드렸는데 아무 대답이 없다는 거예요. 그 말에 프런트 담당이 우선 그 방에 전화를 해봤는데 역시 응답이 없었어요. 그래서 호텔 직원이 마스터키를 들고 마루모토와 함께 203호실로 올라갔어요."

"그리고 방 안에 들어갔더니 에리가 죽어있었다는 건가요?"

"맞아요. 그렇긴 한데 203호실 방문이 쉽게 열리지는 않았어요."

교코는 미간을 좁히며 고개를 갸우뚱했다.

"무슨 얘기예요?"

"그 전에 물 한 잔만 줄래요?"

교코는 자리에서 일어나 컵에 물을 받아다 건넸다. 그것을 맛있게 비워버리고 시바타는 입가를 훔친 뒤에 말했다.

"아까 교코 씨가 현관문을 열어줬을 때와 똑같아요. 마스터키로 문을 열었는데 안쪽에서 도어체인이 걸려있었어요."

2

시바타가 말을 이어갔다.

"체인이 걸렸다는 건 안에 사람이 있다는 얘기잖아요. 그래서 마루모토가 문 틈새로 에리 씨를 불렀다, 하지만 아무 반응도 없었다, 그런데 좁은 틈새로 어렵게 안을 들여다보고는 화들짝 놀랐다, 티테이블 앞에 에리 씨가 엎드려 있는 게 살짝 보였으니까. 마루모토는 어떻게든 도어체인을 풀어보려고 했는데 잘 안 됐어요. 당연하죠, 그래서 호텔 직원이 지배인까지 데리고 왔어요. 지배인은 펜치를 들고 왔죠. 그리고 마루모토가 그 펜치로 도어체인을 끊고 문을 열었어요. 그렇게 마침내 에리 씨가 사망한 것을 알게 된 거예요."

교코는 가만히 머리를 저으며 옆의 재떨이를 끌어당겼다.

그리고 핸드백에서 담배를 꺼내며 시바타에게 물었다.

"피워도 돼요?"

고개를 끄덕이는 대신 시바타는 한 차례 눈을 끔적거렸다.

담배 연기를 깊이 들이마시자 생각하는 방식이 약간 달라지는 것처럼 느껴졌다. 꿈이라도 꾸는 것처럼 시바타의 얘기를 듣고 있었지만 이제는 현실로서 받아들일 수 있을 것 같았다.

시바타가 입을 열었다.

"이건 교코 씨를 위해서 하는 말인데 담배는 얼른 끊는 게 좋아요. 젊은 여자가 담배를 피우는 심리를 통 모르겠더라고. 노화를 앞당기는 것밖에 아무 메리트도 없잖아요."

교코는 천장을 향해 담배 연기를 토해내면서 그를 보았다.

"시바타 씨는 혐연파?"

"혐연 운동 같은 것엔 관심 없고요. 단지 교코 씨처럼 아름다운 여성이 굳이 담배 추녀가 될 필요는 없잖아요?"

"담배 추녀?"

"피부는 꺼칠해지지, 이 안쪽은 새까매지지, 머리칼에서 냄새도 나고 입 냄새도 지독해요. 게다가 빨아들일 때나 내뱉을 때, 스스로도 깜짝 놀랄 만큼 멍청한 표정이 되잖아요. 코로 연기가 나오고 그게 매워서 얼굴까지 찌푸리면 완벽하게 추녀가 되죠."

시바타는 실제로 얼굴을 찌푸려 보였다.

우후후, 하고 웃으면서 교코는 시바타의 눈을 아래쪽에서 슬쩍 올려다봤다.

"연습이라도 한 것처럼 술술술 험담이 나오네요? 좋아요, 오늘부터 금연, 노력해볼게요."

교코는 담배를 재떨이에 비벼 끄고 다시 그의 얼굴을 쳐다봤다.

"그래서 그다음에 어떻게 됐어요?"

"어디까지 얘기했더라?"

"방에 들어가 에리를 발견했다는 데까지."

"에리 씨를 발견하고 경찰에 연락했어요. 쓰키지 경찰서에서 수사원이 즉각 출동했고, 그다음에 본청의 우리가 호출됐죠."

"한창 이사하던 중에?"

"그렇다니까요. 옷이 든 박스도 아직 못 열었어요."

시바타는 주방 테이블을 주먹으로 툭 쳤다.

"에리는 어떤 식으로 죽어있었어요?"

교코가 물었다.

"이렇게 엎드려 있었어요."

시바타는 테이블에 두 팔을 얹고 그 위에 얼굴을 댔다.

"반쯤 남은 맥주병이 옆에 놓였고 유리컵은 그 아래 바닥에 떨어져 있었죠. 컵에 맥주가 상당히 남았었는지 바닥이 젖었더라고."

"그 컵에 독극물이 들어있었군요?"

"아마도."

시바타가 대답했다.

교코는 에리와 헤어지던 때를 생각해봤다. 분명 그때 그녀는 말수가 부쩍 줄어있었다. 파티 전에는 하나야 얘기를 하기도 했지만, 나중에 대기실에서는 거의 아무 말도 하지 않았던 것이다. 그때 이미 자살을 결심했던 것일까. 그렇다면 대체 어떤 일 때문일까.

깜빡 묻지 못한 것이 생각났다.

"마루모토 사장에 대한 얘기를 못 들었네요. 왜 사장이 에리를 찾아왔어요?"

"서로 관계가 있었기 때문이죠."

시바타가 딱 잘라 말했다.

"관계가 있었다니, 무슨 관계요?"

"마루모토는 에리 씨와 사귀는 사이였어요. 어젯밤에도 둘이 만나기로 약속했던 모양이에요."

"헉, 설마, 말도 안 돼!"

교코는 저절로 목소리가 높아졌다.

"에리와 마루모토 사장이라니, 그건 미녀와 야수보다 더 심한 얘기잖아요."

"그래도 사귀는 사이였다는데 어쩔 수 없죠. 마루모토 본인이 그렇게 말했으니까요. 단, 비밀로 해달라고 하더군요. 아무튼 어젯밤에 대기실로 썼던 203호실에서 그 두 사람은 만나기로 약속했어요. 그래서 마루모토가 그 방에 갔는데 아무리 문을 두드려도 답이 없어서 프런트로 내려갔다는 거예요."

"둘이 사귀었다니, 언제부터요?"

"바로 최근이라던데? 한 달 전쯤부터라고 했어요. 마루모토 쪽에서 먼저 고백했다고 실토했어요."

"아, 진짜 말도 안 돼. 믿을 수가 없네."

교코는 두 손으로 자신의 뺨을 감쌌다.

"믿어지지 않아도 그게 사실이니까 어쩔 수 없죠."

시바타는 손목시계를 들여다보더니 자리에서 일어섰다.

"이제 궁금한 건 다 풀렸죠? 너무 오래 앉아있다가는 오늘 밤에도 누울 자리가 없을 테니까 가서 짐 정리나 해야겠어요."

"잠깐만요, 마지막으로 한 가지만 더. 역시 자살 말고는 생각할 수 없는 거예요?"

"글쎄요, 그건……."

시바타는 검지로 코 밑을 스윽 비볐다.

"아까도 말했지만 그 방은 안쪽에서 도어체인이 걸려있었어요. 그게 결정타예요."

"동기는?"

"아직은 모르지만…… 아마 치정으로 나올걸요?"

"치정?"

입 밖에 내고 보니 에리의 이미지와 너무도 어울리지 않는 게 한층 더 확실해졌다. 하지만 남녀관계란 원래 그런 것인지도 모른다.

"그럼 난 이만. 맛있는 커피, 고마워요."

시바타는 현관으로 향했지만, 도중에 문득 멈춰 서더니 "그런데 말이죠"라며 교코 쪽을 돌아보았다.

"나는 아직 완전히 자살이라고는 생각하지 않아요."

"예?"

"다음에 다시 찬찬히 얘기하죠."

시바타는 문을 열고 방을 나갔다.

3

그날 밤은 하마마쓰초의 호텔이었다. 전혀 내키지 않았지만 교코는 기운을 쥐어짜서 출근했다. 막판에 못 간다고 하는 일이 많으면 블랙리스트에 올라간다. 게다가 다른 컴패니언들을 만나면 뭐든 정보를 얻을 수 있을 거라는 기대도 있었다.

대기실은 초상집 분위기였다. 스무 명이나 되는 컴패니언들이 모였는데 아무도 잡담 따위는 하지 않았다. 묵묵히 옷을 갈아입고 화장을 다듬으며 나갈 시간을 기다렸다. 영업실장 요네자와도 심각한 얼굴로 앉아있었다.

그날의 파티는 어떤 학회의 사은회라고 했다. 대학 교수와 조교, 회사 연구실의 높은 분들이라는데 재미도 뭣도 없었다. 중년에서 노년의 남자들뿐인 데다 어딘지 추레한 느낌이었다. 그래도 그들은 젊은 여자를 접하는 게 반가운지 묘하게 친한 척하며 다가들었다.

고통의 2시간이 지나가고 대기실에서 옷을 갈아입고 있는데 아야코가 곁으로 다가왔다.

"그 얘기 들었어? 에리하고 사장이 사귀는 사이였다는 거."

교코는 놀라서 그녀의 얼굴을 보았다.

"누구한테 들었어?"

"다들 알고 있어. 진짜 굉장한 뉴스지?"

"응……."

어처구니가 없었다. 우리가 말하지 않아도 이제 곧 다 알 거라던 형사들의 말이 이해가 되었다.

"에리도 참 어리석지 뭐야. 그런 남자 때문에 자살을 하다니. 세상에 널린 게 남자인데."

아야코는 소곤거리는 목소리로 말했다. 신문에도 자살이 유력하다고 나온 것이다.

"하지만 사장 때문인지 어떤지는 아직 모르잖아."

"뭔 소리야? 사장이랑 관계가 틀어지는 바람에 자살한 게 틀림없잖아."

여기서 아야코는 갑자기 입을 다물었다. 팀장 에자키 요코가 나왔기 때문이다. 요코는 모두를 둘러보더니 천천히 의자에 앉았다.

잠시 뒤에 갑작스럽게 방 안의 전화가 울렸다. 요네자와가 수화기를 들고 몇 마디 하더니 곧장 요코 쪽에 건넸다.

"요코 씨, 전화예요."

그녀는 의아한 얼굴로 수화기를 귀에 댔지만 잠시 뒤 그 얼굴에 긴장이 감도는 것을 교코는 알아보았다. 네, 네, 라고 작은 소리로 대답하고 그녀는 수화기를 내려놓았다.

호텔을 나와 지하철역까지 교코는 아야코와 함께 가기로 했다.

"아까 그 얘기 말인데."

아야코는 사건에 대해 얘기하고 싶어 견딜 수 없는 모양이었다. 물론 교코로서도 바라는 바였다.

"에리가 실은 삼각관계로 고민하다가 자살했대. 진짜 바보 같아."

"삼각관계?"

교코는 걸음을 옮기면서 몸을 틀어 아야코를 보았다.

"사장과 에리, 그리고 또 한 사람은 누군데?"

그러자 아야코는 문득 발을 멈추고 입가를 삐뚜름하게 틀었다. 그리고 주위를 살펴본 다음에 한껏 목소리를 낮췄다.

"교코, 아직도 몰랐어? 완전 먹통이시네."

"누구냐니까, 세 번째 사람이?"

"팀장."

"헉."

에자키 요코 팀장이라고?

"그쪽은 꽤 오래됐어."

아야코는 다시 걸음을 옮기며 말했다.

"연수회 끝난 다음에 둘이 어딘가로 사라지곤 했었잖아. 그것도 몰랐어?"

교코는 말없이 고개를 저었다. 전혀 알지 못했던 것이다.

"연수회 때마다 사장이 여자들한테 집적거린다는 얘기는 들었는데."

"그건 눈속임이야. 그런 트릭에 넘어가면 안 되지."

"어머, 그런 거였어?"

말을 듣고 보니 짐작되는 게 없지 않았다. 마루모토 사장이 애초에 교코의 취향과는 거리가 먼 남자라서 별로 신경 써서 지켜본 적도 없었던 것이다.

"하지만 소문이라면 빠삭한 나도 에리 일만은 까맣게 몰랐지 뭐야."

아야코는 뭔가 큰 실수라도 했다는 듯이 자신의 머리를 탁 쳤다.

“사장과 요코 팀장은 상당히 깊은 사이야. 그러니까 에리와는 잠시 잠깐 불장난이었어. 근데 에리는 진지하게 좋아했고 혼자 속을 끓이다가 결국 자살까지 한 거겠지.”

“에리가? 아니, 그건 아닌 것 같은데…….”

“하지만 그거 말고는 자살할 이유가 없잖아.”

그런 얘기를 주고받는 사이에 지하철역에 도착했다. 거기서 둘의 방향이 갈린다. 손을 흔들며 각자 다른 차에 탔다.

교코는 지하철 문 옆에 서서 차창에 흘러가는 밤 풍경을 멍하니 바라보았다. 아야코가 얘기한 게 사실일까. 약간의 과장은 있더라도 전혀 틀린 말은 아닌지도 모른다. 만일 아야코가 얘기한 대로 에리의 죽음이 그런 삼류 소설 같은 죽음이라면 더더욱 슬프다고 교코는 생각했다.

4

본인들은 알지 못했지만 그날 밤 교코와 시바타는 호텔 앞에서 서로 스쳐 지나갔다. 시바타가 에자키 요코의 진술을 듣기 위해 호텔로 찾아왔기 때문이다. 에자키 요코가 대기실에서 받은 전화는 시바타가 건 것이었다.

호텔 현관을 지나자 왼편에 티라운지가 있었다. 그곳이 요코와의 약속 장소였다. 시바타는 주위를 스윽 둘러보며 상대가 아직 나오지 않은 것을 확인하고, 근처 테이블에 자리를 잡았다. 시계는 8시 반을 가리키고 있었다. 라운지에는 그 외에 몇 사람이 있을 뿐이었다.

레몬티를 주문하고 상대가 나타나기를 기다렸다. 그동안에 아까 낮에 마루모토 히사오를 만났던 일을 머릿속에서 정리했다. 가토와 둘이 밤비 뱅큇 사무실까지 찾아갔던 것이다.

밤비 뱅큇 사무실은 아카사카에 자리한 빌딩의 5층으로 사원이 이십 명쯤 되는 회사였다. 그중 몇 명이 컴퓨터 모니터 앞에 앉아있었다. 쉴 새 없이 전화가 울려서 사원의 반절쯤은 그 응대에 쫓기는 분위기였다.

마루모토는 창가 자리에서 뭔가 서류를 작성하고 있었다. 어제의 초췌하기 짝이 없던 얼굴에 비하면 오늘은 상당히 혈색이 좋아 보였다. 하지만 시바타와 가토의 모습을 보자마자 당황한 듯한 표정이었다.

사무실 한쪽에 커튼으로 구분해둔 응접실이 있어서 두 사람은 그곳으로 안내를 받았다. 마루모토가 사원 한 사람에게 뭔가 말했지만, 카페에 커피 배달을 주문하라는 지시였다는 건 나중에 알았다.

"몇 가지 확인할 게 있어서요."

가토가 운을 떼자 마루모토는 굳은 표정으로 고개를 끄덕였다. 오다 교코가 말했던 대로 긴 얼굴이 기름기로 번들거렸다. 어딘지 기복이 부족한 밋밋한 얼굴이어서 기품 없는 옛 귀족 같은 풍모였다. 37세라고 했지만 그보다 나이 들어 보이는 건 구부정한 어깨 때문인지도 모른다.

"당신과 에리 씨의 교제가 시작된 게 언제부터죠?"

"그건 그러니까, 어제 말씀드렸잖습니까."

마루모토는 불안한 시선으로 두 형사를 흘끗 쳐다보며 떨떠름하게 말했다.

"한 달 전쯤부터예요. 내가 식사를 함께하자고 청했어요."

"그때까지는 특별한 사이가 아니었다는 건가요?"

가토가 물었다.

"그렇습니다."

"에리 씨 한 명뿐이었어요?"

마루모토의 눈이 허를 찔린 듯 잠깐 허우적거렸다.

"무슨 말씀이십니까?"

"그밖에 따로 또 사귀는 여자가 있느냐는 거예요."

시바타가 옆에서 말하자 마루모토는 일단 그쪽을 바라본 뒤 다시 가토에게로 얼굴을 돌렸다.

"왜 그런 걸 물어보는지 모르겠군요."

"오늘 아침에 여기 소속 컴패니언 몇 명을 만나봤는데 그중 한 사람이 당신에게 꽤 오래전부터 사귀던 여자가 있을 거라고 하더라고요. 게다가 같은 컴패니언 동료라던데요? 그 여자의 이름까지는 묻지 말아 달라고 손사래를 치긴 했지만."

말을 하면서 가토는 핥듯이 마루모토를 지켜보았다.

"그래서 이렇게 직접 물어보려고 찾아온 겁니다. 그 여자가 에리 씨는 아니죠?"

마루모토는 손수건을 꺼내 기름이 번들거리는 콧등을 닦았다. 그리고 두세 번 눈을 깜작거렸다.

"감출 생각은 없었습니다만……."

그렇게 그는 에자키 요코의 이름을 밝혔다. 그녀와는 1년 넘게 사귀는 사이라고 했다. 컴패니언 팀장이라서 직접 대화할 기회가 많았기 때문에 친해졌다고 한다. 마루모토는 아직 독신이지만 요코 쪽과도 결혼 얘기까지 발전하지는 않은 모양이었다.

"에리 씨는 당신과 요코 씨의 관계에 대해 알고 있었어요?"

시바타가 물었지만 마루모토는 고개를 저었다.

"그건 잘 모르겠어요. 비밀로 하긴 했지만 어쩌면 눈치를 챘는지도 모르죠."

"당신, 에리 씨를 어떻게 할 생각이었어요? 단순히 장난삼아 만났어요?"

"아뇨, 장난삼아 만난 건 아니었어요. 진심이었습니다."

"그럼 요코 씨 쪽이 장난이었나?"

"아뇨……."

마루모토는 손수건을 손 안에 꾸깃꾸깃 움켜쥐고 있었다.

"양쪽 다 진심이었습니다."

시바타는 가토의 얼굴을 쳐다보며 어깨를 으쓱 들었다. 가토도 작게 한숨을 내쉬었다. 그런 분위기를 눈치챘는지 마루모토가 다시 입을 열었다.

"하지만 이대로는 안 되겠다고 나도 고민이 많았어요. 그래서 아예 양쪽 다 헤어지기로 했습니다. 어제는 그런 얘기를 우선 에리에게 전할 생각이었어요."

"아, 그래요?" 가토가 그의 얼굴을 다시 쳐다보았다. "굳은 결심을 하셨네."

"그 방법밖에 없다고 생각했거든요."

그렇게 말하고 마루모토는 고개를 떨궜다.

에자키 요코는 약속한 8시 40분에 딱 맞춰서 나타났다. 호리호리한 몸매에, 긴 머리가 검은 스웨터의 어깨까지 흘러내렸다. 오다 교코나 죽은 마키무라 에리를 생각해보면 컴패니언은 대부분 그 비슷한 체형의 여성을 뽑는 모양이다.

"아직도 물어볼 게 있으신가요?"

요코는 약간 퉁명스러운 말투였다. 낮에도 다른 수사원이 다녀갔기 때문일 것이다. 그 수사원에 따르면 요코의 진술은 마루모토의 얘기와 대부분 일치한다고 했다. 요코는 그가 에리와 사귀기 시작했다는 것을 이미 알고 있었다. 어차피 잠깐 바람을 피우다 돌아올 거라고 생각했다는 것이다.

"잠깐이면 됩니다. 몇 가지만 확인하면 되니까. 당신과 마루모토 사장에 관한 것 중에 빠뜨린 게 있어서."

시바타는 달래듯이 말했지만, 실은 오늘 밤의 면담수사는 그가 단독으로 결정한 것이었다.

"그게 뭔데요?"

요코의 차가운 말투는 변함이 없었다.

"당신은 마루모토 사장과 에리 씨의 관계를 이미 알고 있었다던데, 맞습니까?"

"네."

그녀는 새침한 얼굴로 턱을 쓰윽 치켜들었다.

"그 일로 마루모토 사장과 얘기한 적은 없었어요?"

"얘기라니, 뭘요?"

"그러니까 앞으로 어떻게 할 생각이냐 라든가, 그런 얘기로 다툰 적은 없어요?"

그러자 요코는 피식 웃으며 핸드백에서 담배를 꺼냈다. 천천히 불을 붙이더니 깊숙이 빨아들이고 코로 연기를 토해냈다. 담배 추녀, 라고 시바타는 생각했다.

"그 사람이 원래 그런 면이 있어요."

"그 사람이라면 마루모토 사장 말이죠? 그런 면이라면?"

"재미 삼아 시작하고 금세 빠져드는 성격이거든요. 에리와도 아마 그런 관계였겠죠."

"쿨하시네."

시바타는 그녀의 눈을 지그시 바라보며 말했다.

"연인의 바람기를 인정해주는 건가요?"

요코는 담배를 손가락 끝에 끼운 채 다시 후훗 웃음소리를 흘렸다. 어떤 대답을 하려나 하고 기다렸지만 결국 그녀는 그대로 입을 다물어버렸다.

"마루모토 사장은 당신과도 에리 씨와도 헤어질 생각이었다고 하던데요?"

"네, 그랬나 봐요. 하지만 나한테는 아직 헤어지자는 말은 안 했어요."

"이제 곧 할지도 모르죠."

"그럴 수도 있겠죠. 그렇다면 뭐, 그것도 괜찮아요."

"그것도 괜찮다니, 헤어져도 된다는 말입니까?"

"네."

담배를 입에 문 채 그녀는 태연히 고개를 끄덕였다.

"어차피 또다시 만나달라고 사정사정할 테니까요. 그 사람, 원래 그런 사람이에요."

그리고 요코는 입술을 삐뚜름하게 틀면서 연기를 토해냈다.

5

사건이 일어나고 나흘째 되는 날이다.

그날 밤에는 일이 없어서 교코는 방에서 음악을 듣고 있었다. 에리에 대한 소식은 그날 이후로는 더 이상 신문에 실리는 일도 없었다. 장례식이 어딘가에서 치러졌을 테지만 그녀의 유해를 누가 인수해갔는지도 교코는 알지 못했다. 에리의 원룸에 전화를 해봤지만 아무도 받지 않았다. 게다가 옆집 형사는 계속 집에 돌아오는 기척이 없었다.

옆집 문이 열리는 소리가 난 것은 그날 밤 8시쯤이었다. 이어서 쾅 하고 문이 닫혔다. 아무래도 시바타가 돌아온 모양이었다.

교코는 복도로 나가 옆집 현관 차임벨을 눌렀다. 내키지 않는 듯한 대답과 함께 문이 열렸다.

"안녕하세요?"

교코는 인사를 건네다가 어깨를 움츠렸다.

"어머, 얼굴이 왜 그래요?"

"며칠째 경찰서에서 잤더니만, 꼴이 말이 아니죠? 밤늦게 이런 집에 들어와봤자 편히 쉴 수도 없고."

얼핏 들여다보니 현관 앞까지 이사 박스와 비닐 봉투가 그대로 쌓여있었다. 아직도 이삿짐 정리를 못한 모양이었다.

"여태 밥도 못 먹었어요?"

시바타의 손에 들린 컵라면을 보고 교코가 물었다. 그는 아랫입술을 툭 내밀고 지긋지긋하다는 얼굴이었다.

"요즘 매끼마다 컵라면이에요. 내가 생각해도 이건 진짜 저연비네요."

"저런, 딱해라."

"노력한 보람이라도 있으면 딱할 것도 없는데, 에휴."

"노력한 보람이 없었어요?"

시바타는 컵라면을 든 채 힘없이 고개를 저었다.

"그러면 우리 집으로 가요. 정보 교환도 할 겸 맛있는 거 먹자고요. 하긴 아까 먹고 남은 스파게티뿐이지만."

"엇, 눈물이 날 만큼 반가운 말씀을 해주시네? 아, 근데 내가 가진 정보는 먹고 남은 스파게티만큼의 가치도 없을 텐데, 어쩌죠?"

위아래 추리닝 차림으로 시바타는 교코의 원룸으로 건너왔다. 교코가 시바타를 위해 봉골레를 차리는 동안 그는 교코가 꺼내놓은 카라얀의 레코드 재킷을 보고 있었다.

"교코 씨가 클래식 팬이라는 건 예상을 못 했는데요?"

그가 감탄한 듯 말했다.

"아니에요, 이제부터 팬이 될 생각이죠." 교코가 피식 웃으면서 대답했다. "그건 아까 레코드 대여점에서 빌려온 거예요."

"왜 갑자기 클래식 팬이 될 생각을 하셨을까?"

"신데렐라의 조건이거든요. 내가 찍은 왕자님이 클래식을 좋아하셔서."

"아, 그래서?"

재미없다는 듯 시바타는 재킷을 원래 자리에 내려놓았다.

"눈높이를 맞추려니까 이래저래 힘든 게 많네요. 아, 형사님은 클래식 좀 알아요?"

"아뇨, 전혀 모릅니다."

"평소에 어떤 음악을 들어요? 형사들은 왠지 트로트를 좋아할 것 같은데."

"형사는 무조건 트로트인 줄 알아요? 나는 젊은 여성 록가수를 좋아해요. 그중에서도 '프린세스 프린세스(일본의 여성 록밴드. 1983년부터 1996년까지, 다시 2011년부터 2012년까지 활동했다. 여성 밴드 중 상업적으로 가장 성공한 것으로 평가된다.—옮긴이주)'를 좋아한다고요."

"어머, 뜻밖이네."

교코는 눈이 둥그레졌다.

"하긴 그런 형사님이 있는 것도 좋죠. 자아, 스파게티 나왔습니다."

교코는 테이블에 접시를 차려냈다.

"이거, 이거, 진짜 고맙네요."

시바타는 흐뭇한 듯 의자에 앉더니 포크를 들고 덥석 입에 넣었다. 맛있느냐고 물어보자 입에 가득 몰아넣은 채 고개를 끄덕였다. 엄청난 기세로 반절쯤 먹은 참에 그가 얼굴을 들었다.

"그 사건 말인데요, 아무래도 자살로 결론이 날 것 같아요."

교코는 카펫에 자리를 잡고 그를 올려다봤다.

"뭔가 밝혀진 거예요?"

"그렇죠." 시바타는 물을 꿀꺽 마신 뒤에 말했다.

"독극물이 청산화합물이었다는 건 얘기했던가? 그게 어디서 나왔는지 밝혀졌어요. 에리 씨의 방에서 작은 병이 발견됐는데 그 안에 들어있었죠. 즉 사건 현장에서 발견된 독극물은 에리 씨가 직접 준비했다는 얘기예요."

"에리가 어떻게 그런 걸 갖고 있었죠?"

교코가 입을 뾰로통하게 내밀며 캐물었다.

"바로 그게 문제였어요. 조사해보니 본가에서 가져왔더라고요."

"본가라뇨?"

"몰랐어요? 나고야예요, 우이로(곡물가루에 흑설탕 등을 넣어 찜통에 쪄내는 전통 과자.—옮긴이주)와 기시멘(우동의 한 종류로, 면발이 가늘고 납작하다.—옮긴이주)의 고장, 나고야."

나고야였구나…….

에리의 고향이 나고야라는 건 전혀 알지 못했다. 서로 신상 얘기 따위는 한 적이 없었던 것이다.

"에리 씨는 나고야에서 2년 반 전에 도쿄로 왔어요. 그리고 로열 뱅큇 프로듀스라는 회사에 시험을 쳐서 컴패니언이 됐죠."

"에리가 로열에서 밤비로 옮겨왔다는 건 알고 있었어요."

로열 뱅큇은 컴패니언 업체 중에서도 신뢰도가 높은 곳 중의 하나다. 항상 이백 명 정도의 레귤러 컴패니언을 확보하고, 전원에게 의무적으로 상당히 엄격한 교육을 하고 있다. 채용 조건도 엄격해서 로열 뱅큇 출신이라고 하면 프리 컴패니언이 된 뒤에도 여기저기서 일거리가 들어온다.

에리는 그 로열에서 3개월 전쯤에 밤비로 옮겨왔다. 너무 엄격한 데다 개인 시간을 가질 수 없어서, 라는 것이 그녀가 말한 이유였다.

"에리 씨가 사건 발생 사흘 전에 본가에 갔었어요. 청산화합물은 그때 가져온 것으로 추정하고 있죠."

"청산화합물을 본가에서? 에리의 본가가 도금공장 같은 곳이에요?"

교코의 말에 스파게티를 먹던 시바타가 켁 하고 사레들린 소리를 냈다. 서둘러 물을 마시더니 교코 쪽을 보았다.

"도금공장에서 청산화합물을 사용한다는 건 어떻게 알았어요?"

"아니, 텔레비전 추리드라마에 자주 나오잖아요. 범인이 청산화합물을 도금공장에서 훔쳐 나온다거나."

시바타는 어이없다는 얼굴이었다.

"텔레비전의 영향력에는 말이 안 나온다니까. 근데요, 에리 씨의 본가는 도금공장이 아니에요. 쌀가게라고요."

"쌀가게?"

교코는 고개를 갸우뚱했다.

"몇 년 전에 이상하게 쥐가 많아져서 고생했던 모양이에요. 그때 부친이 잘 아는 자동차 수리공장에서 청산화합물을 조금 얻어다 쥐를 잡으려고 했대요. 독 경단을 만들어 쥐가 다니는 길에 놓아두는 거. 안타깝게도 쥐는 쳐다보지도 않았다는데, 그때 남은 청산화합물을 단단히 밀봉해서 창고에 보관해뒀던 거예요."

"에리가 그걸 찾아내서 가져왔다는 거예요?"

"그런 얘기죠. 청산화합물이라는 말을 듣고 부친은 바로 그게 생각났대요. 그래서 확인해봤더니 아니나 다를까, 최근에 뚜껑을 연 흔적이 있었어요. 사건 사흘 전에 에리 씨가 본가에 다녀갔는데 딱히 볼일이 있어서 내려온 것도 아니었다네요. 이제 와 생각해보니 독극물을 가져가려고 왔었나, 라는 얘기였어요."

시바타는 스파게티의 마지막 한 가닥을 츄릅 빨아들이고 포크를 내려놓았다.

"그랬구나……." 교코는 앉은 채 두 무릎을 끌어안고 그 위에 얼굴을 묻었다. "그럼 자살이 틀림없는 건가."

"아니, 약간 다른 의견이 있긴 해요."

시바타의 말에 교코는 얼굴을 들었다.

"다른 의견이라면, 자살이 아니라는?"

"아뇨, 결과적으로 자살이라는 건 다름이 없지만, 독극물을 입수한 시점에는 동반자살을 할 계획이었던 게 아니냐는 의견이에요. 하지만 결국 자기 혼자 죽기로 했다, 뭐, 그런 설이죠."

"그거, 유력한 거예요?"

시바타는 잠시 생각에 잠겼다.

"나름 유력하게 받아들여지고 있죠." 이윽고 그는 고개를 끄덕이며 말했다. "하지만 에리 씨가 어떻게 할 계획이었느냐는 건 경찰로서는 별 의미가 없어요. 문제는 범죄 혐의가 있느냐 없느냐는 거니까."

"그래서 결국 범죄 혐의는 없다는 거네요?"

교코가 말했을 때, 시바타 옆에 놓인 전화기가 울리기 시작했다. 교코는 그쪽 의자에 앉아 수화기를 귀에 댔다. 그리고 네, 라는 대답만 했다. 장난 전화일 경우를 대비해 먼저 이쪽 이름을 밝히지 않기로 했기 때문이다.

"여보세요, 오다 교코 씨입니까?"

남자 목소리였다. 어딘지 귀에 익었다.

"네, 그런데요."

"지난번에 만난 다카미라고 합니다만, 기억나십니까?"

그 즉시 교코는 얼굴이 환하게 풀어졌다.

"물론 기억하죠. 지난번에는 제가 실례가 많았어요."

그녀의 목소리와 말투가 확 바뀌었기 때문인지 옆에서 시바타가 눈을 데굴거렸다.

"실은 그때 결국 약속을 못 지킨 게 마음에 걸려서요. 꽤 센스 있는 식당을 아는데, 어때요, 내일 시간 괜찮아요?"

"내일……."

교코의 머릿속에 이런저런 것들이 떠올랐다. 내일은 일이 있다. 결근을 하려면 일주일 전에 미리 말해야 한다. 게다가 오늘도 이렇게 쉬고 있지 않은가. 갑작스러운 결근은 블랙리스트에 오른다. 하지만 이런 좋은 기회는 결코 놓칠 수 없다.

"저기, 몇 시쯤이면 될까요?"

일단 물어보기로 했다.

"6시쯤에 데리러 갈까 하는데."

6시……. 절대 안 되는 시간이다. 마음속에 낙담이 퍼져가던 순간, 멍하니 턱을 괴고 바라보는 시바타의 얼굴이 눈에 들어왔다. 번쩍, 아이디어가 떠올랐다.

"네, 그 시간, 좋아요."

"그래요, 다행입니다. 그럼 내일 6시에."

교코가 수화기를 내려놓자 시바타가 말했다.

"왕자님이 전화해주신 모양이죠?"

"네, 그래서 말인데, 형사님께 부탁이 있어요."

교코는 오른손으로 시바타의 무릎을 잡고 왼손으로는 공손히 손 인사를 했다.

"내일 우리 회사에 전화해서 저녁에 오다 교코를 조사할 게 있으니 일을 좀 빼달라고 말해주세요."

시바타는 어엇, 하고 얼굴을 찌푸렸다.

"아니, 내가 왜 그런 거짓말을 해야 합니까?"

"방금 통화하는 거, 들었잖아요. 다카미 부동산회사의 젊은 전무님이에요. 내가 행복을 거머쥐느냐 마느냐의 갈림길이라구요. 이럴 때 좀 도와주면 좋잖아요."

"다카미 부동산회사 전무? 잠깐, 그거 노닥거리려는 거 아니에요?"

"처음에는 노닥거리는 거라도 좋아요. 그걸 기회 삼아 내가 자라처럼 꽉 물어버릴 거니까."

"자라……."

"어때요, 괜찮죠? 우리, 친구잖아요. 스파게티도 대접해드렸잖아요."

교코는 코에 걸린 달콤한 소리를 내며 시바타의 무릎을 흔들었다.

"진짜 못 말리겠네." 시바타는 머리를 긁적였다. "그러다 들키면 어떻게 하려고?"

"괜찮아요. 제발 부탁이에요."

"진짜 들키지 않는 거죠?"

"괜찮다니까요. 아, 다행이다. 고마워요, 감사해요. 보답으로 식후 커피도 내려줄게요."

교코는 주방에 들어가 주전자에 물을 올렸다. 저절로 콧노래가 흘러나왔다.

"조금 전과는 표정이 완전히 달라졌는데요?" 시바타가 어이없다는 듯이 말했다. "아니, 비웃는 거 아니에요. 역시 환한 얼굴이 좋긴 하죠."

"고마워요, 그중 몇 분의 일은 형사님 덕분이에요."

교코가 웃음을 건네며 말했다.

"에리하고도 자주 얘기했었어요. 꼭 돈 많은 사람과 결혼하자고. 돈이 없는 것보다 있는 게 당연히 더 좋잖아요?"

"그건 흠, 글쎄요."

시바타는 복잡한 얼굴을 하고 있었다.

"친구가 죽은 참에 불경스럽다고 할지도 모르지만, 내가 행운의 기회를 잡으면 에리도 기뻐해줄 거예요. 어때요, 그렇게 생각하지 않아요?"

"글쎄요, 난 모르겠네요."

스파게티의 포크를 만지작거리다가 시바타는 한숨을 내쉬며 말했다.

"나는 아직 에리 씨의 죽음을 완전히 받아들이지 못했거든요."

교코는 원두가루를 필터에 담던 손을 멈추고 시바타 쪽을 보았다. 그리고 미간을 좁혔다.

"지난번에도 그런 얘기를 했었죠? 시바타 씨는 에리가 자살한 게 아니라고 생각하는 거예요?"

"단정할 수는 없지만, 몇 가지 마음에 걸리는 게 있어요."

시바타는 옆에 있던 컵을 움켜쥐며 말을 이어갔다.

"그 호텔방에는 원래 유리컵 두 개가 비치되었어요. 그중 하나를 에리 씨가 사용했는데, 자세히 보니까 또 다른 컵에도 살짝 물기가 있더라고요. 그렇다면 누군가 또 한 사람이 썼다는 얘기가 되겠죠."

"그 방이라면 우리 컴패니언들이 먼저 이용했어요. 그러니까 컴패니언 중의 누군가가 컵을 썼는지도 모르죠."

"컴패니언들이 썼다면 그대로 놓고 갔겠죠. 일부러 씻어서 닦아놓지는 않잖아요?"

"……그건 그러네요."

"그리고 또 한 가지 이해가 안 되는 건 에리 씨가 맥주에 청산화합물을 타서 마셨다는 점이에요. 아, 잠깐 이 컵에 물 좀 따라줄래요?"

교코는 그가 하라는 대로 했다. 시바타는 물이 든 컵을 가리키며 말했다.

"지금 자살하려고 독극물과 음료를 가진 사람이 있다, 자, 어떻게 마실 것인가. 독을 입에 털어 넣고 그다음에 음료를 마실까요, 아니면 독을 음료에 타서 마실까요?"

교코는 두 팔을 펼치고 어깨를 움츠렸다.

"그거야 그 순간에 자기 마음 내키는 대로 하지 않나요?"

"네, 그렇겠죠. 그리고 에리 씨는 독을 음료에 타는 방법을 선택했어요."

시바타는 컵의 물에 독을 타는 시늉을 한 다음에 물었다.

"자, 문제는 여기서부터예요. 교코 씨라면 이 컵에 독을 어느 정도나 넣을까요?"

"그걸 어떻게 알겠어요, 어느 정도나 넣어야 죽는지 모르는데. 일단 가지고 있는 독을 다 털어 넣지 않을까요?"

"좋아요, 이만큼 먹으면 죽을 것이다, 라고 생각되는 양을 넣었겠죠. 그리고 그걸 넣었다, 자, 여기서 문제."

시바타는 컵을 손에 들었다.

"이 물을 어떻게 마시죠? 단숨에 마실까요, 아니면 조금씩 홀짝홀짝 마실까요?"

"물론 단숨에 마시겠죠. 찔끔찔끔 마시면 괜히 더 고통스러울 것 같아요."

"맞아요, 그게 일반적인 생각이겠죠."

시바타는 컵을 주방 테이블에 내려놓았다.

"여기서 의문이 생겨요. 자살자의 심리를 살펴보면 대개는 단숨에 마실 수 있는 음료를 선택하는 게 일반적이에요. 그렇다면 에리 씨가 맥주를 선택한 건 이상하죠. 지난번에 교코 씨에게도 물어봤지만, 에리 씨는 술이 그리 세지 않아서 맥주 한 잔이 적정량이라고 했어요. 즉 그녀에게 맥주는 결코 마시기 쉬운 음료가 아니었어요. 실제로 죽을 생각이 었다면 역시 물이나 주스 쪽을 선택하지 않겠어요?"

그의 말을 듣고 교코도 자살하던 순간의 에리를 상상해봤다. 아닌 게 아니라 이승의 마지막 음료로 그리 좋아하지도 않는 맥주를 선택한 것은 부자연스럽게 느껴졌다.

"하지만 그걸로 자살이 아니라고 단언할 수는 없지 않나요? 죽음을 앞두고 뭔가 마음이 바뀔 수도 있고."

시바타는 고개를 저었다.

"선배들도 똑같은 소리를 하던데요. 교코 씨 같은 젊은 여성과 시원찮은 중년 형사가 똑같은 의견이라니 재미있네. 하지만 내 의견은 달라요. 인간은 죽기 직전에 마음이 바뀌지 않아요. 죽을 때는 대부분 보수적이 되게 마련이죠."

"그래도 그게……."

교코는 주먹으로 관자놀이를 꾹꾹 눌렀다. 논리적으로 얘기하는 데는 소질이 없다.

"아, 그래, 도어체인이 있었잖아요. 그건 안에서만 걸 수 있으니까 결국 에리가 직접 걸었다는 얘기예요."

"바로 그게 문제예요." 시바타가 말했다. "하지만 분명 뭔가 트릭이 있을 겁니다. 이건 밀실살인일 수 있어요."

"밀실살인? 무슨 미스터리소설도 아니고, 좀 웃기는데요?"

말은 그렇게 하면서도 물론 교코는 웃지 않았다.

"네, 진즉에 그런 비웃음을 샀습니다. 그래도 난 포기하지 않을 거예요."

시바타는 컵의 물을 맛있게 비우고 자리에서 일어섰다.

"자, 그럼 내 방에 돌아가 트릭이라도 연구해봐야겠어요."

현관으로 향하는 그를 아, 잠깐만, 이라고 교코가 불러 세웠다. 그가 돌아보았다.

"내일, 그거 잘 부탁해요. 내 일생이 걸린 일이니까."

그녀의 말에 그는 순간 딱하다는 얼굴을 하고, 그다음에는 깊은 한숨을 내쉬었다.

"여자란 역시 강하다니까."

"잘 자요."

"예, 잘 자요."

그리고 그는 방을 나갔다.

3장

흐느껴 우는 소리가 들렸다

1

다음날 오후, 시바타는 퀸호텔에 찾아가 사체 발견 당사자인 지배인을 만났다. 도쿠라라는 이름의 지배인은 마흔이 넘은 마른 체형의 남자였다.

"그 사건은 이미 해결된 거 아닌가요?"

도쿠라는 명백히 영업에 방해가 된다는 눈치였다.

"잠깐 몇 가지만 확인하면 돼요."

시바타가 말했다. 확인이라는 말은 정말로 편리하다.

"다시 한번 203호 현장을 살펴봤으면 합니다. 그 방은 아직 그대로겠죠?"

"그건 그렇지만……." 도쿠라는 잠시 생각해보더니 이윽고 체념한 듯 고개를 끄덕였다. "알겠습니다. 안내하겠습니다."

도쿠라는 프런트 담당에게 말을 건네 203호실 열쇠를 받아 들고 냉큼 걸음을 옮겼다. 시바타도 급히 그 뒤를 따라갔다.

203호실의 열쇠를 꽂고 도쿠라는 거친 손놀림으로 문을 밀었다. 커튼이 닫혀있어서 실내는 어슴푸레했다. 침대는 흐트러진 채였다.

"그 이후로 청소는 안 했지요?"

"예에, 당연히 전혀 손대지 않았어요."

지배인이 가볍게 눈꺼풀을 감으며 대답했다.

시바타는 실내를 둘러보면서 신중하게 안으로 들어갔다. 천천히 장갑을 끼고 커튼을 열었다. 봄 햇살이 한꺼번에 비쳐들어 공기 중에 떠있는 먼지가 드러났다.

그는 창밖을 내려다봤다. 바로 아래쪽은 도로, 그리고 건너편에는 빌딩이 서있었다. 창문을 통해 어딘가로 탈출하는 건 불가능할 것이다. 게다가 사체 발견 시에는 창문 자물쇠도 채워져 있었다.

"지배인과 직원이 함께 달려왔다고 했었죠?"

"그렇습니다. 그때의 직원도 불러올까요?"

"부탁드립니다."

도쿠라는 감정이 담기지 않은 표정으로 방을 나갔다. 성이 찰 때까지 얼마든지 조사해봐라, 라는 생각인 모양이다.

그가 문을 닫자 도어체인이 덜렁거리는 소리가 났다. 시바타가 다가가 살펴보니 절단된 체인의 한쪽이 문에 걸린 채 매달려서 흔들리고 있었다.

시바타는 그 사슬 하나하나를 찬찬히 들여다보았다. 예전에 사슬 한 개를 펜치로 벌려서 풀고 외부로 탈출한 뒤에 다시 이어놓는 트릭이 있었다. 하지만 아무리 살펴봐도 그런 조작을 한 흔적은 없었다.

노크 소리에 문을 열자 도쿠라와 직원이 서있었다. 붉은 색감의 날씬한 제복을 입은 직원은 이제 스물을 갓 넘긴 정도의 젊은이였다. 사건 날 밤, 시바타도 만난 기억이 났다. 이름은 모리노라고 했었다.

"처음에 마루모토 씨와 함께 이 방에 왔을 때, 분명 도어체인이 걸려있었던가요?"

"네, 확실합니다."

모리노라는 직원이 대답했다.

시바타는 도쿠라를 보았다.

"도어체인을 외부에서 푸는 건 절대로 불가능합니까?"

"네, 불가능합니다."

도쿠라는 단언했다.

"그러면 그 경우, 체인을 절단하는 방법밖에 없을까요?"

"그렇죠. 모리노한테서 얘기를 들었을 때, 곧바로 체인을 끊기로 결정했어요. 호텔에 따라 조잡한 체인을 쓰는 곳도 있고, 그런 곳에서는 힘으로 밀어붙이면 체인이 끊기기도 한다는데 우리는 그런 물건은 쓰지 않아요. 그래서 망설임 없이 펜치를 들고 달려왔죠."

도쿠라는 콧구멍을 벌름거리며 이 호텔의 안전성을 강조하는 모습이었다.

"그 펜치 말인데요, 그걸 항상 비치해두는 거예요?"

"그건 말이죠." 도쿠라가 의기양양한 얼굴로 뒤를 이었다. "이번 같은 경우가 있기 때문에 우리 호텔에서는 미리 철저히 준비해둔 겁니다."

"그렇군요. 도어체인을 절단하고 안에 들어간 다음에는 어떻게 했는지, 얘기해주세요."

"그 얘기라면 지난번에도……."

"아, 다시 한번 듣고 싶어서요."

시바타의 말에 도쿠라는 과장스럽게 한숨을 내쉬었다.

"마루모토 씨와 모리노와 나, 셋이서 안으로 들어갔습니다. 처음에는 한동안 다들 꼼짝을 못하고 멍하니 서있었어요. 그러다가 마루모토 씨가 경찰에 연락해달라고 해서 내가 저기 저 전화를 썼습니다."

도쿠라는 두 개의 침대 사이에 놓인 전화를 가리켰다.

"그리고 당신은 1층에 내려갔었다고요?"

시바타가 이번에는 모리노에게 물었다.

"그렇습니다. 마루모토 씨가 밤비 뱅큇 사람이 아직 호텔에 있을지도 모르니까 찾아봐달라고 해서……."

그렇다면 그 시점에 이 방에 남아있던 사람은 마루모토와 도쿠라뿐이다. 게다가 도쿠라는 전화를 걸고 있었다. 시바타의 시선이 욕실로 향했다. 그곳에 범인이 숨어있었고 마루모토가 그를 도주하게 해줬을 가능성은 없을까.

"잠깐 부탁드릴 게 있어요."

시바타는 도쿠라에게 말했다.

"그때 했던 대로 전화를 걸어보시겠어요? 그냥 시늉만이라도 좋으니까요."

도쿠라는 마뜩치 않은 표정인 채 침대 사이로 들어가더니 수화기를 집어 들었다. 시바타는 그 옆으로 다가가 이번에는 모리노에게 말했다.

"욕실로 들어가 문을 최대한 살짝 열고 나와 봐요."

모리노는 고개를 끄덕이고 욕실로 들어갔다. 잠시 뒤 "나가도 돼요?"라는 목소리가 들려왔다. 나와도 좋다고 시바타가 지시했다.

달깍 하는 소리와 함께 천천히 문이 열렸다.

시바타는 맥이 빠졌다. 안타깝게도 도쿠라가 선 위치에서 너무 뻔히 보였다. 게다가 애초에 욕실 문이 달깍 열리는 소리로 금세 알아차릴 것이다. 그런 위험한 도박은 할 리가 없다.

"이제 됐어요?"

수화기를 든 채 서있던 도쿠라가 퉁명스럽게 물었다.

네에, 라고 반쯤은 딴생각을 하면서 시바타는 대답했다.

분명 뭔가 트릭이 있을 것이다. 동서고금, 밀실 트릭이라고 하면 수없이 많은 것들이 등장했다. 그중 하나를 사용한다면 이 정도의 밀실은 식은 죽 먹기일 텐데…….

뭔가 트릭을 썼다면 분명 그 흔적이 남아있어야 해. 하지만 그런 건 하나도 나오지 않았어. 그건 왜지? 흔적이 남지 않는 트릭인가…….

흔적…….

시바타는 문 옆으로 달려갔다. 그리고 도어체인을 들여다보았다.

"도쿠라 씨, 체인을 자를 때 나온 파편이 없는데요? 그건 어디 있죠?"

"어디냐니, 그야 경찰에서 가져갔죠. 조사한다면서."

"아 참, 그렇지."

시바타는 고개를 끄덕였다. 그러고도 몇 번이나 고개가 위아래로 움직였다.

그래, 알겠네. 그렇게 된 건가. 그런 수법을 쓰다니, 대단하네…….

범인, 마루모토 본인이거나 마루모토의 공범은 역시 아까 생각했던 대로 펜치 등을 사용해 사슬 하나를 벌려 밖으로 나가고 그다음에 다시 한번 그 사슬을 이어둔 것이다. 하지만 그대로는 펜치의 흔적이 남아버린다. 그래서 나중에 펜치를 쓸 때 그 사슬 부분부터 절단했다. 그러면 트릭의 흔적은 사라진다. 생각해보니 펜치로 도어체인을 절단한 사람은 마루모토 자신이라고 얘기했었다.

다만 이 추리에도 문제점이 있었다. 그런 상황이 되었을 때, 이 호텔에서는 반드시 펜치를 사용한다는 것을 미리 알고 있었어야 한다.

"도쿠라 씨, 펜치를 항상 준비해둔다고 하셨는데 지금까지 그걸 사용한 적이 있었습니까?"

"있었죠." 도쿠라가 대답했다.

"반년쯤 전이었는데 아무리 기다려도 체크아웃을 안 하는 고객이 있었어요. 전화를 해봐도 아무도 받지 않아서 우리 직원이 상황을 살펴보러 갔더니만 고객이 침대에서 발작을 일으켰더라고요. 그때 도어체인이 안에서 잠겨있었기 때문에 펜치를 사용했습니다."

"그래요? 혹시 그런 사실이 어딘가 언론에 실렸다거나?"

"아뇨, 그렇게 큰 사건도 아니었는데요, 뭘."

하지만 설령 큰 사건이 아니었더라도 그런 소문을 듣고

펜치 사용을 알게 되었다는 건 충분히 가능한 얘기다.

이걸로 밀실 트릭은 깨졌구나…….

도어체인을 만지작거리며 시바타는 내심 쾌재를 불렀다. 이걸로 자살설을 뒤흔들 수 있을지도 모른다.

아, 잠깐…….

체인을 만져보는 사이에 한 가지 사실을 깨달았다. 그는 도쿠라 쪽을 돌아보았다.

"절단하는 것밖에 다른 방법이 없다고 하셨는데, 이 사슬 하나를 펜치 같은 것으로 벌린다는 방법도 있지 않나요?"

범인이 처음에 그렇게 해서 밖으로 나갔다면 당연히 들어올 때도 그 방법을 쓰면 되는 것이다.

그런데 도쿠라의 대답은 뜻밖이었다.

"그것도 가능하긴 한데, 오히려 손이 더 많이 갑니다."

"왜죠?"

"현재 거기에는 없지만 도어체인에 가죽커버가 씌워져 있어요. 사슬 하나를 풀기 전에 우선 그 가죽커버부터 벗겨내야 합니다. 그러느니 아예 한꺼번에 잘라내는 게 빠르죠."

"가죽커버?"

시바타는 멍한 눈길을 도어체인에 쏟았다.

"그런 게 씌워져 있었어요?"

"네, 그 가죽커버도 경찰에서 가져갔는데요."

뭐야, 이거…….

가죽커버가 씌워져 있었다면 사슬 하나를 벌리고 탈출한다는 건 불가능하다.

"그럼 아무도 들어오지도 나가지도 못할 텐데……."

"그래서 내가 몇 번이나 말했잖습니까." 도쿠라가 내뱉듯이 말했다.

"도어체인은 안쪽에서가 아니면 걸 수도 풀 수도 없어요. 더구나 바깥쪽에서는 절대로 풀 수가 없다니까요."

2

정확히 6시에 차임벨이 울렸다. 가슴에 브로치를 달고 마지막으로 화장을 점검한 뒤에 교코는 현관으로 달려갔다.

"안녕하세요?"

다카미의 상쾌한 웃는 얼굴이 나타났다. 다크 그린의 정장이 아주 잘 어울렸다.

"너무 일찍 왔나요?"

"아뇨, 딱 좋았어요."

교코의 말에 그는 다시 하얀 이를 내보이며 웃었다.

오늘 타고 온 차는 소어러였다. 교코가 조수석에 앉고 그가 핸들을 잡았다. 두 사람 사이에는 하얀 자동차 전화기가 설치되어 있었다.

"나는 국산 차가 좋더군요." 그가 말했다. "벤츠나 볼보도 좋긴 하지만 아무래도 국내 도로 사정에는 안 맞는 느낌이 들어서."

가격 문제도 물론 있고요, 라면서 그는 웃었다. 교코도 웃었다.

프랑스 요리와 이탈리아 요리 중에 어느 쪽이 좋으냐고 물어서 교코는 이탈리아라고 대답했다.

"이탈리아 요리를 좋아해요?"

"네,《장미의 이름》을 보고 이탈리아 팬이 됐어요."

"아, 숀 코넬리? 나도 그 영화 봤어요. 아주 재미있던데요."

그런 식당이라면 아마도 아오야마 근처일 거라고 짐작했는데 소어러는 세타가야의 주택가 한복판을 달려갔다. 이런 곳에 식당이 있나, 하고 의아해하는 사이에 다카미는 차를 작은 주차장에 넣었다. 차에서 나와 보니 하얀 서양식 건물의 이탈리아 레스토랑이었다. 천장이 무척 높고 벽에는 거대한 그림이 장식되었다. 아마 북이탈리아의 고성일 거라고 교코는 그 그림을 보며 나름대로 상상했다.

직사각형 테이블 열 개 정도가 나란히 놓였고 손님이 앉아있는 건 그중 두 개뿐이었다. 교코와 다카미는 가장 안쪽 테이블로 안내를 받았다.

"이 식당은 어패류랑 회가 맛있다고 하더군요."

다카미가 메뉴를 골라보라면서 말했다. 알아서 정해주세요, 라고 교코는 대답했다. 메뉴를 들여다보면 항상 망설이게 된다. 뭐든 다 먹고 싶은 데다 음식을 가리는 버릇도 없다.

그렇게 다카미가 적당히 주문을 했다. 와인도 시켰는데 음주운전을 하게 되는 게 아닌지 은근히 걱정스러웠다.

"지난번 일은 그 뒤에 어떻게 됐어요?"

웨이터가 나간 뒤, 다카미가 물었다. 지난번 일이라니, 하고 어리둥절했지만 곧바로 에리 얘기라는 걸 알았다.

"잘은 모르지만, 자살일 가능성이 높은 모양이에요."

"그렇군요……."

다카미가 그 순간 먼 곳을 바라보는 눈빛이 되는 것을 교코는 눈치챘다. 그녀가 지그시 지켜보자 퍼뜩 정신을 차린 듯한 표정을 보이더니 그제야 웃는 얼굴로 돌아왔다.

"교코 씨는 컴패니언 일을 시작한 지 얼마나 됐어요?"

"대략 말하면……." 교코는 고개를 갸우뚱하고 헤아려봤다. "3년 정도?"

"계속 지금 그 회사였어요?"

"아뇨, 1년 전에 다른 곳에서 옮겨왔어요. 지금 회사는 설립한 지 아직 1년 반밖에 안 됐거든요."

웨이터가 와인을 가져와 두 사람의 잔에 따라주었다. 건배를 했지만 다카미는 살짝 맛을 보는 정도였다. 처음부터 안 마실 생각이었구나, 하고 교코는 마음이 놓였다.

"사장 이름이 마루모토 씨라고 했던가요?"

교코는 고개를 끄덕였다. 동시에 잘 아네, 라고 내심 생각했다. 사체 발견자로 이름이 신문에 나왔기 때문인가.

"지금 회사를 시작하기 전에는 어떤 일을 하던 사람이에요?"

교코는 고개를 저었다.

"그건 잘 모르겠어요. 왜요, 사장님한테 뭔가 문제가 있나요?"

"아뇨." 다카미는 컵을 들어 물을 마신 뒤에 말했다.

"상당히 재미있는 사업인 것 같아서……. 어떤 사람이 운영하는지 궁금했어요."

"별로 재미있는 일도 아니에요."

"그래요? 하긴 그럴지도 모르겠네요."

오르되브르가 나와서 대화가 끊겼다. 굴을 입에 넣으며 교코는 다카미의 표정을 관찰했다. 이 사람은 오늘 무엇 때문에 나를 만나자고 한 걸까…….

식사 중의 화제는 클래식 음악과 고전 발레에 집중되었다. 벼락치기로 공부하고 온 교코로서는 바라던 바였다. 다만 그가 발레에까지 관심이 있다는 건 미처 생각하지 못했다.

“프리마돈나 모리시타 요코 씨는 역시 대단해요. 요즘 한창 궤도에 올랐다고 할까, 완성 단계라고 할까. 지난번에 《백조의 호수》를 보고 왔는데 정말 훌륭했어요. 제3막의 흑조에서 서른두 번의 턴을 발끝 위치가 거의 밀리는 일 없이 해내더군요.”

잘 알지 못하는 이런 화제가 나올 때, 교코는 방실방실 웃으며 고개를 끄덕여준다. 머릿속에서는 발레 책도 사야겠구나, 하고 생각했다.

그가 다시 사건에 대한 얘기를 꺼낸 것은 식후의 에스프레소 커피가 나왔을 때였다.

“그나저나 지난번에는 깜짝 놀랐죠? 그때도 이렇게 교코 씨와 커피를 마신 뒤였는데.”

다카미는 맛있다는 듯 커피 잔을 들여다보며 말했다.

“그 에리 씨라는 분도 뭔가 고민거리가 있었던 모양이죠? 교코 씨한테 그런 얘기를 한 적은 없었어요?”

“아뇨, 전혀.”

“그렇습니까. 에리 씨와는 오랫동안 알고 지낸 사이였어요?”

“3개월 정도였어요. 에리는 그 전에 로열 뱅킷 소속이었거든요.”

이런저런 제약이 너무 많아 그만뒀다는 것, 나고야 출신이라는 것을 교코는 덧붙였다.

"나고야? 역시……."

슬쩍 내비친 그 말에 교코는 그의 얼굴을 보았다.

"역시, 라뇨?"

"아뇨, 그게…… 신문에서 읽은 것 같아서요."

그가 커피 잔을 입에 가져가며 대답했다.

식사를 마치고 가게를 나올 때, 다카미는 그녀에게 자동차 키를 건넸다.

"미안하지만 먼저 타고 있을래요? 점장에게 인사하고 올 테니까. 금방 끝나요."

소어러 조수석에 앉아 교코는 한 차례 심호흡을 했다. 많이 먹었는데도 그리 만족감이 느껴지지 않았다. 아무래도 마음에 걸리는 것이 있었기 때문인지도 모른다.

다카미는 왜 그렇게 에리의 죽음을 궁금해하는 걸까. 그와는 아무 관계도 없는 일일 텐데. 아니면 단순히 자신이 예민하게 받아들인 것이고 그로서는 둘 다 아는 핫한 화제를 꺼낸 것뿐일까. 그렇다고 쳐도 식사 중에 자살 얘기를 꺼내는 건 아무래도 좀 이상하다.

그런 생각을 하는 참에 돌연 차 안의 전화가 울렸다. 교코는 펄쩍 뛸 듯이 놀랐다.

다카미는 아직 나타나지 않았다.

교코는 괜히 원망스러워서 그 전화를 흘겨보았다. 하필 이럴 때 울릴 게 뭐람.

하지만…….

만일 그의 가족의 급한 전화라면 어쩌지? 교코가 전화를 받지 않은 것을 나중에 알고서 센스 없는 여자라고 생각할지도 모른다. 그런 여자라면 다카미 슌스케의 아내가 될 자격이 없다고 할지도 모르는데…….

전화는 계속 울리고 있었다.

교코는 용기를 내서 수화기를 들었다. 전화를 받아주는 것쯤은 별일도 아니잖아.

"여보세요?"

"……."

대답이 없었다.

"아, 다카미 씨는 지금……."

거기까지 말했을 때였다. 교코의 귀에 뭔가 들려왔다. 소음인가? 사람 소리인가? 교코는 수화기에 귀를 바짝 댔다.

그것은 흐느껴 우는 소리였다. 전화 너머에서 누군가 울고 있었다. 그것은 깊고 음울한 슬픔에 휘감긴 듯한 소리였다.

하지만 다음 순간, 그것은 웃음소리로 바뀌었다. 어딘가 고장 난 듯한 이상한 웃음이었다. 하지만 여기서도 역시 몹시 어두운 슬픔이 느껴졌다.

교코는 급히 수화기를 내려놓았다. 온몸에 오싹 소름이 끼쳤다. 심장 박동이 빨라지고 호흡도 흐트러졌다. 얼굴에서 핏기가 가시는 것 같았다.

뭐지, 방금 그 소리는?

하얀 수화기를 노려보며 교코는 자신의 가슴을 쓸어내렸다. 그리 추운 날씨도 아닌데 온몸의 피가 얼어붙는 느낌이었다.

그때 톡톡 소리가 나서 그녀는 작은 비명을 올렸다. 돌아보니 다카미가 창유리를 두드리고 있었다. 후우 안도하며 그녀는 도어록을 풀었다.

"미안해요." 그가 사과하면서 차에 올랐다.

"어때요, 제법 괜찮은 레스토랑이었죠? 가격도 부담스럽지 않고……. 아, 내 얼굴에 뭔가 묻었습니까?"

"아, 아뇨." 교코는 고개를 저었다. "저녁, 잘 먹었습니다."

"다음에는 프랑스 요리를 잘하는 곳을 소개하죠. 맛있는 와인을 종류별로 구비한……."

말을 끊은 것은 다시 전화가 울렸기 때문이다. 그가 얼른 수화기를 들고 귀에 댔다.

"네, 다카미입니다."

그의 얼굴이 순식간에 심각해지는 것이 느껴졌다. 조금 전의 그 소리다, 라고 교코는 확신했다.

"나야."

다카미가 말했다.

"……응, 잘 자."

그것뿐이었다. 그는 아무 일도 없었던 것처럼 수화기를 내려놓고 차의 엔진을 켰다. 하지만 사이드브레이크를 풀다가 갑자기 뭔가 생각난 것처럼 교코 쪽을 보았다.

"혹시 전화……받았어요?"

나지막하게 가라앉은 목소리였다.

"아뇨."

교코는 순간적으로 고개를 저었다. 하지만 자신이 생각해도 한심할 만큼 서툰 연기였다.

다카미는 시선을 앞으로 돌리고 천천히 차를 출발시켰다. 그리고 한참 동안 입을 열지 않았다.

3

수많은 차량이 오가는 모습을 바라보며 교코는 조금 전의 전화에 대해 생각했다. 그건 대체 무엇이었을까. 하지만 먼저 그 얘기를 꺼낼 수는 없었다. 물어보면 안 될 듯한 뭔가가 다카미의 옆얼굴에서 배어 나왔기 때문이다.

"다음에 또 만나고 싶군요."

교코의 원룸에 도착했을 때, 그가 말했다. 무슨 목적으로 만나려는 거냐고 묻고 싶었지만 교코는 꾹 참고 고개를 끄덕였다. 목적이 어떻든 상관없다. 일단 자주 만나다 보면 기회도 생길 것이다.

"네, 다음에는 제가 직접 요리해서 대접해드릴게요."

마음먹고 말을 꺼냈다. 솔직히 요리에는 자신이 없다.

"오, 기대되는데요?"

다카미가 웃으면서 응했지만, 곧바로 진지한 얼굴로 돌아와 다짐하듯이 말했다.

"정말로 꼭 다시 만나요."

악수를 하고 두 사람은 헤어졌다. 멀어져가는 소어러의 미등을 배웅하고 교코는 자신의 원룸으로 향했다.

집에 들어가기 전에 시바타의 현관문을 두드렸다. 부루퉁한 굵은 목소리가 나고 문이 열렸다.

"어떻게, 왕자님과의 만남은 잘됐어요?"

그는 교코의 얼굴을 보자마자 말했다.

"무승부라고나 할까요."

그런 영문 모를 대답을 하고 교코는 꾸벅 고개를 숙였다.

"오늘, 미안해요. 덕분에 아주 좋은 시간을 보냈어요. 고맙다는 인사라도 하려고 잠깐 들렀어요."

"뭘 인사씩이나."

"이사가 아직도 안 끝난 거 같네?"

교코는 목을 길게 빼고 안을 들여다보았다. 아직도 박스들이 쌓여있었다. 그나마 스테레오는 세팅을 했는지 음악소리가 들려왔다. 정말로 프린세스 프린세스였다.

"잠깐 들어가도 돼요?"

"그러시죠, 앉을 자리 정도는 있으니까."

안으로 들어가 보니 정말로 '앉을 자리 정도' 밖에 없었다. 어중간하게 짐을 꺼낸 이사 박스가 비좁은 공간을 다투며 늘어섰다. 싱크대는 설거짓거리가 산더미고, 쓰레기통은 컵라면 빈 용기로 넘쳐났다.

"이래도 언젠가는 제대로 방이 되나요?"

교코는 되도록 깨끗한 박스를 골라 그 위에 앉았다.

"그런 심한 말씀을. 나도 힘들다고요."

시바타는 부엌의 냉장고를 열더니 캔맥주 두 개를 꺼냈다. 그리고 박스를 피해 가며 교코 앞으로 다가와 하나를 그녀에게 내밀었다. 고마워요, 라고 교코는 말했다.

"실은 오늘 교코 씨 회사에 다녀왔어요."

시바타가 캔의 마개를 치익 당겼다.

"어머, 나 때문에 일부러 간 거예요?"

"교코 씨의 땡땡이만을 위해 내가 거기까지 갔겠어요? 마루모토 사장의 평판을 다른 직원들에게 넌지시 물어보러 갔죠."

"사장을 의심하는 거네요?"

"발견자를 의심하는 건 수사의 기본이에요. 덕분에 딱 두 가지, 마음에 걸리는 걸 발견했죠."

"뭔데요?"

"첫째로 마루모토와 에리 씨의 관계를 아무도 알지 못한다는 점이에요. 에자키 요코와의 관계는 아는 사람이 꽤 많았는데."

"서로 사귄 지 얼마 안 돼서 그런 거 아니에요?"

맥주를 꿀꺽 마셨다. 이탈리아 요리를 먹을 때부터 맥주를 마시고 싶었던 것이다.

"그렇게 생각할 수도 있죠. 하지만 아무래도 마음에 걸려요. 그리고 또 한 가지, 마루모토의 출신지예요. 그자도 나고야 사람이더라고요."

교코는 맥주를 뿜을 뻔했다.

"또 나고야?"

"그렇죠, 또 나고야예요."

시바타는 캔맥주를 번쩍 들며 씨익 웃었다.

"에리 씨도 나고야, 마루모토도 나고야. 난 그게 우연이 아니라고 생각해요. 분명 뭔가 있어요."

"뭐가 있는데요?"

"아직은 모르죠. 그래서 그걸 알아보러 가보기로 했어요."

그는 맥주를 한 모금 마시고 말했다.

"내일 휴가를 냈어요, 나고야에 가려고. 에리 씨의 본가를 찾아가볼 생각이에요."

"에리의 본가……."

퍼뜩 다카미의 일이 교코의 머릿속에 떠올랐다. 그는 식사하는 동안 계속 에리에 대해 알고 싶어 했다. 나고야가 본가라는 말에도 관심을 보였었다.

"그러면……." 교코는 마음먹고 말했다. "나도 갈게요, 나고야."

시바타가 맥주를 풋 하고 뿜었다.

"교코 씨가 왜 거길?"

"아니, 나도 갈 수 있죠. 에리의 장례식에도 못 갔는데 이 참에 향불이라도 올려주고 싶어요. 게다가 내가 함께 가면 형사님도 말하기가 훨씬 수월하잖아요."

"회사는 또 땡땡이?"

"그건 괜찮아요. 내일은 다행히 일이 없거든요. 어때요, 정해졌죠?"

"허참." 시바타가 쓴웃음을 지었다.

"뭐, 좋아요. 나도 여자분과 여행하는 게 더 재미있으니까."

교코는 다리를 꼬고 그 위에 턱을 괴면서 후훗 웃었다.

"시바타 형사님, 정말 솔직하시네. 난 그런 사람이 좋더라."

"예에, 칭찬 고맙네요."

그가 말했다.

그날 밤 교코는 가위에 눌렸다. 깊은 어둠 속으로 빨려 들어가는 꿈을 꾼 것이다. 어둠 속에서는 바로 그 흐느껴 우는 소리가 들려왔다.

4

다음 날 아침 교코와 시바타는 도쿄역에서 7시 정각의 신칸센을 탔다. 자유석이지만 마침 자리가 나서 나란히 앉을 수 있었다. 교코는 출발과 동시에 잠이 들었다. 간밤에 제대로 잠을 못 잔 것이다.

눈을 떴을 때, 창밖으로 후지산이 보였다. 날씨가 맑아서 파란 하늘을 배경으로 눈부실 만큼 또렷한 모습이었다.

옆에서는 시바타가 눈을 감고 워크맨을 듣고 있었다. 잠들지 않았다는 증거를 보여주듯이 다리로 리듬을 타고 있었다. 교코가 부스럭부스럭 움직였기 때문이리라, 그가 천천히 눈을 떴다.

"아, 더 자도 돼요."

"뭘 듣고 있어요?"

"티파니(미국의 여성 가수. 80년대 후반에 영미를 중심으로 큰 인기를 끌었다.—옮긴이주)."

"나도 듣고 싶은데."

그러자 시바타는 자신의 이어폰을 빼내 교코의 귀에 꽂아 주었다.

그리고 재킷 안주머니에서 작은 수첩을 꺼냈다. 경찰수첩은 아니었다. 그가 펼친 페이지에는 뭔가 도면 같은 것이 그려져 있었다. 찬찬히 들여다보니 퀸호텔의 객실 조감도와 도어체인 그림이었다.

신칸센에서 내려 개표구를 나서자 9시 정각이었다. 역사 앞에는 거대한 벽화가 있고 그 밑에 약속을 기다리는 사람들이 주르륵 서있었다.

"여기서 어디로 가요?"

"지하철을 타야 해요. 잇샤라는 역으로 갈 거니까."

지하철역까지는 한참을 걸어야 했다. 게다가 역 안이 몹시 붐볐다. 지하철이란 어디든 똑같구나, 라고 교코는 생각했다.

잇샤역을 나서자 작은 지도를 손에 들고 시바타는 북쪽으로 향했다. 이곳이 대체 어디쯤이냐고 물었더니 그가 메이토구라고 알려주었다. 그렇구나, 라고 고개를 끄덕였지만 지명을 들었다고 위치를 알 수 있는 것도 아니다.

에리의 본가는 잇샤역에서도 한참 걸어 들어간 곳에 있었다. 도로를 마주하고 주차장이 있고 그 안쪽이 쌀가게였다. 오른편은 신문가게, 왼편은 카페였다.

교코와 시바타가 다가가자 가게를 지키던 에리의 부친이 맞아주었다. 백발 머리에 사람 좋아 보이는 얼굴이었다. 그는 안쪽에 대고 큰 소리로 아내를 불렀다.

두 사람이 자기소개를 했다. 교코가 함께 일하던 친구라고 하자 어두운 낯빛에 희미한 반가움이 스쳤지만, 시바타가 형사라는 것을 알고는 부부의 얼굴이 긴장했다. 시바타는 개인적인 방문이라는 것을 강조했다.

그 뒤에 불단 앞으로 안내를 받아 우선 나란히 향불을 피웠다. 부부는 교코에게 연달아 에리에 대한 것을 물었다. 어떻게 지냈는지, 뭔가 고민하는 기색은 없었는지 묻는 것을 보니 결국 그들도 자살할 만한 이유로 짐작되는 게 없는 모양이었다.

"에리 씨가 이쪽의 대학 영문과를 졸업했다고 하던데요."

시바타의 질문에 부부는 말없이 고개를 끄덕였다.

"졸업한 뒤에는 어떻게 지냈습니까?"

"학원 영어 강사로 근무했어요. 3년 전까지는."

어머니 쪽이 대답했다.

"그런데 왜 도쿄에 올라갔던 건가요?"

시바타의 질문에 부부는 서로 얼굴을 마주 보며 당황한 표정을 지었다. 명백히 동요하고 있다고 교코는 짐작했다.

"글쎄요……." 아버지 쪽이 고개를 갸우뚱하고 있다가 이윽고 입을 열었다.

"젊은 애들은 한 번쯤은 도쿄에 가고 싶어 하니까요."

"그렇군요……."

이번에는 교코와 시바타가 얼굴을 마주 볼 차례였다. 시바타가 슬쩍 눈짓으로 신호를 보냈다.

"에리 방을 좀 볼 수 있을까요?"

교코가 물었다. 그럼요, 라면서 어머니가 자리에서 일어섰다.

에리의 방은 2층 남향이고 3평 남짓한 넓이에 책상이며 서랍장이 놓여있었다. 아마도 그녀가 학생이던 시절 그대로인 모양이었다.

"얼마 전에 집에 내려왔을 때는 건강하던 아이가 갑자기 왜 그렇게 됐는지……."

슬픔이 되살아났는지 어머니가 눈가를 훔쳤다.

교코는 벽에 붙은 포스터며 책상 위의 책 제목들을 하나하나 들여다보았다. 시바타는 앨범을 펼치고 있었다.

아래층에서 부르는 소리에 어머니는 계단을 내려갔다. 그와 동시에 시바타가 슬쩍 "이것 좀 봐요"라면서 앨범을 교코에게 내보였다. 그곳에는 교코가 알고 있는 것보다 좀 더 젊은 에리의 모습이 있었다. 화장하는 방법도 다르고 아직 통통하게 앳된 얼굴이었다.

"이렇게 예쁜 친구인데……. 또 눈물이 날 것 같아요."

"울어도 괜찮지만, 우선 이것부터 봐요. 부자연스럽게 옆이 좁은 사진이 있죠? 이건 나중에 한쪽을 잘라낸 거예요."

그러고 보니 분명 그런 흔적이 있었다. 그런 사진이 여러 장이었다.

"여기 가장 최근의 사진도 그렇죠? 하나같이 에리 씨 혼자예요. 정확히 말하면 에리 씨만 남기고 잘라냈어요. 게다가 이 잘라낸 면을 보면 바로 최근이에요."

"어떻게 된 걸까요?"

"그거야 뻔하죠. 여기에 에리 씨의 연인이 함께 찍혔던 거예요. 부모님은 그걸 그대로 남겨두기가 싫었던 모양이지. 분명 그래서 잘라냈을 거예요."

"그 연인이 마음에 안 들었을까요?"

"글쎄요. 어쩌면 그럴지도."

발소리가 들려서 시바타는 앨범을 책장에 돌려놓았다.

"차가 준비됐는데 내려와서 마실래요?"

어머니의 말에 두 사람은 계단을 내려왔다.

차를 마시며 되도록 무난한 이야기를 나눈 뒤에 그만 일어서기로 했다. 그때쯤이 되자 배달을 나갔던 장남 노리유키가 돌아왔다. 노리유키는 큰 몸집에 수염이 짙은 남자였지만 웃으면 아주 선한 얼굴이 되었다.

노리유키가 나고야역까지 차로 배웅해준다고 해서 교코와 시바타는 그 호의에 기대기로 했다. 차는 스바루 투링 왜건이다. 배달할 때 아주 편리하다면서 노리유키가 흐릿하게 웃었다. 시바타가 조수석에 앉고 교코는 뒤에 앉았다.

"아버지 어머니가 반가워했지요? 에리가 도쿄에서 어떻게 지냈는지 알고 싶어 했거든요."

노리유키가 말했다.

"에리 씨가 왜 도쿄에 올라갔는지는 얘기를 안 해주시던데요."

시바타가 분명한 말투로 얘기를 꺼내자 그 즉시 노리유키는 입을 꾹 다물었다.

"혹시 에리 씨의 연인과 관련된 일 때문이었습니까?"

잠시 틈을 둔 뒤에 노리유키가 되물었다.

"왜 그렇게 생각하시죠?"

"앨범을 봤거든요. 에리 씨와 같이 찍은 사람을 모두 잘라냈더군요."

그러자 노리유키는 후우 하고 코로 숨을 토해냈다.

"그러지 말라고 몇 번을 말씀드렸는데……. 남들이 보면 도리어 이상하게 생각할 거 아닙니까. 그래도 부모 입장에서는 그자의 사진을 그대로 남겨두기가 힘들었겠죠."

"자세히 얘기 좀 해주시겠습니까?"

시바타가 그의 옆얼굴에 대고 말했다. 그는 묵묵히 핸들만 돌렸다.

"화가 지망생이었어요." 잠시 뒤에 노리유키가 입을 열었다.

"뭐가 그렇게 좋은지 에리가 그 녀석에게 푹 빠졌어요. 결혼하고 싶다고 했죠. 아버지 어머니는 반대했지만."

"지금 어디 있어요, 그 사람은?"

노리유키가 다시 침묵했다. 이번에는 상당히 길었지만 시바타도 교코도 참을성 있게 기다렸다. 이윽고 그가 말했다.

"죽었어요."

"예에?"

시바타와 교코는 동시에 놀란 소리를 냈다.

"죽어버렸어요."

노리유키가 내뱉듯이 다시 말했다.

"에리는 그 충격 때문에, 그자를 잊으려고, 도쿄에 갔던 거예요. ……이 정도로만 해주시죠. 더 이상은 말 못하겠네요."

"어쩌다가……. 어딘가 아팠던 건가요?"

시바타가 물었다. 하지만 그는 정말로 입을 꾹 다물어버렸다.

노리유키의 차에서 내린 뒤 시바타는 택시 승차장으로 향했다.

"아, 잠깐, 어디 가려고요?"

"따라와 보면 알아요."

시바타는 택시에 타자마자 운전기사에게 물었다.

"즈루마이공원 옆의 진보학원, 아세요?"

역의 북측에 있는 그 학원이냐고 운전기사가 확인하자 아마 그럴 거라고 대답했다.

"거기가 에리가 전에 다니던 직장이에요?"

교코가 물었다.

"에리 씨의 책상에 진보학원이라고 인쇄된 책받침이 있었어요. 그래서 여기다, 라고 찍었죠."

"역시나 형사님은 다르시네."

교코는 감탄했다.

교통량이 많은 큰 도로 옆에서 택시가 멈췄다. 길 양쪽으로 빌딩이 줄줄이 늘어섰다. 그 속에 진보학원이라는 유난히 큰 간판을 내건 건물이 있었다.

건물 안은 숨을 죽인 것처럼 괴괴했다. 들어가서 오른편이 유리벽의 사무실이었다. 안쪽은 강의실이고 지금도 수업이 진행되는 것 같았다.

시바타가 사무직원과 뭔가 얘기를 나누는 동안 교코는 학원 팸플릿을 들여다보았다. 초등학생, 중학생, 고등학생 코스와 재수생 코스라는 것이 있었다. 시간별로 상당히 빡빡하게 짜였다. 이런 곳에서 강의를 했던 걸 보면 에리의 영어 실력이 상당했던 모양이다. 영어 잘하고 용모 단정하면 도쿄에서도 어렵지 않게 컴패니언이 될 수 있는 것이다.

시바타가 돌아왔다.

"에리 씨와 친했던 선생님이 지금 강의 중이라네요. 30분쯤이면 끝난다고 해서 그때까지 기다리기로 했어요."

"그럼 그때까지 산책이나 할까요?" 교코가 제안했다. "즈루마이공원이라는 곳에 가보고 싶은데."

"그 전에 점심부터 먹죠. 길 건너편에 기시멘 식당이 있던데."

"눈도 빠르시네요, 어느 틈에 그런 것까지."

"오늘은 이래저래 칭찬받는 일이 많은데요."

그 식당은 오래된 전통가옥을 본뜬 구조로, 앞쪽에는 물레방아가 돌고 있었다. 점심을 먹기에는 조금 이른 시간이어서 가게 안은 한산했다. 4인용 테이블에 마주 앉아 기시멘과 기시멘 정식을 주문했다. 정식은 고모쿠메시(야채, 생선, 고기 등을 채 썰어 한데 넣고 지은 영양밥.—옮긴이주)가 딸려 나왔다.

"어떻게 생각해요?"

교코가 물었다.

"뭘요?"

"에리의 연인 얘기 말이에요. 아까 그 오빠 얘기로는 에리의 부모님이 왜 그토록 그 사람을 싫어했는지 알 수 없었잖아요. 게다가 어쩌다 세상을 떠났는지도 말을 안 하고, 뭔가 이상해요."

"그렇죠, 아주 이상해요."

시바타는 이쑤시개로 테이블 위에 뭔가 쓰고 있었다.

"혹시 그 사람이 이상한 병에 걸렸었다거나?"

퍼뜩 생각나서 교코는 말해봤다.

"이상한 병이라니?"

시바타가 얼굴을 들었다.

"그런 걸 꼭 숙녀의 입으로 말해야겠어요?"

교코는 찻잔을 들었다. 차가 맛있었다.

"아니, 그건 아니에요. 병으로 사망했다면 그렇다고 말하면 되고, 병명은 적당히 지어내면 될 텐데."

"하긴 그렇겠네요. ……아, 경찰에서는 에리의 이쪽에서의 행적 조사는 안 했어요?"

"그렇게 자세히는 조사를 안 했어요. 이번 사건은 아무래도 에리 씨와 마루모토의 관계에만 집중했거든요. 에리 씨가 나고야에서 어떻게 지냈는지, 그런 건 거의 관심이 없었죠."

자살이라고 판단했다면 더욱더 그럴지도 모른다고 교코는 생각했다.

"오, 드디어 나왔네. 진짜 배고팠는데."

기시멘 정식을 마주하고 시바타는 얼굴이 환해졌다.

다시 학원에 돌아가 응접실에서 도미이 준코라는 여자 강사를 만났다. 준코는 서른 살 전후로, 강사라기보다 침착한 주부 같은 인상이었다. 그녀는 에리의 죽음을 일단 알고는 있었다. 아이치 현경 수사원에게 들었다고 했다.

"최근에 에리를 만났느냐고 묻더군요. 학원을 그만둔 뒤로 한 번도 못 봤고 연락도 없었다고 대답했어요."

"실제로 그렇습니까?"

시바타가 물었다.

"네, 그렇죠."

준코는 또렷한 말투로 답했다. 낭랑한 목소리였다.

"실은 에리 씨의 연인에 대해 좀 물어볼까 하는데요. 이쪽에 사귀던 사람이 있었지요?"

그러자 준코는 망설이듯이 고개를 숙이고 눈만 깜작거렸

다.

"화가 지망생이었다고 하던데요. 부모님이 상당히 반대하셨다고 들었습니다만."

여기서 다시 준코는 눈높이를 올렸다.

"저도 자세한 건 모르겠어요. 하지만 그런 사람과 사귄다는 얘기는 들었어요."

"이름이 어떻게 되는 사람이었어요?"

잠시 머뭇거린 뒤 그녀는 혼잣말을 중얼거리듯이 말했다.

"이세, 라고 했던가……."

"이세? 한자로는 어떻게 되죠?"

"이(伊)에 세(瀨)."

시바타는 그 한자를 손끝으로 테이블에 써보고 있었다.

"사망했다고 하던데요?"

"네." 준코는 고개를 끄덕이고, 시바타의 얼굴을 지그시 들여다보는 눈빛으로 말했다.

"혹시 기억 안 나세요? 신문에 꽤 크게 실렸었는데."

"신문에?"

시바타는 의아한 얼굴을 하며 되물었다.

"그 사람, 무슨 일 있었습니까?"

준코는 심호흡을 하고 시바타와 교코의 얼굴을 번갈아 보면서 말했다.

"자살했어요. 자기가 사람을 죽였다는 유서를 남기고……."

"사람을 죽였다고요?"

말을 한 다음에 시바타는 앗, 하는 소리를 냈다.

"네, 그 사건이에요." 도미이 준코가 말했다.

"다카미 부동산회사 사장님이 살해된 사건. 그 범인이 이세 씨였어요."

4장 합동 작전을 펼치자

1

시바타와 함께 나고야에 다녀온 다음 날, 교코가 일을 나간 곳은 아카사카 퀸호텔이었다. 지난번에 사건이 일어난 긴자 퀸호텔과 같은 계열의 호텔이다.

그날 밤의 파티는 모 슈퍼마켓 회장의 회갑연이라는, 말만 들어도 별로 재미가 없을 듯한 연회였다.

"주최자 측에서 당부한 사항인데, 사장 주위는 연회 내내 컴패니언 여러 명이 맡아달라고 합니다."

교코 일행이 대기실에서 기다리고 있으려니 항상 하던 대로 영업실장 요네자와가 안경을 번뜩이며 말했다.

"그다음은 상석 테이블부터 순서대로 한 명씩 맡도록 하세요. 말석 쪽은 몇 군데가 비겠지만 그쪽은 평사원이나 기껏해야 계장급이니까 컴패니언 서빙은 없어도 됩니다. 잔이 비어도 맥주를 따라줄 필요도 없고요. 그리고 젊은 사원 중에 자꾸 말을 거는 자들이 있을 경우에는 즉각 요코 팀장에게 얘기하세요. 자, 그럼 오늘도 열심히 뛰어봅시다!"

회갑연의 참석자는 이백 명 정도였다. 그런데 컴패니언은 스무 명만 불렀다. 게다가 여러 명이 불도그 같은 얼굴의 사장 옆에 붙어있어야 한다면, 결국 남은 컴패니언 십여 명이 다른 참석자 전부를 상대해야 한다. 게다가 대부분 마흔 넘은 중년 남자들이다. 개중에는 노골적으로 흑심을 드러내며 집적거리는 자도 있었다. 하지만 그런 경우에도 웃는 얼굴로 능숙하게 받아넘기지 않으면 안 된다.

이따금 젊은 사원이 컴패니언이 있는 자리까지 다가오기도 했다. 대부분 별것도 아닌 일을 물어보러 왔다. 그들은 한눈에도 핸섬한 남자가 많았다. 아마도 자신이 있는 것이리라. 자연스럽게 말을 섞다 보면 컴패니언 쪽에서도 관심을 가질 게 틀림없다고 생각하는 모양이다.

젊은 사원과 대화한 뒤에는 반드시라고 해도 좋을 만큼 요코 팀장이 즉각 다가왔다. 그리고 뭔가 집적거리지 않았는지 확인했다. 아마도 젊은 사원들의 태도를 그쪽 회사에 보고해서 사외에서의 품행을 판단하는 자료로 쓸 모양이다. 샐러리맨은 이래저래 힘들다.

눈에 띄게 집적거리는 일은 없었기 때문에 교코는 요코 팀장에게도 그렇게 보고했다. 설령 집적거렸다고 해도 그런 고자질 같은 짓은 하고 싶지 않았다. 애초에 교코는 쥐꼬리만 한 월급의 샐러리맨 쪽에는 관심도 없었다. 적당히 따돌리며 넘어갔다. 지금 그녀의 마음속을 차지하고 있는 사람은 다카미 슌스케뿐이다.

하지만, 이라고 교코는 접시에 요리를 담던 손을 멈추며 생각했다. 과연 다카미 슌스케는 에리가 사망한 사건과 아무 관계도 없을까.

그녀의 머릿속에 어제 나고야에서 들은 이야기가 되살아났다.

마키무라 에리는 3년 전까지 나고야에서 살았고 이세 고이치라는 화가 연인이 있었다. 그런데 그 이세는 살인을 저지르고 자살해버렸다는 얘기였다.

에리가 도쿄에 올라온 것은 그 직후였다. 주위에서는 사건의 충격에서 다시 일어서기 위한 결단이라고 생각했다.

문제는 이세 고이치가 살해한 사람이다. 무려 다카미 부동산회사의 당시 사장, 다카미 유타로였다. 다카미 부동산회사는 본사가 도쿄에 있지만 유타로의 본가는 나고야였던 것이다.

교코는 다카미 유타로가 살해된 사건에 대해서 그때까지 전혀 알지 못했다. 하지만 시바타 쪽은 역시 약간의 지식이 있었던 모양이다. 돌아오는 신칸센 안에서는 혼자 깊은 생각에 빠져 있었다. 교코가 뭔가 물어봐도 건성으로 하는 대답이 돌아올 뿐이었다.

그래서 교코는 오늘 미용실에 가는 길에 나카노 도서관에 들러 3년 전 그 사건에 대해 알아봤다. 엄청난 양의 신문 축쇄판을 뒤져본 결과, 그녀가 파악한 것은 다음과 같은 내용이었다.

3년 전 가을, 아이치현 나가쿠테초의 도로가에서 며칠째 방치된 검은 벤츠가 발견되었다. 번호판을 조사해보니 그 전날부터 행방불명 상태였던 다카미 부동산회사 사장 다카미 유타로의 차라는 게 밝혀졌다. 또한 부근을 수색한 결과, 차량에서 200미터쯤 떨어진 풀숲에서 유타로의 사체가 발견되었다. 사체는 검은색 양복을 입었고 누군가와 다툰 것으로 보이는 흔적이 있었다. 사망 추정 시각은 전날 밤 10시부터 12시경으로 나왔다. 사인은 교살이었다. 바닥에 넘어진 참에 정면에서 목을 조른 것으로 추정되었다.

지갑이 사라진 것 외에 다른 도난품은 없어 보였다. 롤렉스시계, 벤츠 차의 키, 그리고 값비싼 수입 라이터도 그대로 있었다. 지갑에는 20만 엔 전후의 현찰과 신용카드 두 장이 있었을 거라고 했다.

즉각 아이치 현경에 수사본부가 설치되었지만, 안타깝게도 목격자를 찾아내지는 못했다. 왜냐하면 사건 현장이 산과 밭으로 둘러싸인 변두리여서 민가가 거의 없었기 때문이다. 그나마 차량 통행은 제법 있었지만 도보로 지나다니는 사람은 거의 없었다. 게다가 밤늦은 시간이었다는 것도 걸림돌이었다.

다만 수사가 진행되면서 몇 가지 불가해한 사실이 떠올랐다. 그중 하나는 다카미 유타로 본인의 행적이었다. 사건 날 밤, 그가 왜 그런 곳에 갔는지 알 수 없었다. 그의 스케줄을 살펴봐도 나가쿠테초를 지나갈 일이 전혀 없었던 것이다.

다카미 유타로는 현장에서 누군가를 만나기로 약속했던 게 아닌가, 라고 수사 당국은 추측했다. 하지만 그 약속 상대에 대해서는 전혀 밝혀지는 게 없었다. 관계자들도 하나같이 짐작 가는 것이 없다고 말할 뿐이었다.

당시의 기사는 이 사건이 자칫 미궁에 빠질 것 같다는 식으로 전망하고 있었다.

그런데 그 이틀 뒤에 사건은 급전직하로 해결됐다. 나고야 치구사구의 원룸에서 젊은 남자가 목을 매 자살하는 사건이 일어났고, 그자가 다카미 유타로를 살해한 범인이었던 것이다. 남자의 이름은 이세 고이치. 유서를 남겼는데 그곳에 다카미 유타로를 살해했다는 자백이 적혀있었다. 범행에 이르게 된 동기나 자세한 설명 같은 건 없었다. 하지만 그의 방 서랍에서 다카미 유타로의 지갑이 발견되었다. 지갑 안은 처음 훔쳐 왔을 때 그대로였다.

아이치 현경이 몇 가지 반증수사에 들어갔지만 이세가 범인이라는 건 틀림이 없었다. 사건 당일 밤, 그는 렌터카를 빌렸고 그때의 주행거리가 사건 현장을 왕복한 거리와 정확히 일치하는 것 등도 확인했다. 물론 사건 당일 밤, 그의 알리바이는 없었다.

다만 마지막까지 분명하게 밝혀지지 않은 것이 있었다. 그것은 이세 고이치와 다카미 유타로의 관계였다. 그 두 사람이 어떤 관계였는지, 그것만은 아무리 조사해도 알 수 없었다. 결국 경제적으로 궁핍했던 이세가 렌터카를 빌려 강도질을 하기로 마음먹었고, 우연히 다카미 유타로가 그 피해자로 걸려든 게 아니냐는 것으로 결론이 났다. 하지만 석연치 않은 결말이라는 건 말할 것도 없었다.

"왜 멍하니 서있어?"

누군가 귀 옆에서 낮게 나무라는 바람에 교코는 흠칫 정신을 차렸다. 돌아보니 요코 팀장이 무서운 얼굴로 노려보고 있었다.

“뭐 하는 거야, 똑바로 일해야지!”

교코는 목을 움츠렸다.

“죄송해요. 잠깐 딴생각을 하느라…….”

교코는 급히 손님이 몰린 테이블로 향했다. 이런 때는 잽싸게 달아나는 게 좋다.

하지만 교코는 손님의 잔에 맥주를 따르다가 다시금 생각에 빠져들었다. 그만큼 이번 일이 그녀의 머릿속에서 떠나지 않았다.

문제는 우연이냐 아니냐는 거야…….

에리의 죽음과 다카미 슌스케와의 관련성을 교코는 걱정하고 있었다. 에리의 옛 연인은 다카미 유타로를 살해한 범인이고, 슌스케는 그 다카미 부동산회사의 전무다. 성씨가 똑같은 걸 보면 아마도 한 집안일 것이다. 어쩌면 다카미 유타로의 아들인지도 모른다. 그런데 그 슌스케가 에리가 살해된 날, 같은 긴자 퀸호텔에 있었다…….

이걸 우연이라고 하기에는 뭔가 이상하다는 감이 들었다. 시바타 형사는 분명 관련이 있다고 아예 확정지은 눈치였다. 그 증거로 어제 시바타의 태도는 묘하게 냉랭했다.

만일 우연이 아니라면?

다카미 슌스케가 교코 자신에게 접근해온 것도 뭔가 다른 의도가 있었기 때문일까.

교코는 생각할수록 머리가 아파왔다.

2

다카미 부동산회사의 본사 빌딩은 긴자 고초메에 자리 잡고 있다. 교코가 회갑연에서 일하고 있던 무렵, 시바타는 다카미 슌스케를 만나기 위해 그 빌딩의 맞은편 카페에서 그를 기다리고 있었다. 사전 약속은 오전 중에 잡았다. 바쁜 몸일 테니 회사 응접실에서 단 10분이라도 만날 수 있으면 다행이라고 미리 각오를 했는데, 저녁 시간이라도 괜찮다면 좀 더 오래 대화가 가능하다고 오히려 다카미 쪽에서 제안을 해왔다. 의외였다.

삼십대 나이에 부동산회사 전무라고?

밤하늘에 우뚝 솟은 다카미 빌딩을 올려다보며 시바타는 기운 빠진 한숨을 내쉬었다. 슌스케는 다카미 부동산회사의 현재 사장 다카미 야스시의 아들이다. 그리고 야스시는 사망한 다카미 유타로의 친동생이다. 운 좋게 태어난 금수저라고 생각하면 그뿐이지만, 슌스케의 학력이나 지금까지의 실적을 대충 훑어본 바로는 본인의 자질도 직위에 적합할 만큼 엘리트인 것 같았다.

교코 씨가 한눈에 반해버릴 만하네…….

새침한 고양이 같은 오다 교코의 표정이 생각났다. 어제 나고야에서 돌아오는 신칸센 안에서도 그녀는 다카미 슌스케와 이번 사건의 관련성을 몹시 신경 쓰는 기색이었다. 마키무라 에리가 다카미 유타로를 살해한 남자와 사귀는 사이였다니, 당연히 신경이 쓰일 만도 하다. 시바타 역시 그런 것이다. 그렇기 때문에 당장 오늘 밤 이렇게 다카미 슌스케를 만나러 왔다.

하지만 시바타의 보고에 대한 상사의 반응은 기대했던 만큼은 아니었다. 우선 휴가를 이용해 멋대로 단독수사에 나선 것에 잔소리를 늘어놓았다. 그런 일은 먼저 상사와 상의하는 것이 규칙이다, 수사는 팀플레이다 등등. 미리 상의했다면 그만 손을 떼라고 했을 거 아닙니까, 라는 말은 꿀꺽 삼키고 입 밖에 내지 않았다.

에리의 옛 연인이 다카미 유타로를 살해한 이세 고이치였다는 얘기에도 팀장은 처음에는 별반 관심이 없는 눈치였다. 이봐, 그건 그냥 우연히 그렇게 된 거겠지. 요즘 다카미 부동산회사가 엄청 잘 나가고 있잖아. 여기저기서 공격적으로 사업을 펼치고 있어. 그 보석점 감사파티에 다카미 전무가 참석한 건 하나도 이상할 게 없단 말이야. 무엇보다 이 사건은 어떻게 보건 자살이야. 자살로 대략 결론이 났다고.

하지만 시바타는 버텼다. 어쨌든 일단 다카미 슌스케를 조사해보고 싶다, 좀 더 조사해본 뒤에 아무것도 걸리는 게 없으면 그때는 포기하겠다, 라고 말했다. 참내, 못말리겠네. 팀장은 떨떠름한 얼굴이었다. 응원팀은 못 붙여주니까 그런 줄 알아. 그리고 지나치게 캐고 들다가 고소당하지 않도록 조심해.

네, 잘 알겠습니다, 라고 시바타는 힘차게 대답하고 나온 길이다.

7시 정각에 다크 그린의 정장을 입은 남자가 나타났다. 카페 안을 둘러보다가 시바타의 옷에 시선이 멈추면서 긴장한 표정으로 다가왔다. 시바타의 상의는 갈색 헤링본 트위드 재킷이다. 이 옷으로 알아보기로 약속한 것이다.

자기소개를 하는 동안 서빙 직원이 다가오자 다카미는 카푸치노를 주문했다. 시바타는 코코아를 리필하기로 했다.

"왜 나를 찾아오셨는지 모르겠군요. 신문에는 자살인 것으로 나와 있던데요."

탐색하는 눈빛으로 다카미가 말했다. 컴패니언이 사망한 사건에 대해 물어볼 것이 있다고 전화로 미리 얘기했었기 때문이다.

"별거 아니고요, 그냥 확인하는 정도예요. 아, 물론 자살이라는 건 변함이 없습니다. 현재로서는."

"현재로서는?"

다카미가 의아한 얼굴을 했지만, 그 말은 무시하고 시바타는 곧장 질문에 들어갔다.

"보석점 하나야의 감사파티에 참석하신 게 이번이 몇 번째였죠?"

"세 번째였어요." 다카미가 대답했다.

"처음 참석한 건 작년 봄이었죠. 두 번째는 가을이었고. 그리고 그다음이 이번 파티였어요."

"그렇군요. 하나야와는 업무상 관계가 있습니까?"

"네, 하나야가 요코하마 지점을 낼 때 우리 회사에서 그 일을 주선했어요. 그 이후부터죠."

카푸치노와 코코아가 나와서 잠시 대화가 끊겼다.

"자살한 컴패니언 말인데요." 코코아를 한 모금 마시고 시바타는 얼굴을 들었다. "파티 때, 그 여자와 뭔가 대화를 나누셨던가요?"

"아뇨."

마찬가지로 카푸치노 잔에서 얼굴을 들고 다카미는 짧게 고개를 저었다.

그건 사실일 거라고 시바타는 판단했다. 그와 마키무라 에리가 접한 적이 없다는 건 교코를 통해서도 이미 얘기를 들었다. 그 파티에서 교코는 줄곧 다카미 쪽을 유심히 지켜본 것이다.

"이번에는 내가 질문을 좀 해도 되겠습니까?"

다카미 쪽에서 물었다. 시바타는 말없이 고개를 끄덕였다.

"왜 나를 만나러 오셨죠? 관계자라고는 해도 나는 단순히 그 파티에 참석한 것뿐이라서 관계성이 아주 희박한데요."

약간 비꼬는 뉘앙스를 담아 그가 말했다. 하지만 화가 났다고 할 정도는 아니었다.

좋아, 탐색을 시작해보자, 라고 시바타는 마음먹었다.

"마키무라 에리 씨가 자살한 동기를 조사 중인데요, 실은 아주 묘한 사실을 알게 됐거든요. 에리 씨의 옛 연인이 다름 아닌 이세 고이치였어요. 아시죠, 이세 고이치라는 사람?"

"글쎄요……." 다카미는 고개를 비스듬히 기울였다. "가수인가? 아니면 탤런트?"

연기를 하고 있다, 라고 시바타는 직감했다. 알면서도 시치미를 떼는 것이다.

"잊으셨습니까? 이세 고이치, 다카미 유타로 씨를 살해한 범인인데요."

그제야 다카미는 깜짝 놀란 듯 입을 헤벌리고 크게 두세 번 고개를 위아래로 움직였다.

"그자였어요? 네, 기억하죠. 그렇군, 이세라는 이름이었어. 그런데 이번에 사망한 여자가 그자와 연인 사이였다고요?"

"예전 일이지만 네, 연인 사이였어요. 그래서 보석점 파티에서 에리 씨가 당신에게 접근하려고 했을지도 모른다고 짐작했는데, 실제로 그런 일은 없었던 거군요?"

"예, 없었습니다."

딱 잘라 대답하고 다카미는 혼잣말처럼 중얼거렸다.

"그렇구나, 그 여자가……. 이것 참, 특이한 우연이네."

그의 윤곽 짙은 얼굴이 팽팽히 당겨졌다. 아닌 게 아니라 나보다 몇 배는 괜찮은 남자구나, 라고 시바타는 교코의 마음이 조금쯤 이해가 되었다.

"그 사건 때, 다카미 씨는 어디에 계셨죠?"

"그 사건 때라니, 백부가 돌아가셨을 때 말인가요?"

"그렇습니다."

"물론 여기 도쿄에 있었죠."

대답한 뒤에 다카미가 의아하다는 듯이 물었다.

"그런데 그 사건이 이번 컴패니언의 자살사건과 뭔가 관련이 있습니까?"

"그건 모르죠." 시바타가 말했다. "일단 조사해보는 거예요. 어떤 작은 일이라도 조사해보는 게 우리가 하는 일이니까요."

"그렇군요."

다카미는 잔을 들어 카푸치노를 마셨다. 그가 다 마시기를 기다렸다가 시바타는 다시 질문에 들어갔다.

"자살사건이 일어난 시각에 다카미 씨도 그 호텔에 계셨다고 하던데요?"

"파티가 끝난 다음에 로비에서 거래처 사람을 만나기로 했었거든요."

잔을 내려놓으며 다카미가 말했다.

"그 사람 이름도 말씀드릴까요?"

"네, 가능하면."

시바타의 말에 다카미는 양복 안주머니에서 카드 계산기 같은 것을 꺼냈다. 그리고 키를 톡톡 눌러 액정판에 글자를 띄우더니 그것을 시바타 쪽으로 내보였다. 이름과 연락처가 표시되어 있었다. 요즘 유행하는 전자 주소록인 모양이다.

"편리한 물건이네요." 감탄하면서 시바타는 자신의 수첩에 그 내용을 베껴 썼다. "수백 수천 개도 입력할 수 있겠죠?"

"그렇긴 한데, 실제로는 그렇게 많이 필요하진 않아요."

시바타가 베껴 쓴 것을 확인하고 다카미는 전자 주소록을 다시 호주머니에 넣었다.

"또 다른 질문은?"

"아뇨, 이제 다 됐습니다. 감사합니다."

머리를 숙인 뒤 계산서를 집어 들고 시바타는 자리에서 일어섰다. 하지만 다카미가 아, 잠깐, 이라고 그를 제지했다.

"그건 정말 자살로 결론이 났습니까? 현재로서는, 이라고 조금 전에 얘기하신 것 같은데."

다카미가 진지한 눈빛을 던져왔다. 시바타는 허를 찔린 것 같아 시선을 피했지만, 다시 그쪽으로 눈을 맞추고 어깨를 으쓱 들었다.

"그건 그러니까, 현재로서는 자살이에요. 새로운 사실이 나온다면 얘기가 달라지겠지만."

"그렇군요……."

다카미는 창밖—이라고 해도 다카미 부동산회사 빌딩이 보일 뿐이었지만—에 흘끗 시선을 던진 뒤 시바타의 손에서 계산서를 스윽 빼냈다.

"이건 제가 내겠습니다."

"아뇨, 그래도……."

시바타의 말이 끝나기도 전에 다카미는 벌써 걸음을 옮기고 있었다. 그 널찍한 등을 바라보며 시바타도 뒤따라가면서 말했다.

"이것 참, 고맙습니다."

3

한바탕 일이 끝나자 항상 그렇듯이 다른 컴패니언들과 대기실로 돌아왔다. 대기실에는 영업실장 요네자와가 기다리고 있었다.

텔레비전이 켜져 있고 어린이용 애니메이션이 흘러나왔다.

"수고했어."

요네자와가 인사를 건네며 컴패니언들을 맞이했다.

"실장님은 좋겠네요." 아야코가 옆눈으로 텔레비전을 흘끗 보면서 말했다.

"우리가 영감님들 상대할 동안에 혼자 벌렁 누워서 도라에몽이나 보고 있으면 되잖아요."

"말도 안 돼, 혼자 기다리는 게 얼마나 따분한 줄 알아?"

입을 툭 내밀며 요네자와가 텔레비전을 껐다. 하지만 아야코는 다시 전원을 켜며 말했다.

"그렇다고 끌 것까지는 없잖아요. 자기만 재미 보고."

요네자와는 어이없다는 듯이 머리를 긁적인 뒤에 큰 소리로 말했다.

"마노 유카리 씨와 스미노 후미에 씨, 어디 있어요?"

방 한쪽에서 두 여자가 손을 들었다. 스미노 후미에 쪽은 아는 얼굴이지만 또 한 명은 교코에게는 낯선 얼굴이었다.

"수고했어요. 여기."

요네자와가 그 두 사람에게 봉투를 건넸다. 그녀들은 프리 컴패니언이었다. 교코 같은 레귤러와는 달리 프리랜서일 경우에는 그때그때 수고료를 받는다.

교코가 머리를 빗는 동안, 옆에서는 에자키 요코가 화장을 고치고 있었다. 그 요코에게 요네자와가 다가왔다.

"어때요, 마노 유카리라는 사람?"

작은 소리로 요코에게 말을 건네는 게 귀에 들어왔다.

"괜찮은 거 같아요." 요코는 콤팩트에서 시선을 떼지 않고 대답했다.

"동작도 깔끔하고 응대도 또릿또릿하게 잘했어요. 쓸만해요."

"그래요? 전에 로열에서 일했다더니 역시 잘하는 모양이네요."

알겠다는 듯이 고개를 끄덕이고 요네자와는 자리를 떴다.

로열에서 일했다고?

그 말이 교코의 머릿속에 다가왔다. 에리도 그 회사에서 옮겨왔다.

마노 유카리가 몸단장을 끝내고 자리에서 일어서는 것을 보고 교코는 얼른 따라나섰다. 키가 큰 유카리가 성큼성큼 걸어가고 있었다. 허리의 에나멜 벨트로 멋진 몸매가 한층 더 두드러졌다.

교코가 불러 세우자 유카리는 경계하는 몸짓으로 돌아보았다.

"……누구?"

"나는 교코, 오다 교코라고 해."

"아……." 유카리의 표정이 누그러들었다. "교코가 너였구나? 에리한테 얘기는 많이 들었어."

"그럼 역시 에리하고?"

"응, 친구 사이. 아마 나하고 가장 친했을걸."

마침 잘됐다고 교코는 생각했다. 에리의 과거를 알아보는데 도움이 될 사람을 만난 것이다.

"잠깐 어디 가서 차라도 마실까? 물어볼 게 있어."

교코의 제안에 유카리는 긴 머리를 쓸어 올리며 응했다.

"좋아. 그 대신 내 질문에도 대답해줘야 해."

"나한테? 어떤 질문?"

"당연히 에리에 대한 거지."

그렇게 말하고 유카리는 한쪽 눈을 섹시하게 찡긋했다.

유카리가 잘 아는 가게가 바로 근처에 있다고 해서 거기서 이야기를 나누기로 했다. 빌딩 지하의 주점으로 창고 같은 문이 달렸고, 안은 의외로 넓어서 길게 굽어드는 카운터가 왼편에 있었다. 교코와 유카리는 구석 쪽 테이블석에 자리를 잡았다.

유카리가 마스터와 잠시 인사를 나눈 뒤 슬쩍 귀엣말을 건넸다.

"우리, 비밀 얘기 할 거니까 이쪽에 아무도 오지 않게 해줄래요?"

이윽고 술이 나오자 유카리는 미즈와리를 한 입 마신 뒤에 긴 다리를 꼬며 교코를 바라봤다.

"나한테 물어보려는 게 뭐야?"

"응, 그게……."

교코는 그녀의 갸름한 얼굴을 슬쩍 올려다보았다. 화장을 정말 잘하는구나, 라고 별 관계 없는 일에 감탄했다. 참고로 해야지.

"에리와는 언제부터 친해졌어?"

그러자 유카리는 핸드백에서 담배를 꺼내 우선 한 대 깊숙이 피웠다.

"에리가 도쿄에 온 다음에 알게 됐어. 로열에서 동기였거든."

"최근에도 에리를 만났었어?"

유카리는 손끝에 담배를 끼운 채 고개를 살짝 기울였다. 담배 연기가 미묘하게 흔들렸다.

"2, 3주 전이었나?"

"그때 어떤 얘기를 했어?"

"새삼스럽게 그런 걸 왜 묻는데?"

"왜냐면……."

교코가 말끝을 흐리자 유카리는 재미난 발견이라도 한 것처럼 후훗 입가를 풀며 웃었다.

"그러니까 교코 씨도 그걸 받아들이지 못하는 거구나?"

"그거라니?"

"에리가 자살했다는 거 말이야. 어때, 맞지?"

교코는 대답이 막혔다. 이렇게 정곡을 찌를 줄은 생각도 못했기 때문이다. 조금 전 유카리의 모습을 보면서, 아무래도 그녀가 오늘 밤비 뱅큇 일을 맡은 것은 우연이 아니라고 눈치를 채긴 했지만.

"진짜 그건 말이 안 돼."

유카리는 중간까지 피운 담배를 재떨이에 비벼 껐다. 그리고 갑작스럽게 진지한 얼굴로 말했다.

"에리는 절대 자살했을 리가 없어."

교코는 몸을 앞으로 내밀었다. 스윽 주위를 살펴봤지만 아무도 귀를 기울이는 기척은 없었다.

"유카리 씨, 혹시 에리 사건을 알아보려고 오늘 밤비 쪽에 일하러 온 거야?"

그러자 유카리는 다시 씨익 웃으며 고개를 끄덕였다.

"딱 맞췄어. 하지만 오늘 첫 방에 이렇게 교코 씨를 만나서 다행이야. 교코 씨도 그 사건에 의문을 품었고, 그래서 나한테 말을 건 거잖아."

"응, 맞아."

교코는 고개를 끄덕였다.

"그렇다면 우리 둘이 힘을 합치자. 교코 씨는 왜 그게 자살이 아니라고 생각해?"

"그건…… 그냥 그런 거 같아서. 감이라고나 할까."

사실 교코는 처음에 에리의 자살에 의문 같은 건 없었다. 하지만 시바타의 영향도 있었고, 거기에 다카미 슌스케가 관련됐을지 모른다는 걱정 때문에 에리에 대해 좀 더 알아보기로 마음먹은 것뿐이다. 하지만 지금 이 자리에서 그런 얘기를 해봤자 대화가 복잡하게 얽히기만 할 것이다.

"감이라고? 하긴 나도 그럴지도 모르지. 근데 아무리 생각해도 그것만은 이해가 안 돼. 마루모토라고 했지, 그쪽 회사 사장? 어떤 사람인지는 모르지만, 에리가 그런 남자에게 빠졌을 리가 없잖아. 그리고 요즘 세상에 실연했다고 자살하는 여자가 어디 있어?"

자기도 모르게 흥분했는지 유카리의 목소리가 점점 커졌다. 카운터의 손님 두세 명이 이쪽을 쳐다보자 그녀는 목을 움츠리며 미즈와리 잔에 손을 내밀었다.

"에리의 옛 연인에 대한 건 알고 있어?"

유카리가 이번에는 최대한 목소리를 낮춰서 물었다.

"옛 연인이라니……이세라는 사람?"

말해도 좋을지 어떨지 내심 망설이면서도 교코는 입 밖에 내보았다. 그러자 유카리는 만족스러운 듯 크게 고개를 끄덕였다.

"에리가 그 얘기를 해줬다면 교코 씨를 믿을만한 친구로 생각한 게 틀림없네. 어지간한 사람이 아니면 걔가 그 얘기는 절대 안 꺼냈거든. 에리의 도쿄 친구 중에 이세 고이치 씨를 아는 사람은 아마 교코 씨와 나뿐일 거야."

코홍, 하고 교코는 슬쩍 시선을 돌리며 가볍게 헛기침을 했다. 실은 에리에게서 직접 들은 얘기가 아니었지만 그것도 이 자리에서는 덮어두기로 했다.

"에리는 도쿄에 와서도 항상 이세 씨만 생각했어. 어쩌다 그런 범죄를 저질렀는지 모르겠다면서. 그리고 언젠가는 꼭 그 진상을 밝혀낼 거라고 했어. 내가 이번 사건 때문에 생각난 건데, 에리가 로열을 관두고 밤비로 옮긴 건 뭔가 그런 목적이 있었기 때문인 것 같아."

"우리 밤비 쪽에 그런 단서가 있었다는 거야?"

교코가 놀라서 물었다.

"단언은 못 하겠지만 그런 느낌이 강하게 들었어. 에리가 로열에 별다른 불만도 없는데 갑작스럽게 관두겠다는 얘기를 꺼냈을 때, 뜻밖이라고 생각했거든."

유카리는 다시 담배를 꺼냈다. 그리고 "피울래?"라고 교코에게 물었다. 무의식적으로 손을 내밀어 유카리의 라이터로 불을 붙였다. 어째 오랜만인 것 같다고 느낀 순간, 금연 중이었다는 게 생각났다.

"아무튼 그쪽 회사 사장과 사귀는 사이였다는 건 진짜 이상한 얘기야."

유카리가 말을 이어갔다.

"남자와 담을 쌓았다고 할 정도는 아니었어도 항상 이세 씨를 마음속에 담아둔 건 틀림없어. 마지막으로 나를 만났을 때도 얼핏 그런 말을 했었다니까."

마루모토는 한 달 전부터 에리와 사귀기 시작했다고 말했었다. 한편 유카리가 마지막으로 에리를 만난 것은 2, 3주 전이다. 마루모토와 사귀면서 옛 연인 이세를 마음속에 담아두었다니, 그건 뭔가 좀 앞뒤가 맞지 않는 얘기다.

"그거, 경찰에는 얘기했어?"

교코는 확인차 물어보았다. 에리와 관련된 사람은 거의 다 찾아가 진술을 들었다고 시바타가 말했던 것이다.

하지만 유카리는 아니, 안 했어, 라고 딱 잘라 대답했다.

"에리도 그렇지만 나도 경찰은 어쩐지 싫더라고. 그 사람들, 도무지 미더운 데가 없잖아. 특히나 이세 씨와 관련된 것은 경찰로서는 이미 끝난 사건이야. 이제 새삼 조사에 나서 줄 리가 없지. 그래서 그냥 내 힘으로 알아보기로 한 거야."

"그렇구나……. 하지만 경찰은 에리가 이세 씨의 연인이었다는 거, 알고 있어."

"진짜? 그렇다면 에리의 본가에 찾아가서 얘기를 들은 모양이네."

"응, 그럴지도." 차마 자신도 함께 나고야에 가서 그 얘기를 듣고 왔다는 말은 할 수 없었다.

"에리가 일기나 메모로라도 기록해둔 게 있었으면 좋았을 텐데."

교코는 말했다.

"누가 아니래. 장례식 때 내가 나고야에 갔었거든. 그때 부모님이 에리 방 정리하는 걸 도와드렸는데 단서 같은 건 하나도 없더라고. 이세 씨의 범행에 대해서 에리도 나름대로 조사해본 게 있을 텐데 그런 흔적도 못 찾았어."

"하지만 본가에서 청산화합물 병을 발견했다고 하던데."

시바타에게서 들은 이야기를 교코는 들려주었다.

"맞아, 그런 모양이야. 그게 자살의 근거라는데 나도 반론을 하기가 어렵더라."

얼굴을 찌푸리며 말한 뒤에 유카리는 문득 감탄한 듯 교코를 바라보았다.

"그나저나 경찰의 움직임을 잘 알고 있네?"

"실은 인맥이 좀 있거든."

교코는 대충 둘러댔다.

"오, 그래? 잘됐다."

믿음직스럽다는 듯이 바라보며 유카리는 술잔의 얼음을 달강달강 흔들었다.

"에리 부모님이 뭐든 원하는 걸 가져가라고 하셔서 에리가 생전에 모아둔 CD며 테이프를 전부 들고 왔어. 요즘 저녁마다 그거 듣는 게 낙이야. 에리가 어떤 노래를 듣고 어떤 생각을 했는지, 나 혼자 상상해보는 것도 의미가 있는 거 같아서."

그런 얘기를 유카리는 눅눅하지 않게 가벼운 말투로 들려주었다. 정말 친한 친구였기 때문에 품을 수 있는 감정이어서 교코는 부러운 마음이 들었다.

"아무튼 우리 둘의 목적이 일치한 건 사실이네. 앞으로 합동 작전을 펼치자."

유카리가 잔을 높이 들어서 교코도 똑같이 쨍하는 소리를 내며 마주쳤다.

유카리와 헤어져 고엔지 원룸으로 향했을 때는 밤 11시가 넘은 시각이었다. 둘이서 시간 가는 줄 모르고 이야기를 주고받았다.

유카리도 역시 마루모토를 의심하는 눈치였다.

"에리가 그런 남자를 좋아했을 리 없어. 만일 정말로 에리가 마루모토에게 접근했다면 그건 틀림없이 다른 목적이 있었기 때문이야. 그래서 나도 마루모토에게 접근해볼 생각이야."

유카리는 의미심장한 웃음을 지으며 말했다. 어떤 작전을 쓸 생각인지는 밝히지 않았지만 일단 자신 있는 말투였다.

유카리는 많은 것을 털어놓았는데 교코는 마지막까지 다카미 슌스케 얘기를 입 밖에 내지 못했다. 그가 그 파티에 참석했다는 것도. 어쩐지 말하기가 힘들었던 것이다.

곰곰이 그런 생각을 하면서 걸음을 옮기는데 원룸 바로 옆 공원을 지나던 참에 무심코 안을 들여다보고 교코는 발을 멈췄다. 거기서 낯익은 얼굴을 발견했기 때문이다.

시바타 형사가 넥타이를 느슨하게 풀고 두 다리를 내던진 자세로 그네에 앉아 흔들거리고 있었다. 그 외에는 아무도 없다. 달빛이 그의 그림자를 길게 늘어뜨렸다. 그 그림자를 밟듯이 교코는 시바타 앞에 섰다.

"기운이 없으시네? 웬일이에요?"

시바타는 천천히 얼굴을 들었다.

"아, 안녕?"

"왜 이렇게 힘이 빠지셨을까?"

교코는 옆의 그네에 앉았다.

"와아, 그네 타는 거, 몇 년 만인지 모르겠네. 어쩐지 기분이 좋아진다. 이봐요, 형사님, 혹시 그네 노래 알아요?"

"알 리가 있나. 그보다 교코 씨는 아주 유쾌해 보이는데? 무슨 좋은 일이라도 있었어요?"

"아뇨, 별로. 그냥 동심으로 돌아간 것뿐이에요."

교코는 미니스커트도 아랑곳하지 않고 한껏 굴러보았다. 술기운으로 달아오른 뺨에 밤바람이 상쾌했다. 한바탕 신나게 탄 뒤에 문득 생각나서 시바타에게 물었다.

"뭐 좀 알아냈어요?"

"알아내긴, 뭘요?"

"에리 사건이죠, 당연히."

그러자 시바타는 길게 뻗은 다리를 굽혀 두세 번 그네를 저었다. 녹슨 쇠줄이 삐걱거리는 소리를 냈다.

"교코 씨의 왕자님을 만나고 왔습니다."

시바타가 무거운 입을 열었다.

"다카미 유타로 살해사건에 대한 얘기도 해봤는데 시치미를 뚝 떼던데요? 이세 고이치의 이름까지 잊어버렸다는 얼굴을 하더라니까."

"정말로 잊어버렸는지도 모르잖아요."

교코는 저도 모르게 다카미를 변호했다. 하지만 시바타는 단호했다.

"모르는 척하는 거예요. 전 사장이자 백부를 살해한 범인의 이름을 잊어버릴 리가 있어요? 나는요, 다카미가 시치미를 떼는 걸 보고 더욱더 의심이 커졌어요."

"다카미 씨를 의심하는 거예요?"

"마크하고 있는 건 사실이죠."

"하지만 동기가 없잖아요. 다카미 씨가 무엇 때문에 에리를 살해하겠어요?"

교코가 따지고 들었지만 시바타는 그 질문에는 대답하지 않고 말을 이어갔다.

"하긴 뭐, 다카미가 에리 씨를 살해하지 않았다는 건 확실하죠."

"무슨 얘기예요?"

"알리바이를 확인했거든요. 에리 씨의 살해 추정 시각에 다카미는 호텔 로비에서 거래처 사람을 만났어요. 그 상대방도 확인해 봤는데 틀림없더라고요."

그때 일이라면 교코도 기억하고 있다.

"맞아요, 그가 만났다는 사람, 너구리 같은 아저씨였죠? 내가 그 사람이 올 때까지 다카미 씨하고 함께 있었잖아요."

시바타는 교코의 얼굴을 흘끔 쳐다보더니 다시 자신의 발치로 시선을 떨구었다.

"다카미가 직접 손을 댄 게 아니라는 건 밝혀진 셈이죠."

"어째 말투가 묘하네요?"

"다카미가 이번 사건과 전혀 무관하다고는 할 수 없어요. 하지만 거기까지예요. 내 직감만으로 일단 정리해버린 사건을 뒤집을 수는 없으니까."

정리해버렸다는 것은 에리의 죽음이 자살이라는 걸로, 라는 뜻인 모양이다.

"우리 사장에 대한 것은 알아봤어요?"

마루모토 사장이 에리와 같은 나고야 출신이라는 것을 알고 어제 함께 나고야까지 갔었지만 결국 에리와 마루모토의 접점은 찾지 못한 채 돌아왔다. 그보다 에리의 옛 연인이 이세 고이치라는 새로운 사실이 밝혀지면서 마루모토 쪽은 돌아볼 겨를도 없었다는 게 속사정이긴 하지만.

"지금 알아보는 중이에요. 근데 별로 건질 만한 게 없을 것 같네."

"아, 그래서 기운이 빠졌구나?"

"에휴, 뭐든 한 가지라도 잡히기만 하면 금세 기운이 펄펄 날 텐데."

"그렇다면 별수 없네, 내가 기가 막힌 정보를 알려줘야지."

교코는 일부러 시바타에게서 시선을 돌리며 말했다.

"정보?"

그가 날카로운 시선을 던지는 기척이 느껴졌다.

"실은 오늘 재미있는 친구를 만났거든요."

교코는 마노 유카리와 나눈 얘기를 시바타에게 들려줬다. 유카리도 에리의 죽음에 의문을 품고 있다, 에리는 이세의 범행에 대한 진상을 알아보려고 했고 그런 목적으로 밤비 뱅큇으로 옮긴 것 같다, 라는 등의 내용이다. 시바타는 관심이 있는지 눈을 반짝이며 듣고 있었다.

"에리 씨가 그런 목적으로 회사를 옮겼다는 건 상당히 흥미로운데요?"

"그렇죠? 유카리는 틀림없이 마루모토 사장이 얽혀있을

거라고 했어요. 그래서 자기가 어떻게든 접근해서 꼬리를 잡을 거래요."

"교코 씨보다 더 센 언니인 모양이네."

시바타가 쓴웃음을 지으며 말했다.

"아뇨, 나는 그 발뒤꿈치도 못 따라가죠. 그보다 이런 얘기를 경찰 윗분이 알게 되면 다시 수사를 재개하는 쪽으로 가닥이 잡히지 않을까요?"

하지만 시바타는 눈을 가늘게 뜨고 고개를 저었다.

"소용없어요. 그건 단지 유카리 씨의 추측일 뿐이지 증거가 없잖아요. 경찰은 그런 정도의 정보로 선뜻 행동에 나서는 조직이 아니에요."

"그래요?" 교코는 입을 툭 내밀었다. "무슨 절차가 그렇게 복잡하지?"

"그야 당연히 그렇죠, 관청인데."

그리고 시바타는 그네에서 내려와 "갑시다"라면서 바지 자락을 탁탁 털었다. 교코도 몸을 일으켰다.

"마노 유카리라는 사람 말인데요."

원룸으로 돌아와 교코의 집 앞에서 헤어질 때, 시바타가 진지한 눈빛으로 말했다.

"신중하게 행동하라고 충고해주는 게 좋아요. 혼자 추리해보는 정도라면 위험할 것도 없지만, 진짜로 적의 수중에 뛰어드는 식이면 자칫 큰일이 터질 수도 있으니까."

"네, 얘기할게요."

교코는 고개를 끄덕였다. 실은 그녀도 똑같은 걱정을 했던 것이다.

"그리고 다음에 나한테도 소개해줘요. 찬찬히 얘기를 들어볼 테니까."

"좋아요, 연락할게요."

"아참, 그리고……." 시바타는 코 밑을 비비며 물었다. "그쪽도 아름다운 여성?"

"당연히 아름답죠. 나하고 막상막하랄까?"

교코는 살짝 윙크를 날렸다.

"오, 기대되는데요? 잘 부탁합니다."

"알았어요. 며칠 내로 자리를 마련할게요."

"그럼 잘 자요."

"네, 잘 자요."

그렇게 교코는 현관문을 열고 안으로 들어갔다.

4

그로부터 사흘 뒤의 오전 시간이다.

시바타는 주식회사 하나야의 본사 1층 접수처에 나와 있었다. 하나야 본사는 긴자 주오도리를 마주하고 있다. 도로를 끼고 맞은편은 하나야 긴자점이다.

접수처 직원의 안내에 따라 시바타는 로비에서 기다리기로 했다. 테이블이 이십 개쯤 나란히 놓였고 그 반절쯤이 차 있었다. 테이블마다 번호가 매겨져서 시바타는 10번 테이블에 앉으라는 안내를 받았다.

5분쯤 뒤에 상대가 나타났다. 작은 몸집에 홍보과장이라는 직함치고는 젊은 남자였다. 시바타보다 약간 연상으로 보이는 정도다. 무로이라는 게 그의 이름이었다. 인사를 나눈 뒤 시바타는 곧장 본론으로 들어갔다.

"지난번 하나야 감사파티는 무로이 씨가 총괄 책임자였다고 하던데, 맞습니까?"

"네, 그렇습니다. 하지만……."

무로이는 불안한 듯 눈을 좌우로 굴리며 머뭇머뭇 말을 이어갔다.

"총괄 책임자라고 해봤자 통상적인 사무 처리를 한 것뿐이에요. 감사파티는 벌써 몇 년째 계속 진행해온 행사니까요."

경계하고 있다는 게 분명하게 느껴졌다. 감사파티 후에 컴패니언이 사망한 사건에 대해 문의할 게 있다고 시바타가 전화로 말했을 때부터 이 사람의 말투는 내내 이런 식이었다.

"컴패니언 회사를 선정하는 것도 무로이 씨 이름으로 했죠?"

"그건 그렇지만, 실제로 연락한 건 부하직원이에요."

"하지만 밤비 뱅큇에 의뢰한다는 건 알고 있었잖아요?"

"그야 뭐……. 근데 그게 무슨 문제라도 있습니까?"

무로이의 눈에 불안한 빛이 짙어졌다. 시바타는 그 질문은 무시하고, 작은 몸집의 홍보과장을 슬쩍 올려다보며 다시 물었다.

"왜 밤비 뱅큇이었죠? 컴패니언 파견회사는 그 밖에도 아주 많잖아요."

"글쎄요, 그건……."

무로이는 입술을 핥았다.

"그저 전례에 따른 거예요. 지금까지 밤비 뱅큇을 이용해 왔으니까 이번에도 그렇게 했다, 그냥 그것뿐입니다."

시바타는 메모 수첩의 표지를 손끝으로 따악 튕겼다. 무로이가 흠칫 놀란 듯 등을 꼿꼿이 세웠다.

"실례지만, 홍보과장으로 일한 게 몇 년째예요?"

무로이는 진짜로 실례되는 질문이라는 듯한 얼굴로 대답했다.

"3년인데요."

그 목소리에서 불쾌함이 묻어났다.

"그렇다면 좀 이상한데요?"

시바타는 메모 수첩을 느릿느릿 펼치고 그 페이지와 무로이의 얼굴을 번갈아 보며 말했다.

"하나야 감사파티는 벌써 10년 넘게 해온 행사지만 이전에는 항상 '도토 파티 서비스'라는 곳에 의뢰했어요. 전례에 따른 것이라면 당연히 이번에도 그 회사였어야 할 텐데, 이건 좀 이상하잖아요. 1년 반 전부터 갑자기 밤비 뱅큇으로 바뀌었던데? 대체 어떻게 된 거죠?"

부루퉁하던 무로이의 얼굴에 변화가 나타났다. 그것까지

조사했는가 하고 놀라는 표정이었다. 우린 이게 밥 벌어먹고 사는 일이올시다, 라고 시바타는 마음속으로 중얼거렸다.

시바타가 하나야와 밤비 뱅큇의 관계에 의문을 품은 것은 마루모토의 과거를 알아보던 때였다.

마루모토의 경력에 대한 대략적인 조사 결과는 다음과 같았다. 그는 도쿄의 대학을 졸업하고 7년여 동안 이스트호텔의 연회부에서 근무했다. 그 샐러리맨 생활을 그만두고 동료와 함께 인재 파견회사를 시작했지만 실적이 별로 좋지 않아서 4년 전 부도로 폐업했다. 그러다가 1년 반 전에 이번에는 밤비 뱅큇이라는 컴패니언 파견회사를 시작했다. 그리고 예전에 일한 이스트호텔에서의 인맥을 중심으로 점차 일거리가 늘어나 현재의 중견급 회사로 성장했다.

여기서 마음에 걸리는 점이 두 가지가 있었다. 첫째로는 인재 파견회사를 폐업하고 현재의 일을 시작하기까지 마루모토는 나고야에 내려가 있었다는 점이다. 본가에서 하던 카페 일을 거들었다는 얘기였지만, 그가 나고야에 머물던 동안에 바로 그 다카미 유타로 살해사건이 일어났다.

또 한 가지 마음에 걸리는 것은 밤비 뱅큇이 어떻게 이만큼 성장할 수 있었는가 하는 점이었다. 컴패니언 파견회사는 그 밖에도 수없이 많다. 게다가 호텔마다 특정한 회사와 계약하는 게 일반적이라서 파티업계에 새롭게 끼어들기가 상당히 어려운 실정이다. 하지만 밤비 뱅큇은 확실하게 상승곡선을 타며 성장했다. 예전에 근무했던 이스트호텔에 인맥이 있었다는 것도 그 요인이겠지만, 정말로 그것뿐일까.

그래서 시바타는 이번 사건이 일어난 긴자 퀸호텔에 가봤다. 응대에 나선 것은 전에도 만났던 도쿠라라는 지배인이었다.

도쿠라의 얘기에 의하면 밤비 뱅큇과 일하게 된 것은 하나야의 감사파티 때부터라고 했다. 하나야 쪽에서 밤비 뱅큇을 지정했기 때문이다. 그 파티 때 상당히 평판이 좋아서 그 뒤로 퀸호텔의 전 계열사에서 자주 이용하게 된 것이다.

다만 하나야가 왜 밤비 뱅큇을 콕 집어 지정했는지까지는 알지 못하고 있었다.

"어떻습니까?"

시바타가 재우쳐 묻자 무로이는 후우 숨을 토해내더니 불쌍한 표정으로 눈썹이 축 처진 채 그의 얼굴을 올려다봤다.

"제가 말했다는 건 비밀로 해주셔야 합니다."

"물론이죠."

시바타는 저절로 무릎을 앞으로 내밀었다. 무로이는 시선을 살짝 숙였다가 다시 고개를 들었다.

"실은 저희도 잘 모릅니다. 위쪽에서 밤비 뱅큇에 의뢰하라는 지시가 내려왔거든요."

"……무슨 말이에요?"

"그러니까 그게요, 저희도 잘 모른다니까요. 위쪽의 업무 지시에 따른 것뿐이에요."

"위쪽이라면, 어디?"

시바타의 말에 무로이는 주위를 재빨리 둘러보더니 최대한 목소리를 낮춰 다시 한번 다짐했다.

"정말로 제가 말했다는 건 비밀로 해주셔야 해요."

약속합니다, 라고 시바타는 크게 고개를 끄덕였다.

"사타케 부장님이에요."

무로이가 말했다.

"사타케 부장? 그 사람이 왜……."

"그건 저야 모르죠. 밤비 뱅큇 쪽에서 청탁이 있었는지 어쨌는지."

말을 내뱉은 뒤에야 실언이라고 깨달았는지 무로이는 일부러 헛기침을 했다.

"사타케 부장은 지금 회사에 있어요?"

시바타의 말에 무로이는 당황한 눈빛이 되었다.

"지금 부장님을 만나시려고요?"

무로이가 겁을 내는 건 충분히 이해할 만했다.

"괜찮아요. 무로이 씨를 만났다는 건 비밀로 할 테니까요."

"그렇다면 다행이지만……. 그런데 지금 당장 만나기는

어려울 거예요, 워낙 바쁜 분이라서. 항상 상무님하고 함께 움직이시거든요."

"상무님이라면?"

"니시하라 겐조 상무님이에요. 사장님의 셋째 아드님."

그러더니 무로이는 다시금 말이 너무 많았다는 표정으로 입을 꾹 다물었다.

그와 헤어진 뒤, 시바타는 접수처에 가서 사타케 부장을 만날 수 있느냐고 물어보았다. 긴 머리의 접수처 직원이 전화로 어딘가에 연락해줬지만 역시나 오늘은 바빠서 시간을 낼 수 없다는 대답이었다. 그럴 거라고 시바타도 포기했다.

"근데 사타케 부장님은 어떤 분이에요?"

슬쩍 지나가는 말처럼 접수처 여직원에게 물어보았다. 그녀는 약간 당황하는 기색이었지만, 그래도 웃는 얼굴로 응해주었다.

"좀 무서운 분이에요."

"나이는?"

"마흔 살쯤일 거예요."

"능력이 대단한 분이시겠죠?"

그러자 그녀는 웃는 얼굴 그대로 목을 움츠리며 말했다.

"네, 그러시겠죠. 근데 저는 잘 몰라요."

그리고 무슨 일이 있냐고 도리어 시바타에게 질문을 던졌다. 호기심이 강한 것은 보통의 다른 여자와 다를 바가 없었다.

"아뇨, 아무것도 아니에요. 전혀 관계없는 사람이라도 일단 조사해보는 게 우리 일이라서."

"힘드시겠네요."

"뭐, 다들 그렇죠."

시바타는 감사 인사를 건네고 하나야 본사를 나왔다.

사타케 부장이라…….

그가 하나야를 주목하게 된 데는 또 한 가지 이유가 있었다. 만일 마루모토가 다카미 유타로 살해사건과 관련이 있다면 분명 다카미 슌스케와도 뭔가 연결되어 있을 터였다.

그리고 그 두 사람은 하나야라는 접점을 갖고 있다.

어째 갈수록 일이 더 복잡해지는 것 같네…….

불길한 예감을 품은 채 시바타는 걸음을 옮겼다.

그날 저녁 시바타는 동료 나오이 형사와 함께 신주쿠로 나갔다. 교코 일행과 약속이 잡힌 것이다. 교코는 마노 유카리와 함께 나올 예정이었다.

시바타가 유카리의 정보를 약간 과장스럽게 보고해본 바, 일단 얘기만이라도 들어보라는 것으로 결정이 났다. 나오이가 함께 나온 것도 윗선의 지시였다. 헛수고도 다 경험이니까, 라는 게 팀장의 말이었다.

나오이는 유부남이지만 시바타와 나이 차가 많이 나지는 않는다. 브랜드 물건은 아니어도 옷차림도 나름대로 세련된 편이다. 아마 오늘 만날 상대를 감안해 그가 선정된 것이리라. 키가 약간 작고 요즘 들어 배가 나오기 시작한 게 결점이지만.

약속한 카페에서 기다리고 있자 5분쯤 뒤에 교코와 유카리가 들어왔다. 교코의 말대로 유카리는 대단한 미인인데다 서양인처럼 늘씬하게 키가 컸다. 미니스커트 아래로 드러난 긴 다리가 아름다웠다.

"아, 오길 잘했네."

옆에서 나오이가 중얼거려서 시바타는 다 내 덕분이죠, 라고 웃음을 지었다.

간단한 자기소개 뒤에 본격적인 대화에 들어갔다.

"나는 경찰이 별로 좋진 않더라고요."

유카리가 수더분한 투로 말했다. 이국적인 눈매에 도전적인 빛이 서려있었다.

"하지만 시바타 씨라면 믿을 수 있다고 교코 씨가 권하길래 만나기로 했어요. 그게 에리를 위한 일이 될 것 같아서."

"고맙습니다."

시바타는 멋쩍게 말했다.

"다른 형사였다면 나도 안 권했을 거예요."

그녀 옆에서 교코도 말을 거들었다.

“다들 꾸역꾸역 주어진 일만 하는 느낌이잖아요. 근데 시바타 형사님은 달라요. 혼자만 에리는 자살이 아니라고 믿어줬거든요.”

교코의 말에 나오이가 쓴웃음을 지으며 대답했다.

“아니, 우리도 수사를 허술하게 하는 건 아니에요. 일하기 싫은 마음이야 물론 있지만.”

“어쨌든 일찌감치 자살로 처리하고 넘어갔잖아요.”

“다양한 근거에 의거해 그런 결론을 내린 겁니다. 여기 시바타한테서 얘기는 들으셨죠? 독극물의 출처라든가 호텔방이 안에서 잠겨있었다든가.”

아이를 타이르듯이 나오이가 말했다. 하지만 두 사람은 물러서지 않았다.

“그건 트릭이죠.”

“맞아요, 트릭이에요. 그 트릭을 밝혀내는 게 형사님들 일이잖아요.”

두 사람이 나란히 노려보는 바람에 나오이는 “이것, 참”이라고 머리를 긁적였다.

“오늘 혼나려고 나온 것 같군요.”

때마침 종업원이 다가와 커피 두 잔과 사과스쿼시, 시나몬티를 내려놓았다. 그렇게 잠시 틈이 생긴 것을 계기로 시바타는 유카리에게 화제를 던졌다.

"그러면 유카리 씨가 자세한 얘기를 해주시죠."

그녀는 시나몬티를 마시고 두어 번 눈을 깜박거린 뒤에 입을 열었다.

그녀가 들려준 얘기는 며칠 전 교코에게서 들은 것과 거의 동일한 내용이었다. 에리가 이세 고이치의 범행에 대해 뭔가 조사하는 중이었다는 것, 그녀가 로열 뱅큇에서 밤비 뱅큇으로 회사를 옮긴 것도 그런 목적일 것이라는 추측 등이다. 다만 그 추측에 별다른 근거는 없었다.

그리고 특히 강조한 점은 에리가 마루모토 같은 남자를 좋아할 리 없다는 것이었다. 따라서 그런 사람을 위해 자살할 리도 없다는 논리다.

한바탕 이야기를 들은 다음에 시바타가 다시 물었다.

"혹시 그 뒤에 유카리 씨도 뭔가 알아낸 게 있었어요?"

그녀는 안타깝다는 듯이 시선을 떨군 채 고개를 저었다.

"그렇군요. ……앞으로 어떻게 할 생각이죠?"

그 말에 유카리는 어깨를 움츠리며 살짝 눈을 감고 다시 고개를 저었다.

"모르겠어요. 이제부터 생각해봐야죠."

"너무 무리하게 뛰어들면 안 됩니다. 이건 우리 일이니까요."

"물론 경찰에서 해결해주신다면 그게 가장 좋죠."

그렇게 말하며 그녀는 옅게 웃었다.

교코 일행과 헤어진 뒤 시바타와 나오이는 본청에 돌아가기로 했다. 지하철 안에서 나오이에게 어땠느냐고 묻자 그는 고개를 갸웃거렸다.

"무슨 말인지는 알겠는데 그 정도로는 근거가 너무 빈약해. 한 가지라도 확실한 증거가 있으면 좋을 텐데 말이야."

"그 두 사람은 감으로 하는 얘기니까요. 하지만 여성의 감은 결코 가볍게 볼 일이 아니에요."

형사의 감이니 뭐니 하는 것보다 훨씬 더 믿을만하다고 시바타는 생각했다.

"근데 정황상 명백히 자살이잖아. 다카미 유타로 살해사건이 이번 일과 관련이 있다니, 그건 좀 지나친 비약인 것 같아."

시바타는 대답 없이 지하철 밖의 경치로 시선을 던졌다. 그 지나친 비약을 자신도 하고 있는 것이다.

"오늘 얘기, 팀장님이 들으면 당장 코웃음을 치실 것 같은데……."

마지막은 혼잣말처럼 나오이가 중얼거렸다.

5장 중요한 할 얘기가 있어

1

사건이 일어난 지 11일째 되는 날이다.

교코는 조금 일찍 집을 나와 긴자 거리로 갔다. 오늘은 지난번의 그 긴자 퀸호텔에서 파티가 있다. 이 호텔은 그날 이후 처음이었다.

그리고 그날과 마찬가지로 교코는 하나야 긴자점 앞에서 발을 멈췄다. 일 나가기 전뿐만 아니라 긴자에 나올 때는 반드시 이 보석점에 들르는 것이다. 그래봤자 바깥의 쇼윈도를 들여다보는 것뿐이지만.

있다, 있어, 라고 교코는 입속에서 중얼거렸다.

오늘 교코의 눈을 사로잡은 것은 18금을 받침대로 삼아 다이아몬드를 박아 넣은 에메랄드 목걸이였다. 맑은 초록빛 보석이 반원을 그리고 있었다. 가격은…… 1,950만 엔. 의외로 엄청 비싼 건 아니네, 라고 평소와는 약간 다른 느낌으로 바라봤다.

후우 한숨을 내쉬고 아쉬운 마음을 억누르며 쇼윈도 앞에서 물러섰을 때, 눈앞을 뭔가 가로막고 섰다.

"역시 너였어?"

어디선가 들은 목소리였다. 교코가 천천히 얼굴을 들자마자 상대와 눈이 마주쳤다.

엇, 하고 그녀는 미처 대응하지 못한 채 당황해버렸다. 그리 반가운 사람이 아니었다.

"지난번 감사파티 때 봤잖아. 나야, 기억나지?"

"네, 기억은 나는데……."

교코는 씁쓸하게 억지웃음을 지었다.

하나야의 셋째 아들 니시하라 겐조였다. 그때처럼 흰색 정장을 입었다. 그리고 여전히 얼굴에 비해 눈이며 코가 오종종하니 작다. 그 작은 콧등에 희미하게 기름이 떠있었다. 뭔가 으스스하게 느껴졌다.

"저를 기억해주시다니, 영광이네요."

비아냥거림을 담아 말했다. 굳이 기억해줄 필요 없는데.

"그야 물론 기억하지. 내가 이래 봬도 여자 얼굴 알아보는 게 특기거든."

정말로 그런 모양이다. 망나니 아들, 이라는 말이 교코의 머릿속을 스쳐 갔다.

"게다가 그 헤어스타일은 누가 봐도 다 알지. 넌 평소에도 그런 웃기는 머리를 하고 다녀?"

"네?"

교코는 저도 모르게 머리로 손이 갔다. 일을 나갈 때마다 야카이(夜會) 스타일로 긴 머리를 만두처럼 위로 틀어 올린다. 방금 미용실에서 손질을 받고 왔다. 프리가 아닌 레귤러 컴패니언은 파티에 나가는 날은 반드시 미용실에 들러야 한다. 그 비용은 각자 자기 부담이었다.

"이건 일 때문이죠. 평소에는 이렇게 안 해요. 보통 긴 머리예요."

교코는 항의하듯이 말했다.

"아, 그래? 하긴 그렇겠지. 뭔가 재미있는 머리 스타일이라서 한 번 말해봤어."

그리고 겐조는 아하하 웃었다. 이 바보는 대체 생각이 있는 건지 없는 건지 모르겠네, 라고 교코는 마음속으로 투덜거렸다.

"지금 시간 좀 있지? 어때, 차라도 한잔할까?"

금세 수작을 부리는 것도 여전하다. 교코는 거절하려다가 문득 좋은 생각이 떠올랐다.

"차 마실 정도의 시간은 없어요. 그래서 여기 쇼윈도 구경하면서 시간을 때우고 있었죠. 실은 가게 안도 보고 싶은데, 아이쇼핑만 하면 폐가 되겠죠?"

그녀는 하나야 가게 안을 들여다보며 말했다. 한 번 들어가 보고 싶었던 것이다.

역시나 겐조는 걸려들었다.

"뭐야, 그랬어? 그야 내가 얼마든지 안내해주지."

겐조가 자신의 가슴을 툭 치며 말했다.

"정말요? 너무 좋다."

교코는 반색을 하는 척했다. 바보와 가위는 어떻게 쓰느냐에 따라 달라진다.

두 사람이 들어서자 입구 앞에 있던 여직원이 긴장한 얼굴로 머리를 숙였다. 전에 교코를 업신여기는 눈빛으로 쳐다보던 여우 얼굴의 직원이었다. 항상 도도하게 굴더니만 겐조가 있어서 그런지 오늘은 그런 기척조차 없었다. 교코는 체증이 풀리는 느낌이었다.

가게 안은 거대한 보석 상자 같았다.

바닥에는 온통 연지색 카펫이 깔렸고 그 위에 여러 대의 진열 케이스가 놓였다. 찬찬히 보니 케이스의 테두리도 금빛으로 장식했다. 그리고 케이스 안은 빛과 색채의 세계였다. 들어서자마자 눈에 들어온 것은 반지 코너다. 사파이어,

루비, 캣츠아이, 거기에 블랙 오팔에 알렉산드라이트, 스타 사파이어……. 물론 다이아몬드도 있었다.

"보석이란 게 어떤 건지 알고 있어?"

겐조가 교코 옆에 다가와 물었다.

"아름다운 돌을 말하는 거잖아요?"

"응, 아름답고 단단한 것이지. 거기에 중요한 요소가 한 가지 더 있어."

"뭔데요?"

"그거야 뻔하잖아. 수량이 적은 것이어야 해."

겐조가 큰 소리를 내는 바람에 몇 명의 손님과 직원이 이쪽을 쳐다보았다. 하지만 그는 전혀 아랑곳하지 않는 모습이었다.

"아무리 아름다워도 사방에 데굴데굴 굴러다니는 건 안 팔려. 보석으로 인정받지 못하는 거야. 요즘은 인조 보석이 천연 보석보다 더 아름다운데도 여전히 다들 천연 보석을 갖고 싶어 하잖아. 이유는 간단해. 인조로는 허영심을 만족시킬 수 없기 때문이야."

중앙에서 좀 더 안쪽으로는 카운터처럼 여러 개의 진열 케이스가 이어지고 그 앞에는 무척 편안해 보이는 의자가 놓여있었다. 그 의자에 나이 지긋한 부부 손님이 앉아있었지만 그중 아내 쪽이 몸을 틀어 이쪽을 지그시 쳐다봤다.

"그런 심리를 거꾸로 이용한 게 바로 그 감사파티야."

진주 코너로 이동하면서 겐조가 말했다.

"아, 근데 네 친구가 사망한 사건, 그때 잠깐 시끄럽더니 요새는 신문에도 전혀 실리지 않더라고. 그 뒤에 어떻게 됐지? 넌 알고 있어?"

"글쎄요." 교코는 고개를 갸웃거리며 말했다. "자살이라고는 하던데……."

"나도 그렇게 들었어. 그 여자하고 친했다면서? 이래저래 힘들지 않았어?"

"네, 좀 그랬죠."

"왜 안 그렇겠어. 혹시 뭔가 힘든 일 있으면 언제든 나한테 상의하러 와."

겐조가 명함을 교코에게 건네며 말했다.

명함 앞면에는 '주식회사 하나야 상무 니시하라 겐조'라고 그럴싸하게 적혀있었다. 가장자리를 금테로 두른 데다 왼편 위쪽의 하나야 마크도 금박이었다. 악취미라고 할 만큼 번쩍번쩍한 명함이었다. 겐조의 인간성이 그대로 드러나는 것 같았다.

"아, 기왕 이렇게 왔으니까 너한테 뭔가 선물을 해야겠다."

겐조는 좋은 생각이 떠올랐다는 듯이 손뼉을 따악 치며 말했다.

"어머, 아니에요. 괜찮습니다."

"사양할 거 없어. 너, 몇 월생이야?"

"3월인데요."

무심코 말을 내뱉은 뒤에야 교코는 아차 싶었다.

"3월? 응, 좋은 계절이지. 새봄을 맞이하는 계절이야."

판에 박힌 소리를 하면서 겐조는 진열 케이스 앞으로 갔다. 역시나 아쿠아마린 앞에서 멈춰 섰다.

"3월의 탄생석은 아쿠아마린이야. 젊음, 침착, 용감, 총명을 상징하는 보석. 그야말로 너하고 딱 맞는데?"

그리고 그는 옆의 직원을 불러 푸른 아쿠아마린 브로치를 포장하라고 지시했다.

"아뇨, 아니에요. 죄송해서 안 돼요."

교코는 극구 사양했지만, 괜찮다면서 떠안겨줄 거라고 계산하고서 한 말이었다. 그것보다 깜빡 3월생이라고 사실대로 말해버린 게 억울했다. 기왕이면 4월이나 5월생이라고 했으면 좋았을 텐데. 4월은 다이아몬드, 5월은 에메랄드인 것이다.

리본을 곱게 묶은 브로치 포장상자를 받아들고 교코는 다시 한번 어쩔 줄 모르는 척했다.

"아이, 괜찮다니까? 그보다 다음에 나랑 식사나 한 번 하자."

겐조가 느물느물 웃으며 말했다. 교코도 예의상 웃음을 건넸지만, 마음속으로는 혀를 쏙 내밀었다.

이제 일하러 갈 시간이라서, 라고 양해를 구하고 교코는 하나야를 나오기로 했다. 겐조가 끈덕지게 물어보는 통에 이름과 전화번호는 알려줬다. 어차피 알아보면 금세 밝혀질 거고, 브로치를 받았다는 약점도 있었다.

"내가 연락할게. 꼭이야."

겐조의 다짐을 들으며 교코는 총총걸음으로 길로 나왔다.

긴자 퀸호텔에 도착한 것은 5시 10분이었다. 마음먹고 이른 시간에 집을 나섰는데 또다시 아슬아슬한 시각이다. 요네자와의 화난 얼굴이 저절로 눈앞에 떠올랐다.

오늘의 대기실은 205호실이었다. 요네자와가 그녀의 얼굴을 보고 울상을 지었다.

"교코 씨! 아휴, 다행이다. 혹시 안 나오나 했어."

"괜한 걱정을 하셨네요. 아슬아슬하긴 해도 지각을 한 적은 한 번도 없었잖아요."

교코가 툴툴거리며 안쪽으로 들어가자 아야코가 곁으로 다가와 속닥거렸다.

"늦는 사람이 교코 말고 또 있어서 그러는 거야."

"무슨 얘기야?"

"아직 안 온 사람이 한 명 더 있어. 게다가 요코 씨까지 방금 전에야 도착했다니까."

"팀장이?"

교코는 에자키 요코 쪽을 슬쩍 훔쳐보았다. 여전히 냉랭한 얼굴로 능숙하게 화장을 가다듬고 있었다. 그녀가 아슬아슬한 시각에 뛰어왔다니, 웬만해서는 없는 일이다.

"누구야, 아직 안 온 사람은?"

아야코는 고개를 저었다.

"나도 잘 모르겠어. 프리로 일하는 친구라던데, 지각이면 앞으로 일 받기 힘들걸."

"프리로 일하는 친구?"

불길한 예감이 가슴을 스쳤다.

2

불길한 예감이 맞아떨어진 것은 그날 밤 일을 마치고 집에 돌아온 다음에야 알았다.

옆집을 보니 시바타도 돌아온 것 같았다. 이따가 수사 진척 상황을 물어봐야겠다고 생각하면서 교코는 일단 집으로 들어갔다.

그녀가 밖에서 돌아와 가장 먼저 하는 일은 양치질과 부재중 전화 체크다. 들여다보니 부재중 메시지가 녹음된 모양이었다. 테이프 재생 버튼을 눌렀다.

"안녕? 나야."

쾌활한 목소리가 튀어나왔다.

어라, 하고 교코는 중얼거렸다. 들은 기억이 있는 목소리다. 유카리였다.

"마노 유카리." 목소리의 주인도 이름을 밝혔다. "중요한 할 얘기가 있어. 오늘 밤에 일 끝나고 시간 좀 내줘. 부탁할게."

그 말만 하고 전화는 끊겼다.

중요한 할 얘기가 있다고? 오늘 밤에?

교코는 헉 하고 숨을 삼켰다. 심장의 두근거림이 빨라졌다. 그녀는 주소록에 며칠 전에 적어둔 유카리의 전화번호를 찾아 수화기를 들고 정신없이 버튼을 눌렀다.

콜 사인이 연거푸 울렸다. 하지만 전화가 연결될 기미는 없었다.

교코는 서둘러 방을 뛰쳐나와 옆집 현관문을 두드렸다.

"무슨 일이야, 대체?"

시바타가 잠에 취한 얼굴을 문틈으로 내밀었다.

"큰일 났어요. 지금 나하고 유카리 씨 집에 가봐야겠어요."

"유카리 씨라면, 지난번에 만났던 사람? 왜 그러는데요?"

"아직 모르겠어요. 근데 분명 뭔가 일이 터진 것 같아서."

"잠깐만 기다려봐요. 대체 뭔 소린지 모르겠네."

"가면서 얘기할게요. 그보다 빨리 옷 갈아입고 나와요."

교코의 기색이 심상치 않다고 판단했는지 시바타는 더 이상 질문하지 않고 "응, 알았어요"라고 말하고 안으로 들어갔다. 5분쯤 뒤에 외출복을 입은 모습으로 나타났다.

두 사람은 유카리의 원룸으로 향했다. 기타신주쿠의 원룸이었다. 베이지색 4층 건물로, 한 동 전체가 원룸인 모양이었다. 도로를 끼고 맞은편에는 초등학교 운동장이 있었다.

유카리의 집은 4층 맨 끝이었다.

그리고 그 방에서 유카리는 죽어있었다.

3

집 안은 온통 난장판이 되어 있었다.

그리 넓은 방도 아니다. 아마 3평쯤 될 것이다. 들어서서 왼편에 싱크대가 있고 그 건너편은 붙박이장이었다. 오른편은 욕실과 화장실이다. 창가에 침대가 놓였고 그 주위를 둘러싸듯이 책장과 선반이 있었다. 선반 위에는 텔레비전, 비디오 플레이어와 CD 플레이어, 그리고 선반 안은 화장품으로 가득했다.

"이런 좁은 방에 이만큼이나 물건이 들어있었어?"

시바타의 상사 마쓰타니 경감이 실내를 돌아보며 묘한 감탄을 했다. 분명 수납을 아주 잘 해둔 방이었을 것이다. 하지만 그런 정리정돈은 이제 흔적조차 보이지 않았다.

바닥에는 우드 카펫이 깔렸지만 그 무늬가 보이지 않을 만큼 물건이 뒤죽박죽 흩어졌다. 외출복과 속옷이 뒤섞이고, 잡지와 편지, 카세트테이프, 신문까지 아무튼 이 방의 어딘가에 차곡차곡 정리되었던 모든 물건이 작은 태풍이라도 휩쓸고 지나간 것처럼 모조리 끌려 나와 내동댕이쳐져 있었다. 발 디딜 틈조차 없을 정도였다.

그리고 이 집의 주인 마노 유카리는 창가의 침대에 반듯하게 누운 채 죽어있었다.

타살이라는 건 명백했다. 일단 목이 졸린 교살로 판단되었다. 입고 있는 옷도 흐트러졌지만 폭행의 흔적은 없었다.

"피해자와 어제 만났었다고 했지?"

무거운 어조로 마쓰타니가 물었다.

네에, 라고 시바타는 고개를 끄덕였다. 그때 그녀에게서 들었던 얘기는 어제 보고했었다.

"마키무라 에리의 자살에 의문을 품고 조사 중이었다고?"

"그렇습니다."

"현재로서는 아무 증거도 잡지 못했다, 라고 어제 시점에는 그랬다는 거지?"

"네, 유카리 씨는 그렇게 얘기했습니다."

시바타는 신중하게 대답했다. 유카리가 모든 것을 다 털어놓았다고 단언할 수는 없는 것이다.

"그렇다면 어제부터 오늘까지, 그 사이에 상황이 달라진 건가."

이건 시바타에게 던진 게 아니라 마쓰타니 스스로 자문하듯이 한 말이었다.

시바타는 대답 없이 뒤로 물러서서, 바닥을 기듯이 살펴보는 감식 담당에게 말을 건넸다.

"모발이든 뭐든 좀 나왔어요?"

금테 안경을 쓴 감식 담당은 아래를 내려다본 채로 고개를 저었다.

"아직 별다른 게 없어요. 피해자의 것으로 보이는 머리카락뿐이에요."

유카리는 컴패니언이라서 긴 머리를 하고 있었다.

"지문은?"

"몇 개 채취했는데, 기대하기 어려울 것 같아요. 범인은 장갑을 꼈어요. 문 손잡이에서 피해자의 지문밖에 안 나오는 걸 보면."

"커피 잔의 지문은 어땠어요?"

"그것도 피해자의 지문뿐입니다."

"그렇군……."

방 한쪽 구석의 쟁반에 찻잔 두 개가 놓여있었다. 오늘 이 집에 누군가 손님이 찾아온 것으로 보였다.

시바타가 숙인 허리를 폈을 때, 나오이가 들어와 마쓰타니에게 보고했다.

"이웃집 여자가 오늘 이 집에 손님이 왔었다고 얘기하네요. 3시쯤에 말하는 소리가 들렸다고 합니다."

나오이에 의하면, 그 여자는 오늘 외출하기 전에 이웃집, 즉 유카리의 집 현관 차임벨이 울리는 소리를 들었다. 유카리가 문을 열고 "안녕하세요?"라고 인사를 했다. 상대의 목소리는 듣지 못했다. 하지만 상대가 집 안으로 들어간 건 틀림없다. 그게 대략 3시경이었다. 그 여자는 방금 전에야 집에 돌아온 참이어서 유카리의 그 손님이 몇 시쯤에 돌아갔는지는 알지 못했다.

"3시에 손님이 왔었다? 만일 그게 범인이라면 피해자와 범인은 7시까지 여기서 뭘 하고 있었을까."

마쓰타니는 팔짱을 끼고 생각에 잠겼다. 7시에서 8시 사이, 라는 게 유카리의 사망 추정 시각인 것이다.

"단순히 이야기만 나눈 건 아닌 것 같네요." 실내를 둘러보며 나오이가 말했다.

"정말 너무 심하게 뒤집어엎었어요."

"그렇지? 아무래도 범인이 뭔가를 찾고 있었던 것 같아."

"뭘 찾고 있었을까요?"

"허참, 이봐, 그걸 알면 이렇게 생고생할 일도 없지."

이어서 시바타와 나오이는 교코의 진술을 듣기로 했다. 교코는 1층 주차장에서 기다리고 있었다. 사체를 목격하고 소스라치게 놀랐지만 이제 좀 안정이 되었을 터였다.

교코는 자신이 어리석었다고 후회했다. 조금만 더 주의를 기울였으면 유카리의 목숨을 구할 수 있었을 텐데, 라고 내내 자책하고 있었다.

오늘 긴자 퀸호텔에 일하러 나갔을 때, 무단결근한 프리 컴패니언이 있다는 말을 듣고 어쩐지 마음에 걸렸었다. 그리고 일이 끝난 뒤에 그 컴패니언이 마노 유카리라는 말을 듣고 교코의 불안은 한층 더 커졌다. 그러다가 집에 돌아와 그 부재중 메시지를 들은 것이다. 무슨 일이 터진 게 분명하다는 생각에 급히 시바타를 불러내 함께 이곳으로 달려온 터였다.

맨 처음 불안한 예감을 느꼈을 때 곧장 시바타에게라도 연락했다면 유카리를 살릴 수 있었을지도 모른다. 그 생각을 할 때마다 교코의 마음은 침울하게 가라앉았다.

제복 경찰과 함께 순찰차 안에서 기다리고 있으려니 이윽고 시바타와 나오이가 주차장으로 내려와 차에 탔다. 어딘가에 가려는 줄 알았더니 그게 아니었다. 차 안에서 진술을 들을 모양이었다.

하지만 이미 시바타도 다 아는 사실에 대한 확인일 뿐이었다. 집주인에게서 열쇠를 빌려온 것도 시바타였고, 사체 발견 때의 상황은 교코보다 그가 훨씬 더 잘 알고 있다.

"유카리 씨에게서 부재중 전화가 온 게 몇 시쯤이었죠?"

시바타가 물었다.

"내가 미용실에 간 다음이니까 오후 1시 넘어서였어요. 아마 내가 다시 돌아올 줄 알고 부재중 전화에 메시지를 남긴 모양이에요."

미용실에 조금만 더 늦게 갔더라면 그 중요한 할 얘기를 전화로 직접 들을 수 있었을지도 모른다.

"그녀가 교코 씨에게만 말하고 우리에게 말하지 않았던 것은 없었어요?"

시바타의 질문에 교코는 시선을 떨군 채 고개를 저었다.

"그런 건 없었어요. 시바타 씨에게는 모두 다 얘기했던 것 같아요."

"그러면 이건 교코 씨의 짐작만으로 말해도 되는데, 범인은 대체 뭘 찾고 있었을까요? 저렇게까지 험하게 방 안을 뒤지다니, 좀 이상하잖아요."

"나도 같은 생각이에요. 하지만 뭘 찾고 있었는지 짐작도 못하겠어요. 유카리 씨는 아직 단서 비슷한 것도 찾은 게 없다고 했었거든요."

다시 슬픔이 몰려와 교코는 두 손에 얼굴을 묻었다. 시바타도 나오이도 더 이상 질문을 던지지 못했다.

4

다음날 오후, 시바타는 나오이와 함께 아카사카의 밤비 뱅큇 사무실에 찾아갔다. 전에 왔을 때와 마찬가지로 사원들이 바쁘게 움직이고 있었다. 쉴 새 없이 전화가 걸려오는 것도 지난번과 똑같았지만 아마 그 전화 중에는 마노 유카리의 죽음에 대한 문의가 포함되었는지도 모른다.

아무도 시바타와 나오이에게 신경 쓸 겨를이 없는 분위기여서 두 사람은 그냥 통로를 성큼성큼 건너갔다. 마루모토는 창가 자리에서 신문을 읽는 참이었지만 형사들을 보자마자 신문을 접어놓고 자리에서 일어섰다. 프리 컴패니언 마노 유카리가 살해된 건으로 잠시 물어볼 게 있다는 것은 이곳에 오기 전에 미리 연락해두었다.

매번 그렇듯이 칸이 나눠진 응접실로 갔다.

"나도 깜짝 놀랐어요. 살해된 사람이 에리의 친구였다던데요?"

마루모토 쪽에서 먼저 얘기를 꺼냈다. 심각한 얼굴로 미간을 좁히고 있었지만 본심이 어떤지는 알 수 없었다.

"마노 유카리 씨에 대한 건 전혀 몰랐어요?"

시바타가 물어보았다.

"네, 전혀 몰랐어요."

마루모토는 기복이 부족한 밋밋한 얼굴로 고개를 끄덕이며 말했다.

"에리와 사귄 게 겨우 한 달 남짓이었으니까요. 에리가 어떤 친구를 만나는지, 그런 건 거의 아는 게 없었죠."

이런 식의 말은 그의 입을 통해 수없이 들어왔다. 하지만 몇 번을 들어도 어딘가 부자연스럽다고 시바타는 생각했다.

"마노 유카리 씨를 본 적은?"

옆에서 나오이가 물었다.

"없습니다."

마루모토가 즉각 대답했다.

"하지만 마노 유카리 씨도 이 회사 일을 했죠? 어제도 그랬다고 하던데. 면담쯤은 했을 거 아닙니까."

그러자 마루모토는 얼굴을 일그러뜨리며 턱 근처를 긁적

였다.

"아뇨, 직접 만난 적은 없어요. 프리 컴패니언을 쓰는 건 그쪽 담당자가 정하는 일이라서. 나는 그냥 보고를 받고 결재만 해줄 뿐이에요."

사장은 그런 잡일은 하지 않는다, 라는 투였다.

"에리 씨의 장례식 때는 어땠습니까. 유카리 씨를 거기서 만나지 않았어요?"

유카리도 참석했을 거라고 짐작하고 시바타가 물어보았다. 하지만 마루모토의 대답은 뜻밖의 것이었다.

"그게…… 나는 에리의 장례식에 참석하지 않았습니다."

"참석을 안 했다고요? 왜요?"

"참석할 자격이 없는 것 같아서……. 그쪽 부모님도 내 얼굴을 보면 불쾌해하실 거 아닙니까. 전보를 치고 조의금도 보냈는데 둘 다 되돌려 보냈더라고요."

마루모토는 입을 꾹 다물고 고뇌에 찬 표정을 보였다. 그것이 자연스럽게 나온 표정인지 아니면 의식적으로 만든 것인지, 시바타로서는 판단하기가 어려웠다. 다만 연인이 사망했는데 그 장례식에 참석하지 않았다는 부분에서는 석연치 않은 것이 느껴졌다.

"이건 에리 씨의 자살에 관한 질문인데요."

나오이가 일부러 그러는지 느릿느릿 말을 이어갔다.

“누군가 그 일에 대해 문의했다든가 뭔가 협박을 했다든가 하는 일은 없었어요?”

유카리가 어떤 형태로든 마루모토와 접촉했을 것이라는 생각에서 나온 질문이다. 하지만 여기에서도 마루모토는 즉각 부정했다. 그런 일은 전혀 없었다는 것이다.

별수 없이 시바타는 나오이와 함께 그만 일어서기로 했다. 너무 끈덕지게 물고 늘어지면 오히려 역효과가 날 수 있다. 하지만 자리에서 일어서는 참에 잠깐 지나가는 얘기라는 투로 나오이가 알리바이를 물었다. 어제 점심때부터 밤까지의 알리바이다.

“일단 확인하지 않으면 우리가 상사한테 혼나거든요. 보고서도 작성해야 하고. 기분 나쁘게 생각하지 말고 가볍게 얘기해주세요.”

“뭐, 기분 나쁠 것도 없습니다. 그나저나 형사님들도 힘드시겠어요.”

말을 하면서 마루모토는 수첩을 꺼냈다. 일정을 적어둔 모양이다.

“어제는 4시쯤까지 회사에 있었고, 그다음에 시내에 나가서 좀 돌아다녔습니다. 그러고는 긴자에서 식사하고 잠깐 한잔한 뒤에 집에 들어갔어요.”

식사를 한 가게, 술을 마신 가게의 이름 등을 시바타가 수첩에 적었다. 다만 자세한 시각은 기억나지 않는다고 했다. 그건 우리 쪽에서 조사해보겠다고 나오이는 말했다.

응접실을 나온 뒤에 컴패니언 인선을 담당한 직원을 만났다. 피부색이 하얗고 자그마한 몸집에 허약해 보이는 남자였다.

그의 말에 따르면 마노 유카리가 밤비 뱅큇에 일을 신청한 것은 에리의 자살사건 사흘 뒤였다. 유카리 본인이 직접 회사에 찾아왔었고, 실제로 그때 마루모토는 자리에 없었다고 한다.

“로열 뱅큇 출신이라면 당연히 군소리 없이 일을 맡기죠. 그쪽 프리 컴패니언을 몇 명 등록해두면 갑작스럽게 누군가 빠졌을 때 요긴하게 쓸 수 있거든요. 요즘 프리로 일하는 컴패니언이 부쩍 많아졌어요. 가수나 배우 지망생 같은 경우에는 개인적인 레슨 시간이 필요한데 레귤러가 되면 아무래도 시간적으로 제약이 많으니까요.”

담당자는 다행히 말수가 많은 남자였다.

“마노 유카리 씨가 여기 왔을 때, 지난번 자살사건에 대해 뭔가 얘기한 건 없었어요?”

시바타가 물었다.

“글쎄요…….” 그는 고개를 갸웃거리며 말했다.

“아, 그러고 보니 그 사건 때문에 힘드시겠네요, 라고 했었어요. 저는 못 들은 척 대답을 안 했지만."
"……그렇군요."
시바타 일행은 고맙다는 인사를 하고 사무실을 나왔다.

신주쿠 경찰서 수사본부에서는 마쓰타니가 시바타 일행을 기다리고 있었다. 마루모토의 진술에 대한 느낌을 듣고 싶은 모양이었다. 나오이가 짤막하게 설명했지만 마쓰타니는 복잡한 표정을 하고 있었다. 어떻게도 판단을 내릴 수가 없는 것이다.

알리바이에 관해서는 즉각 확인에 들어가기로 했다.
"마노 유카리의 남자관계 쪽으로는 뭔가 나왔습니까?"
보고를 마친 뒤에 나오이가 물었다. 수사 방침은 이번 사건이 마키무라 에리의 자살과 관련이 있다는 선과 관계가 없다는 선, 두 갈래로 나눠졌다. 서로 관련이 없다면 가장 먼저 생각해볼 수 있는 것이 남자관계다. 실제로 유카리의 집에서는 수많은 남자들의 이름이 실린 주소 수첩과 어딘지 수상쩍은 명함들이 속속 발견되었다.
"지금 각자 분담해서 알아보는 중이지만, 상당히 폭넓게 사귄 모양이야. 학생, 샐러리맨, 수영장 매니저, 스포츠 인스트럭터, 카메라맨, 크리에이티브 디렉터……. 이것 참, 어째 죄다 영어야? 게다가 바둑 강사도 있었어."

메모를 들여다보며 짜증난다는 듯이 마쓰타니가 말했다.

"그중에 마키무라 에리의 자살과 연결될 만한 사람은 없었어요?"

시바타가 물었지만 마쓰타니는 검지로 메모지를 톡톡 치며 말했다.

"없는 것 같아. 이 남자 저 남자 그야말로 한두 번 스쳐 간 사이라는 느낌이라서."

그런 다음에 시바타는 나고야에 한 번 더 다녀오게 해달라고 마쓰타니에게 신청했다. 에리의 죽음은 반드시 3년 전의 다카미 유타로 살인사건과 관계가 있다, 그쪽 선에서 다시 조사해보고 싶다, 라고 주장한 것이다.

"그 문제는 아까 과장과도 상의했어. 그러잖아도 누군가 보낼 생각이었어. 근데 아이치 현경을 자극하지 않도록 특히 조심해야 돼. 그쪽 입장에서는 이미 결론이 난 사건이잖아. 괜히 재수사를 하는 것으로 오해하면 앞으로 우리 일에 흔쾌히 협조해주지 않을 수 있어."

"네, 알겠습니다."

나고야에 가면 틀림없이 뭔가 잡힐 것이라는 예감이 시바타에게는 있었다.

그날 밤, 탐문수사를 위해 종일 발로 뛰어다닌 형사들이 속속 돌아오면서 보고회가 열렸다.

우선 해부 결과가 나왔다. 사인 및 사망 추정 시각에 별다른 변화는 없었다. 특이하다고 할 만한 점은 수면제를 먹었다는 사실이었다. 이것과 관련해서는 현장에 있던 찻잔 중 하나에서 미량이지만 약물이 검출되었다는 보고가 있었다.

그다음은 마노 유카리의 방 아래층에 사는 학생을 탐문해본 바, 5시경에 유카리의 집에서 소음이 들렸다는 진술이 나왔다. 청소를 하는 걸로 생각했다고 한다.

그리고 마노 유카리의 남자관계였는데, 결론부터 말하자면 최근에는 어떤 남자와도 만난 적이 없었다. 남자 쪽에서 연락했는데 유카리가 바빠서 만날 수 없다고 한 경우가 두 명이 있었다.

알리바이에 대해서는 확실한 사람, 확실치 않은 사람으로 다양했다. 아무튼 육체관계를 맺은 것으로 보이는 남자만 해도 아홉 명이나 된다. 그중 세 명은 마노 유카리를 까맣게 잊어버리고 기억을 못할 정도였다.

알리바이라고 하면, 마루모토의 알리바이가 확인되었다. 7시 이후에 그는 긴자에 있었다. 주점의 호스티스 등 여러 명이 증인이었다. 이건 일단 틀림이 없었다. 그렇다면 마루모토가 범인일 가능성은 사라진 셈이지만…….

"이건 약간 마음에 걸린 사안인데 말이죠."

남자관계를 탐문해본 수사원 한 명이 뭔가 의기양양한 어조로 말했다.

"사건 전날 밤에 마노 유카리의 전화를 받은 남자가 있었어요. 크리에이티브 디렉터로 일한다는 세련된 남자입니다. 그자에 의하면 마노 유카리가 묘한 질문을 했다는 거예요."

"묘한 질문이라니?"

마쓰타니가 되묻는 것과 동시에 옆에서 듣던 시바타와 나오이도 저절로 몸을 앞으로 내밀며 귀를 바짝 세웠다.

"보석점 하나야라는 곳이 있잖습니까. 거기 사장이 누구냐고 물어봤다는 거예요. 모른다고 대답한 모양입니다만."

보석점 하나야라고?

시바타는 침을 꿀꺽 삼켰다.

5

안녕? 나야, 마노 유카리. 중요한 할 얘기가 있어. 오늘 밤에 일 끝나고 시간 좀 내줘. 부탁할게…….

유카리의 목소리가 몇 번이고 교코의 머릿속에 울렸다. 만난 지는 얼마 안 됐지만 소중한 친구를 잃은 것처럼 마음이 한없이 무거웠다.

그나마 조금쯤 힘이 나는 일이 있었다. 교코가 집에 돌아왔을 때 오랜만에 다카미 슌스케의 전화가 온 것이다.

"딱히 볼일이 있는 건 아니고, 어떻게 지내나 싶어서."

그는 유카리의 일을 아직 알지 못하는 것 같았다. 오늘 석간신문에 기사가 실렸었는데, 라고 교코는 약간 의아하게 생각했다.

"실은 발레 티켓이 들어왔는데 교코 씨도, 어때요? 내일 모레 공연입니다. 급한 얘기라서 미안하군요."

물론 교코는 승낙했다. 그날도 일이 있지만 자신이 직접 대타 컴패니언을 구해 수고료를 건네주면 어떻게든 때울 수 있다. 이 기회에 우울한 기분을 날려버리고 싶었다.

"그럼 모레, 교코 씨 집으로 데리러 갈게요."

침착한 목소리로 말하고 다카미는 전화를 끊었다.

발레 책을 미리 사두기를 정말 잘했어. 교코가 가장 먼저 한 생각이었다.

시바타가 돌아오는 소리는 밤 12시가 지나서야 들려왔다. 교코는 샤워를 하고 혼자 맥주를 마시고 있었다.

잠시 뒤 차임벨 소리가 울려서 교코는 현관으로 달려갔다. 문 앞에 시바타가 피곤한 얼굴로 서있었다.

"무슨 급한 일?"

시바타는 손에 든 메모지를 팔랑팔랑 흔들면서 물었다. 그 메모지에는 '우리 집에 잠깐 와줘요. 교코'라고 적혀있었다. 아까 교코가 그의 우편함에 넣어둔 것이다.

"차라도 대접하려고요. 오늘도 엄청 지쳤을 것 같아서."

시바타는 빙긋 웃으며 고마워요, 라고 말했다. 그리고 들고 있던 메모를 꼼꼼히 접어 바지 주머니에 넣었다.

차보다 맥주가 좋다고 해서 교코는 캔맥주와 유리잔을 건넸다. 그는 첫 잔을 단숨에 비웠다. 하지만 어딘지 얼굴빛이 환하지 않았다.

힘이 빠진 이유는 맥주를 마시며 그가 띄엄띄엄 들려준 얘기로 차츰 이해가 되었다. 가장 수상쩍다고 생각했던 마루모토에게 확실한 알리바이가 있었기 때문이다.

"그래도 전혀 진전이 없었던 건 아니에요. 하나야도 분명한 발을 담근 게 아닌가 하는 단서가 잡혔으니까."

마노 유카리가 남자친구에게 하나야의 사장에 대해 물어봤다는 이야기를 시바타는 들려주었다.

"하나야와 뭔가 관련이 있는 걸까요?"

"모르죠. 하지만 나도 하나야는 전부터 주목하고 있었어요."

시바타는 하나야가 감사파티의 컴패니언 회사를 밤비 뱅큇으로 바꾼 것에 의문을 가진 모양이었다. 또한 마루모토와 다카미 슌스케가 연결되는 접점이 하나야의 감사파티라는 것도 내내 마음에 걸렸다고 한다.

"하나야가 밤비 뱅큇 쪽을 선정한 것에 대해서는 내가 조사해봤어요. 사타케 부장이라는 자가 밤비를 추천했다고 해서 그 사람도 만나봤고."

"사타케 씨라면 나도 알아요."

파티 때의 일을 떠올리며 교코는 말했다.

“해골 같은 얼굴에 뭔가 음울한 사람이죠? 하나야 셋째 아들의 심복이라고 하던데.”

“오, 잘 아네? 맞아요, 바로 그 사람이에요. 그 사타케를 만나서 물어봤는데 컴패니언 회사를 바꾼 것에 별다른 의미는 없다는 거예요. 그 전에 거래하던 회사보다 비용이 적게 들어서 밤비 뱅큇으로 바꿨을 뿐이라고. 근데 그건 거짓말이죠. 겨우 그런 이유로 부장이 직접 컴패니언 파견회사를 지정해주는 일은 있을 수 없지.”

“뭔가 뇌물을 받은 거 아니에요?”

생각나는 대로 교코는 말해보았다. 기업체에서 뭔가 미심쩍은 얘기가 나올 때마다 반드시 뇌물이 얽혀있다는 선입견이 생겨버렸다.

“그럴지도 모르죠. 하지만 내가 보기에는 에리 씨 사건과 관련된 느낌이 들어요.”

“어떤 관련이?”

“그건 아직 모르겠어요. 하지만 유카리 씨가 하나야에 대해 알아보려고 했다는 얘기를 듣고 점점 더 그런 확신을 갖게 됐죠.”

시바타는 빈 캔을 테이블에 내려놓고 플레이어 쪽으로 다가가 안에 든 카세트테이프의 제목을 확인하고 스위치를 눌렀다. 흘러나온 것은 차이코프스키의 〈잠자는 숲속의 미녀〉였다.

“아직도 클래식 공부를 하고 있어요?”

그가 양손을 허리에 짚고 테이프의 회전을 들여다보며 말했다.

“단순한 클래식이 아니에요. 고전 발레 음악이거든요.”

“아, 그 돈 후안께서 발레도 좋아하신다고 했던가.”

카세트테이프 케이스의 인덱스를 따분한 듯 들여다보며 시바타가 말했다.

“왕자님 눈높이에 맞추는 것도 힘드네.”

“진짜 그렇다니까요. 이거 봐요, 이 책.”

교코는 벽에 기대놓은 종이봉투에서 책들을 꺼내 시바타 앞에 놓았다. 모두 세 권, 최근에 사들인 것이다. 고전 발레 입문서, 발레를 즐기는 방법, 발레리나 스토리까지 예정에 없던 지출이었다.

“이거, 쓸데없는 잔소리인지도 모르지만…….”

책을 훌훌 넘겨보면서 시바타가 조심스럽게 입을 열었다.

“이런 식으로 하는 거, 별로 좋지 않은 것 같아요. 남녀란 좀 더 자연스럽게 사귀어야 하는 거 아닌가?”

“어머, 왜요?”

“왜냐니, 교코 씨도 피곤하잖아요.”

"난 전혀 피곤하지 않은데? 재벌과 결혼하는 거잖아요. 웬만한 고생은 감수해야죠."

"크흠……."

"난 외국에 별장을 갖는 게 꿈이에요. 유럽의 고성을 사들여 여름이면 거기서 지낼 거예요. 성에는 당연히 보석이 따라줘야겠죠. 전 세계의 보석을 수집해야지. 하나야에서도 잔뜩 주문하고. 그러려면 역시 돈이 필요하잖아요."

"뭐, 그렇겠네요."

시바타는 내키지 않는 듯한 대답을 했다.

"그런 점에서 다카미 씨는 이상적인 사람이에요. 아직 젊으니까 분명 앞으로 훨씬 더 부자가 되겠죠."

"어련하시겠어요. 근데 내가 찬물을 끼얹는 것 같아 미안하지만 그자는 다카미 유타로의 조카예요. 이번 사건과 전혀 관계가 없다고 결론이 난 게 아니라고요."

"하지만 에리 사건 때 알리바이가 확실했잖아요."

"그건 그렇지만……."

시바타는 만지작거리던 카세트테이프 케이스를 내려놓고 자리에서 일어섰다.

"이제 그만 가봐야겠네, 내일도 일찍 나가야 해서. 이 플레이어는 어떻게 하죠?"

"그냥 켜둬요, 발레 음악 좀 더 들어야 하니까. 내일모레,

그 사람과 《백조의 호수》 공연을 보러 가기로 했거든요."

시바타는 아무 말 없이 현관으로 향했다. 교코가 잘 자요, 라고 인사를 건네자 고개도 돌리지 않은 채 한 손을 들어 응했다.

6장 두 남자의 궤적

1

마노 유카리가 살해된 지 사흘째 되는 날 아침, 시바타는 나고야로 향하는 신칸센 안에 있었다. 이번 파트너는 나오이 선배다. 자유석이지만 다행히 옆자리에 앉을 수 있었다. 하지만 남자 둘이 나란히 앉아봤자 별반 좋을 것도 없다. 심심하지 않다는 게 유일한 장점이었다.

도쿄 지역은 가랑비가 흩뿌렸지만 서쪽으로 달려갈수록 점차로 맑아지는 것 같았다. 그래도 후지산이 보일 정도는 아니었다.

스포츠신문과 주간지를 서로 바꿔가며 읽었지만 먼저 다 읽은 나오이가 크게 기지개를 켰다. 그 참에 끄으응 긴 신음 소리를 올렸다.

"남자관계 쪽은 벽에 부딪힌 것 같아."

넥타이를 느슨하게 풀면서 나오이가 말했다. 유카리의 남자관계에서는 현재까지 아무것도 나오지 않았다. 그리고 앞으로도 나올 듯한 기미는 없었다.

"역시 마키무라 에리 쪽인가? 유카리 씨가 대체 뭘 손에 쥐었는지 모르겠단 말이야."

나오이는 생전의 유카리를 만나본 탓인지 묘하게 감개가 담긴 목소리를 냈다.

"유카리 씨가 하나야 사장이 누구냐고 물어봤다는 얘기 쪽은 뭔가 새롭게 알아낸 거 없었어요?"

스포츠신문을 접으면서 시바타가 물었다.

"어제 그 건으로 하나야 쪽에 찾아갔던 모양이야. 마노 유카리라는 이름을 들은 기억이 있느냐고. 그랬더니 니시하라 사장이 전혀 없다고 즉각 부정했다고 하더라고."

"사장이라면, 니시하라 마사오 씨죠? 형사가 왔다는 말에 어떤 반응을 보였대요?"

"그야 뭐, 몹시 불쾌해했겠지. 젊은 여자가 살해된 사건에 왜 뜬금없이 자기를 찾아왔느냐고. 실은 우리도 아직 뭐가 뭔지 모르잖아."

"하지만 하나야가 전혀 관계가 없진 않아요. 마키무라 에리가 사망한 게 하나야 감사파티 끝난 직후였잖아요. 그 파티에는 당연히 니시하라 일가족도 모두 얼굴을 내밀었다고요."

"일가족이……. 아, 그러고 보니 어젯밤에 팀장이 재미있는 얘기를 하더라고."

나오이가 말했을 때 차내 판매원이 다가왔다. 시바타는 커피와 샌드위치를 각각 두 개씩 샀다.

"재미있는 얘기요?"

신중한 손놀림으로 커피에 밀크를 넣으면서 시바타는 물었다.

"응, 하나야의 후계자 얘기야. 현재 니시하라 마사오가 사장이고 장남 쇼이치가 부사장이잖아. 근데 차기 사장은 반드시 쇼이치로 정해진 게 아니래. ……오, 이 커피 꽤 괜찮은데?"

나오이가 종이컵 커피에 입맛을 다시며 좋아했다.

"그럼 또 다른 사장 후보가 있어요?"

"그렇다더라고. 우선 둘째 아들 다쿠지, 그리고 뜻밖에도 셋째 아들 겐조도 후보에 올랐어. 일단 마사오 사장이 아직 건강한 편이라서 차근차근 상황을 지켜볼 생각인 모양이야."

"형제간에 치열하게 경쟁을 하겠군요."

"니시하라 마사오 사장이 원래 그런 걸 좋아한다더라고. 게다가 그 형제간의 경쟁에 잠시 끼어든 자가 있었어. 바로 사타케라는 자야."

"엇, 그 사람, 나도 알아요."

우묵한 눈과 표정 없는 입매가 기억났다. 결코 자신의 본심을 드러내지 않는 타입이다.

"그 사람이 삼 형제의 대항마였어요?"

"아니, 그건 정확한 말이 아니지. 실은 몇 년 전에 셋째 아들 겐조가 마사오의 눈 밖에 나서 의절을 당한 적이 있었어. 지금도 그렇지만 그 무렵에는 망나니짓이 유난히 심했던 모양이야. 가게 물건에 손을 대는 건 일상다반사였대. 그러자 겐조 대신 떠오른 사람이 실력자 사타케였어. 아무튼 영업 실적이 대단했다더라고. 앞으로 간사이 쪽을 맡기기로 거의 얘기가 정해졌다는 거야."

"하지만 그 결정이 번복되었군요?"

시바타는 남은 햄 샌드위치를 입에 몰아넣었다.

"맞아. 쫓겨났던 겐조가 다시 돌아왔거든. 자세한 내막은 모르지만, 한마디로 마사오 사장의 마음이 바뀐 거였어. 그리고 사타케는 겐조를 보좌하는 역할이라는 실로 따분한 자리에 앉혀졌고."

"왜 마사오 사장의 마음이 바뀌었죠?"

"글쎄, 거기까지는 모르겠네. 결국 친자식이 더 소중했던 모양이지, 그런 망나니 아들이라도."

열차가 벌써 하마마쓰를 지나고 있었다. 나오이는 당황한 기색으로 냉큼 샌드위치 포장을 펼쳤다.

두 사람은 줄곧 하나야 얘기만 했지만, 오늘 나고야에 가는 이유는 하나야와는 관계가 없었다. 그들의 목적은 다카미 유타로 살해사건의 주변을 다시 살펴보는 것, 그리고 마루모토의 나고야에서의 행적을 훑어보는 것이었다. 마키무라 에리와 마노 유카리가 뭔가 알아낸 흔적을 찾을 수 있다면 가장 좋겠지만 그것까지 기대하기는 어려웠다.

나고야에는 11시 전에 도착했다.

두 사람은 나고야역에서 택시를 잡아타고 나카구에 있는 아이치 현경 본부를 찾아갔다. 북측으로 나고야성이 보이는 곳이었다.

형사부장과 인사를 나눈 뒤 수사1과로 갔다. 아마노라는 수사원이 시바타 일행을 맞아주었다. 수염이 짙고 육체노동자 같은 느낌의 남자였다.

“우리로서도 석연치 않은 점이 많은 사건이었어요.”

자료를 넘기면서 아마노는 씁쓸한 표정으로 말했다.

“이세 고이치가 범인이라는 것은 뭐, 틀림없었죠. 증거도 여러 가지가 있었으니까. 문제는 다카미 유타로와의 연결고리였어요. 그게 아무것도 없더라고요. 아무리 훑어봐도 전혀 나오지 않는 거예요. 그래서 이세 고이치가 돈을 목적으로 강도질에 나섰고 다카미 유타로는 우연히 그 피해자가 된 게 아니냐, 라는 쪽으로 결론을 내렸죠."

"이세가 경제적으로 궁핍하던 참이었습니까?"

시바타가 물었다.

"그렇죠. 화가가 되기로 마음먹었지만, 그 업계가 여간 빡빡한 게 아닌 모양이에요. 본가가 기후 쪽인데 아들을 도와줄 만큼 풍족한 집안이 아니었어요."

돈과 인맥 없이는 화가가 될 수 없다는 얘기를 시바타도 들은 적이 있다.

우선 이세 고이치의 본가 주소는 메모해두기로 했다.

"이세는 어떤 성격이었어요? 그런 짓을 할 만한 사람으로 보였습니까?"

옆에서 나오이가 말을 보탰다.

"주위의 얘기만 들어보면, 상당히 마음이 여린 사람이었어요. 도저히 살인을 저지를 만한 사람이 아니라고들 했죠. 하지만 요즘은 그런 사람이 의외로, 라는 경우도 많으니까……."

"맞는 말씀이에요. 그런 사람이 의외로 무서운 경우가 있지요."

나오이가 고개를 끄덕였다.

"다카미 측에서도 이세와는 전혀 모르는 사이라고 했다던데요?"

시바타의 질문에 아마노가 대답했다.

"그렇습니다. 업무 관계자부터 사적인 교류까지 샅샅이 알아봤는데 어떤 관련도 없었어요. 혹시 다카미 유타로 씨가 그림에 관심이 있어서 서로 알게 됐나 하고 그쪽으로도 수사를 해봤는데 그런 일도 전혀 없더라고요. 이세라는 인간도 참 그래요, 기왕 유서를 남기고 자살할 거라면 좀 더 자세히 적어줬으면 좀 좋습니까."

아마노는 답답하다는 듯이 말했다.

"그 유서를 볼 수 있을까요?"

시바타의 말에 아마노는 파일을 찾아와 그에게 내밀었다. 유서의 복사본이 첨부된 파일이었다.

그곳에는 상당한 달필의 글씨로 다음과 같이 적혀있었다.

아이치 현경 귀하
다카미 유타로 씨를 살해한 사람은 저입니다.
부디 용서해주십시오.

에리에게
너와 함께 비틀스를 들을 수 있어서 행복했어.

이세 고이치

"진짜 간단하네."

시바타 옆에서 혼잣말처럼 중얼거리던 나오이가 아마노에게 물었다.

"이세가 썼다는 건 틀림이 없습니까?"

"물론이죠. 필적 감정도 했어요. 틀림없습니다."

아마노는 조금 뻿뻿한 표정으로 답했다. 그런 초보적인 실수를 범할 리가 있겠느냐는 말투였다. 하긴 그렇다고 시바타도 생각했다.

나아가 아마노는 덧붙였다.

"이세의 자살도 틀림없어요. 액사(縊死)를 가장한 살인은 요즘에는 거의 불가능하니까."

"자기 방에서 목을 맸다고 했죠?"

시바타가 물었다.

"그렇습니다."

"어떻게 된 상황이었어요?"

"천장 근처에 개폐식 환기구가 있었는데 거기에 밧줄을 맸어요. 발견자는 원룸 뒤편 건물에 사는 주부였고. 빨래를 널려고 옥상에 올라갔다가 유리창 너머로 사체가 매달린 것을 보고 비명을 질렀다더라고요."

딱하게도, 라고 시바타는 그 주부를 생각했다.

"마키무라 에리 씨도 만나보셨겠네요?"

나오이가 물었다.

"네, 만났죠." 아마노가 고개를 끄덕이며 되물었다.

"그 에리 씨도 얼마 전에 도쿄에서 사망했다면서요?"

"예에……. 에리 씨는 그때 이세의 범행에 대해 뭔가 알고 있었습니까?"

"전혀 모르는 눈치였어요. 이세가 자살한 것을 알고 황망해하던 모습이 지금도 기억나는데……."

그게 거짓된 연기처럼 보이지는 않았다는 뜻인 모양이다.

"그 밖에 이세가 친하게 지냈던 사람은 없었어요?"

"미대 시절 친구 중에 나카니시라는 사람이 있어요. 하지만 사건과는 관계가 없었어요. 그 사건 날에 회사에서 철야로 일했고 증인도 있었으니까. 디자인 관련 회사였어요. 나카니시 외에는 딱히 친했던 사람도 없었던 모양이었고."

나고야역 옆에 있다는 그 디자인 사무실의 연락처를 시바타는 메모했다.

"다카미 유타로 씨가 사건 현장에 갔던 이유 말인데요, 결국 밝혀지지 않은 채 끝났어요?"

시바타의 질문에 아마노는 떨떠름한 얼굴을 보이며 말했다.

"예, 밝히지 못했어요. 추정일 뿐이지만 이세가 어떤 방법으로든 다카미 씨를 불러낸 게 아닌가 하는 생각은 했었죠.

하지만 증거가 없었습니다."

"다카미 유타로 씨의 사망으로 가장 득을 본 사람은 누구였을까요?"

나오이가 의미심장한 질문을 던졌다. 듣기에 따라서는 이세의 범행에 이면이 있었던 게 아니냐고 의심하는 듯한 발언이었다.

"뭔가 득을 본 사람도 없었어요, 우리가 조사한 범위 안에서는."

신중한 어조로 아마노가 대답했다.

"그 사건으로 친동생 야스시가 후임 사장이 됐지만 그것도 득을 봤다고는 할 수 없었어요. 오히려 그 사건으로 다카미가는 많은 것을 잃었으니까요. 딸의 혼담이 무산되기도 했고."

"혼담?" 시바타가 되물었다. "그건 무슨 얘기예요?"

"유타로 씨의 외동딸이 마침 그 무렵에 혼담이 무르익던 참이었어요. 근데 그런 사건이 터졌잖습니까. 혼담이고 뭐고 돌아볼 겨를이 없었겠죠."

"저런……."

분명 다카미가에는 악몽 같은 사건이었는지도 모른다.

현경 본부를 나와 두 사람은 아마노가 알려준 디자인 사무실에 전화했다. 나카니시가 직접 받았기 때문에 시바타는 지금 잠깐 만나자는 뜻을 전했다. 도쿄에서 온 형사라는 말에 적잖이 당황스러운 눈치였지만, 그래도 만남을 허락해주었다.

"이세가 돈 문제로 힘들어한다는 건 알고 있었어요. 친구들 중에 실제로 화가가 된 사람은 몇 명 안 되고 대부분 교사나 디자인 회사 쪽으로 진출하죠. 이세에게도 그렇게 권했는데 회사는 자기 성격에 안 맞는다고 초상화 알바로 근근이 때워가며 계속 그림을 그렸습니다."

디자인 사무실 안에서의 면담이었다. 실내 한복판에 제도대가 네 대, 그중 두 대에서 작업 중이었다. 남자 한 명, 그리고 또 한 명은 여대생으로 보였다. 제도대 주위는 종이며 도구들로 어수선했다. 그나마 한쪽에 간소한 테이블과 소파가 있어서 거기에 자리를 잡았다.

나카니시는 거구였지만 동안이라서 나이 든 대학생 정도로 보였다. 살이 쪘는지 버튼 다운의 셔츠가 팽팽히 당겨졌다.

"그러면 이세의 범행도 그럴만하다는 건가요?"

시바타가 물었다.

"조금은요. 하지만 역시 깜짝 놀랐습니다."

다카미 유타로와의 관계에 대해 짐작되는 게 있는지도 물어봤지만, 전혀 알지 못한다고 했다. 아이치 현경이 이미 조사한 것을 다시 더듬는 것뿐이라서 애초에 큰 기대는 없었다.

시바타는 마키무라 에리에 대해서도 물었다. 나카니시는 그녀의 죽음을 아직 알지 못했다. 도쿄에서 사망했다는 말을 듣고는 깜짝 놀라면서 슬픈 눈빛을 보였다.

"에리 씨를 마지막으로 만난 게 언제였죠?"

"그녀가 도쿄에 가기 전이었어요. 작별 인사를 하러 왔었거든요."

"그때 어땠어요? 이세의 범행에 대해 뭔가 얘기한 건 없었던가요?"

"글쎄요……."

나카니시는 멍하니 벽 쪽을 바라보았다. 유리공예전 포스터가 붙어있었지만 그걸 보는 건 아닌 것 같았다.

"마지막으로 만났던 때는 잘 기억이 안 나지만, 그 무렵 에리 씨는 항상 뭔가 생각에 잠긴 모습이었어요. 사건의 충격으로 침울해하는 것과도 약간 다른 느낌이었습니다."

그다음에 마루모토와 하나야에 대해 뭔가 아는 게 있는지도 물어보았다. 하나야라면 알고 있지만 그건 유명한 보석점이라서 아는 것뿐이라고 나카니시는 대답했다.

나카니시의 사무실을 나와 시바타와 나오이는 나고야 지하상가에서 카레라이스를 먹었다. 가게 앞으로 젊은 남녀들이 지나갔다.

“나고야 사람들은 역시 수수하다니까.”

금세 그릇을 싹싹 비운 나오이가 물을 마시며 통로 쪽에 시선을 향한 채 말했다.

“미니스커트가 거의 안 보여. 요즘에는 몸매를 강조하는 디자인이 유행인데 다들 치렁치렁한 치마를 입고 다니잖아.”

“그런 얘기를 큰 소리로 떠들면 다들 노려볼걸요. 그보다 이제 어떻게 하죠?”

“우선 나카무라 경찰서에 가보자고. 그다음은 에리 씨의 본가에 가봐야지.”

마루모토는 밤비 뱅큇을 시작하기 전에 한동안 나고야에서 지냈다. 그 기간에 대한 조사를 나카무라 경찰서에 미리 부탁해둔 것이다.

“이세의 본가는 어떻게 할까요?”

“기후?” 나오이는 답답하다는 얼굴이었다. “거긴 너무 멀잖아.”

“그래도 이따가 경감님에게 연락해서 지시를 받도록 하죠.”

지하상가를 나와 두 사람은 나카무라 경찰서로 향했다. 걸어갈 수 있는 거리였다.

“4년 전에 나고야에 내려와 한동안 집안 사업을 거들었어요. 어머니가 다케바시초에서 카페를 운영했거든요. 근데 그 어머니가 반년 만에 갑작스럽게 돌아가시고 그 뒤로 마루모토 혼자 카페를 꾸려갔어요. 장사가 영 안 되기는 했지만."

후지키라는 젊은 수사원이 찬찬히 설명해주었다.

"그밖에 다른 가족은 없어요?"

시바타가 물었다.

"없습니다. 그래서 2년여 만에 가게를 접고 다시 도쿄로 올라갔죠."

"카페랑 집은 팔아치우고?"

이번에는 나오이가 물었다.

"네, 양쪽 다 팔았는데 빚을 갚느라 별로 남은 게 없었던 모양이에요."

"그 무렵의 마루모토를 잘 아는 사람은 없을까요?"

"카페 근처에 작은 인쇄소가 있는데 그 인쇄소 주인이 마루모토와 고등학교 때부터 친구였어요."

후지키는 인쇄소까지의 약도를 그려주었다.

시바타와 나오이는 감사 인사를 건네고 나카무라 경찰서를 나와 약도를 들여다보며 걸음을 옮겼다. 바로 1킬로미터도 안 되는 곳이었다. 고가네토리라는 큰길을 마주하고 '야마모토 인쇄소'라는 간판이 걸려있었다. 그 옆은 작은 지역은행이었다.

인쇄소 주인 야마모토는 뚱뚱한 장사꾼 타입이었다. 마루모토라면 잘 알고 있다고 했다.

"카페를 하는 동안에도 마루모토는 다시 도쿄에 올라가 새 사업을 하겠다는 말을 자주 했어요. 그래서 마음먹고 올라간 거 아니겠습니까. 지금 컴패니언 파견회사가 아주 잘된다더라고요. 대단한 친구예요."

도쿄에 가기 전의 마루모토의 상황을 물어보자 야마모토는 숱이 줄어든 머리를 벅벅 긁으며 말했다.

"진짜 그때만 해도 자금이 모자란다고 징징거렸는데 말이에요. 100만 엔이든 200만 엔이든 빌려달라고 사정사정한 적도 있어요. 내가 그럴 돈이 어디 있냐고 거절했지만, 결국 집과 가게를 팔아서 그럭저럭 맞춘 모양이죠."

"마루모토 씨가 이쪽에서 지내는 동안에 여기 사람들은 많이 만났던가요?"

"그야 뭐, 적지는 않은 편이었죠."

"혹시 이 사진 중에 아는 얼굴이 있어요?"

시바타는 사진 두 장을 야마모토에게 내보였다. 마키무라 에리와 이세 고이치의 사진이다. 야마모토는 미간을 좁히고 들여다봤지만 이윽고 고개를 저었다.

"한 가지, 마음에 걸리는 게 있단 말이야."

지하철의 가죽 손잡이를 붙잡고 가는 참에 나오이가 중얼거렸다. 잇샤역으로 향하는 중이었다. 잇샤역은 마키무라 에리의 본가가 있는 곳이다. 이번에는 환영받지 못할 거라고 시바타는 미리 각오하고 있었다.

나오이가 뒤를 이었다.

"관계가 있는지 없는지는 모르겠지만, 아무튼 우리는 두 남자의 궤적을 쫓고 있어. 한 명은 이세, 그리고 또 한 명은 마루모토야. 현재까지는 둘 사이에 특별한 연결고리를 찾지 못했지만, 그 두 사람한테는 한 가지 공통점이 있어. 그건 둘 다 돈이 필요했었다는 거야. 물론 누구든 돈을 원하지. 나도 아주 많았으면 좋겠어. 하지만 그 두 사람은 돈에 집착하는 양상이 약간 남다른 것 같아. 보란 듯이 성공하겠다고 벼르면서 한 방에 큰돈을 손에 쥐려고 했던 거야. 그리고 마루모토 쪽은 일단 성공했어. 이세는 살인을 저지르고 신세를 망쳤지만."

"두 사람이 대조적이네요. 근데 그게 어떤 의미가 있을까요?"

"나도 모르겠어. 현재로서는 일단 돈과 관련이 있다는 것뿐이지. 특히 마루모토 쪽은 더 그렇잖아. 빚을 갚고 나서 컴패니언 사업을 시작할 만큼 자금이 남았을 리도 없는데."

잇샤역에 도착하자 지난번에 왔던 대로 북쪽으로 향했다. 나고야도 차량 통행이 많은 편이다. 하지만 도로 폭이 넓고 정비가 잘 되어서 인도를 걷는 데도 안심이 되는 느낌이었다.

쌀가게에는 에리의 아버지와 오빠 노리유키가 있었다. 두 사람은 형사를 보자 굳은 표정으로 바뀌었다. 어머니는 장을 보러 나간 모양이었다.

가게는 아버지에게 맡기고 노리유키가 안쪽 방에서 형사들을 마주했다.

이세 고이치의 일이 알려진 것에 대해 노리유키는 그다지 놀라지 않았다. 아마 각오하고 있었던 것이리라. 그는 사람들의 입소문이 무서워 그런 사실을 고의로 감췄던 것에 대해 사과했다.

오히려 그가 깜짝 놀란 것은 에리의 친구가 살해되었다는 말을 들었을 때였다. 시바타는 그 사건 때문에 에리 씨의 자살도 재조사에 들어갔다고 설명했다.

"이세가 그렇게 죽은 뒤로 그 일을 에리와 얘기했던 적은 한 번도 없었어요. 에리 쪽에서도 별로 얘기하고 싶어 하지 않는 눈치였고요."

그때 일을 노리유키는 무거운 어조로 말했다.

"도쿄에 갈 때, 에리 씨가 뭔가 얘기한 건 없었습니까?"

"딱히 별다른 말은 없었어요. 이세와의 일을 잊기 위해 나고야를 떠나려는 거라고, 우리는 그렇게 짐작만 했죠."

노리유키는 거뭇거뭇 자라난 수염을 손바닥으로 쓸었다.

다시 한번 에리의 방을 보게 해달라고 부탁하자 노리유키는 바로 허락해주었다.

그 2층 방으로 안내를 받아 올라갔다. 전에 봤던 그대로 거의 달라진 게 없었다. 하지만 청소는 자주 하는지 먼지가 쌓인 곳은 없었다.

노리유키의 허락을 받아 시바타와 나오이는 방 안을 다시금 샅샅이 살펴보았다. 이세의 범행과 관련이 있을 만한 것을 하나라도 건지면 다행이라는 생각이었다.

"시바타, 이리 와봐!"

서랍 안을 들여다보던 나오이의 말에 시바타는 잽싸게 달려갔다. 노리유키도 옆으로 다가왔다.

"에리 씨인 것 같은데?"

나오이가 손에 든 것은 10호 정도의 그림이었다. 한 여인이 턱을 괴고 미소를 짓고 있었다. 틀림없는 에리의 얼굴이었다.

"이거 말고도 그림이 또 있습니까?"

시바타가 서랍 안을 들여다보며 물었다.

"네, 그림이라면 이것저것 꽤 있을 거예요."

대답한 것은 노리유키였다. 그는 붙박이장에서 납작한 골판지 박스를 꺼내왔다. 도화지에 그린 그림들이었다. 에리의 초상화 외에도 풍경화 여러 장이 있었다. 역시 대단한 실력이라고 시바타는 생각했지만, 전문가가 본다면 평가는 다르지도 모른다.

"초상화도 있군요."

모델을 그대로 그려낸 듯한 초상화 십여 장이 나왔다. 그 중에 에리의 얼굴은 없었다. 나오이가 진지한 표정으로 한 장 한 장 들여다보았다. 그가 무엇을 기대하는지 시바타도 짐작이 갔다. 사건과 관련이 있는 인물의 얼굴이 있을지도 모르는 것이다.

"이 초상화, 우리가 잠시 가져가도 될까요?"

시바타가 묻자 그러시죠, 라고 노리유키는 대답했다.

"다른 그림은 괜찮습니까?"

"우선 이 그림들만 가져가도록 하죠. 나중에 또 필요할지도 모르니까 다른 그림들도 잘 보관해주십쇼."

나오이가 말했다.

"아, 저 그림도 이세가 그린 건가요?"

시바타가 가리킨 것은 창문 위쪽에 걸어둔 작은 그림이었다. 어디서나 마주칠 듯한 평범한 동네 풍경을 창문 너머로 바라보는 구도였다.

"저건 이세가 마지막으로 그린 건데……."

노리유키가 머뭇머뭇 말했다.

"그날 사체로 발견됐을 때, 이젤에 놓여있었어요. 아직 물감도 덜 마른 상태였다고 하더라고요. 이세의 방 창문 너머로 보이는 풍경입니다."

"아……."

시바타는 새삼 그림을 올려다보았다. 자살 직전에 그린 마지막 그림이라면 그때의 심리가 담겨있지 않을까, 하고 찬찬히 살펴봤지만 딱히 이렇다 할 특이점은 없었다.

"이 그림도 꼭 보관해두셔야 합니다."

나오이가 당부했다.

그림 외에는 시바타와 나오이의 마음을 끄는 물건이 발견되지 않았다. 이세가 자살한 뒤에 그녀가 이 방에서 어떤 생각을 하면서 지냈는지 알 수 있을 만한 것도 없었다.

"에리가 그 무렵에는 온종일 혼자 이 방에 틀어박혀 노래를 듣곤 했어요. 얼굴을 마주하는 건 밥 먹을 때 정도였습니다."

"주로 어떤 노래를?"

시바타가 무심코 물었다.

"이것저것 듣는 모양이었지만, 비틀스가 많았어요. 이세도 좋아했다고 하더라고요."

"비틀스……."

이세의 유서가 시바타의 머릿속을 스쳐 갔다.

에리, 너와 함께 비틀스를 들을 수 있어서 행복했어…….

2

시바타와 나오이가 나고야의 비즈니스호텔에 체크인 수속을 하던 시각, 교코는 시부야의 NHK 홀에 와있었다. 좌석은 거의 정중앙의 열 번째 줄, R석 중에서도 가장 좋은 위치였다.

공연 시작까지는 아직 시간이 있었다. 오케스트라가 조율 중이어서 그 모습을 어린애들이 지켜보고 있었다. 발레 스쿨에 다니는 아이들이라는 것은 머리 모양으로 알 수 있었다.

"발레 공연은 처음이에요?"

교코가 둘레둘레 둘러봤기 때문인지 다카미 슌스케가 옆에서 물었다.

네, 라고 그녀는 솔직하게 대답했다.

"하지만 텔레비전으로는 몇 번 봤어요."

이건 거짓말이다. 고전 발레 같은 우아한 프로에는 한 번도 채널을 맞춰본 적이 없다.

"텔레비전으로 보는 것과는 또 다를 거예요. 아니, 전혀 다르다고 해도 과언이 아니죠. 프로야구도 그렇지만, 직접 현장에 와보지 않고서는 참된 맛을 알기가 어렵거든요."

교코는 존경의 눈빛으로 그를 마주 보며 고개를 끄덕였다.

다카미가 유카리 얘기를 꺼낸 것은 그 조금 뒤였다. 장내가 어두워지기 직전이다. 며칠 전에 전화했을 때는 알지 못했는데 나중에 신문에서 봤다고 했다.

"발견자로 교코 씨 이름이 실렸던데, 그분과는 친한 사이였어요?"

"아뇨, 그렇게 친한 건 아니고…… 실은 만난 지 얼마 안 된 친구였어요."

"그렇군요. 요즘 불행한 사건이 연달아 일어나네요."

"진짜 그렇죠."

이윽고 장내의 조명이 스르륵 꺼졌다. 오케스트라가 전주곡을 연주하기 시작했다. 잠시 뒤에는 막이 열리고 그림책에서 빠져나온 듯한 발레리나와 발레리노들이 무대 위에 모습을 드러냈다.

공연이 끝나고 다카미와 저녁 식사를 하러 갔다. 아카사카에 자리한 프랑스 요리 전문점으로, 인테리어는 옛 시대를 떠올리게 하는 것이었다. 의자며 벽에 설치된 선반도 아르 데코 풍이었다.

"멋있었죠?《백조의 호수》는 몇 번을 봐도 좋더라고요."

와인 잔을 기울이며 다카미는 만족스러운 듯이 말했다. 교코도 웃는 얼굴로 응했다. 실제로 걱정했던 것보다 따분하지도 않았고 발레의 재미를 알게 된 듯한 마음이 들었다.

"오늘 함께 와줘서 고마워요."

다카미가 약간 정색을 하고 인사를 건넸다. 교코는 웃음을 지으며 고개를 저었다.

"저야말로 정말 즐거웠는걸요."

"그렇게 말해주시니 다행이지만……. 바쁜데 불러낸 것 같아 미안하네요."

"아뇨, 괜찮아요."

"그래요……."

다카미는 잔을 내려놓고 잠시 손끝으로 테이블을 톡톡 치더니 이윽고 말했다.

"마노 유카리 씨라고 했던가요?"

며칠 전 사건에 대한 얘기인 모양이다. 교코는 말없이 고개를 끄덕였다.

"신문에서 본 것이지만, 지난번 그 친구 분의 자살과 관계가 있다고 하던데."

"네, 하지만 아직 확실하게 그렇다고 결론이 난 건 아닌 모양이에요."

"그렇군요……."

다카미는 미간에 주름을 잡고 비스듬히 아래쪽으로 시선을 떨궜다. 뭔가 생각에 잠긴 얼굴이었다. 교코는 그의 그런 표정을 슬쩍 훔쳐보다가 "다카미 씨"라고 입을 열었다. 한 박자 늦게야 그가 서둘러 대답했다.

"아, 네, 뭐라고 하셨죠?"

"이번 일이 궁금하신 거예요?"

다카미는 허를 찔린 듯한 얼굴을 했다.

"이번 일?"

"요즘 일어난 사건들 말이에요. 에리의 자살이라든가 유카리가 살해된 사건."

교코는 지그시 다카미의 눈을 응시했다. 그는 급하게 눈을 깜작거리며 시선을 피했지만 곧바로 다시 그녀를 보았다.

"왜 그런 걸 물어보는지……."

교코는 빙긋이 웃으며 말했다.

"아니, 궁금해하시는 게 뻔히 보이잖아요. 이런 식으로 저한테서 정보를 얻어내려는 거죠?"

"……."

다카미는 입을 꾹 다물었다. 어떻게 대답해야 할지 망설이고 있는 것이리라.

오늘밤 이런 질문을 던진 것은 교코로서는 결코 예정에 없는 행동이 아니었다. 경우에 따라서는 확실히 해둘 필요가 있다고 미리 마음먹고 나온 것이다. 역시 그는 유카리의 죽음을 알고 있고, 그리고 이번에도 교코가 관련되었다는 것을 알고 일부러 초대한 게 틀림없다.

"실은 제가 에리의 옛 연인 일을 알고 있어요."

교코의 말에 다카미는 흠칫 놀란 듯 입이 반쯤 벌어졌다. 그 얼굴을 보며 그녀는 말을 이어갔다.

"그 연인과 다카미 씨가 어떤 관계인지도 알아요. 그러니까 저한테는 아무것도 감추지 말아주세요. 솔직하게 얘기해주시면 어떻게든 도와드릴 테니까요."

즉 교코는 작전을 바꾼 것이다.

최대한 자주 만나면서 기회를 잡는다는 게 지금까지의 작전이었지만, 만일 다카미가 자신을 이용해 정보를 얻을 속셈이라면 기꺼이 협력해서 자신을 어필하는 게 낫다고 생각했다. 다카미가 범인이 아니라는 것은 그의 알리바이가 성립한 시점에 이미 확실해졌다는 게 교코의 판단이었다.

잠시 침묵이 이어졌지만 그 침묵을 깬 것은 다카미 쪽이었다. 희미하게 웃음을 지으면서 다시 와인 잔을 손에 들고 남은 술을 마셨다. 그리고 그는 깊은 한숨을 쉬었다.

"여간 아니군요, 교코 씨."

"어때요, 얘기해주시겠어요?"

하지만 그는 곧바로 대답하지 않고 빈 잔을 손 안에서 굴리고 있었다. 손의 온기로 잔이 은근히 흐릿해졌다.

"다카미 유타로 씨가 내 큰아버지라는 건 이미 알고 있겠군요?"

마침내 그가 입을 열었다. 네, 라고 교코는 답했다.

"큰아버지가 살해된 사건에 나는 의문을 품고 있어요."

"이세 씨가 범인이 아니라는 건가요?"

"아니, 범인은 틀림없이 그자였어요. 하지만 그 사건에는 아직 감춰진 것들이 많다는 게 내 생각이에요."

"왜 그런 생각을 하셨어요?"

그건, 이라고 말하고 그는 뭔가를 꿀꺽 삼키듯이 목을 움직였다.

"지금 교코 씨에게 그 얘기를 할 수는 없어요. 경찰에도 비밀로 해왔으니까. 그 바람에 시간도 많이 지체되었죠."

"그렇군요……."

마음에 걸리는 대목이었지만, 여기서 끈질기게 캐묻는 건 좋지 않다고 교코는 판단했다.

"알겠어요. 그렇다면 더 이상 얘기하지 않으셔도 돼요. 하지만 다카미 씨가 제게 묻고 싶은 것이 있을 때는 서슴없이 말해주세요. 알고 있는 건 다 말씀드릴 테니까."

그러자 다카미는 뭔가 눈부신 것을 보는 듯한 눈빛을 한 뒤에 말했다.

"교코 씨는 아주 재미있는 분이군요."

"그럼 건배나 할까요?"

교코의 말에 그는 한 손을 들어 웨이터를 불렀다.

3

시바타는 다음 날 아침 7시에 눈을 떴다. 호텔 데스크에 모닝콜을 부탁해둔 것이다.

수화기를 내려놓고 옆의 침대를 돌아보았다. 나오이는 둥근 등을 이쪽으로 향한 채 쿨쿨 자고 있었다. 일어날 기척도 없었다.

미끄러지듯이 침대에서 내려와 욕실에서 이를 닦았다. 거울에 수염이 자란 얼굴이 비쳤다. 눈 밑이 거무스레한 것은 내가 그리 봐서 그런 건가, 하고 얼굴 각도를 바꿔보기도 했다.

오늘은 기후에 가기로 했다. 어제 본부에 연락했더니, 이세의 본가에도 들렀다가 오라는 지시가 떨어진 것이다.

그 뒤에는 다시 한번 아이치 현경 본부에 얼굴을 내밀어야 한다. 도쿄의 수사본부에서는 시바타와 나오이가 뭔가 선물을 들고 오기를 학수고대하고 있는 것이다. 물론 그 기대에 부응하고 싶은 마음은 굴뚝같았다.

하지만 이번에는 결국 빈손으로 돌아가게 될 모양이다. 그 초상화 그림이 선물이라면 선물이지만 과연 얼마나 수사에 도움이 될지…….

면도를 하면서 시바타는 생각을 굴렸다.

욕실을 나왔을 때도 나오이는 여전히 코를 골며 자고 있었다. 드링크제라도 사러 갈까, 하고 시바타는 키를 들고 문 앞으로 갔다.

도어체인이 눈에 들어왔다.

긴자 퀸호텔에서 본 것과 거의 비슷한 구조였다.

일단 문을 열고 복도로 나가 안쪽의 도어체인을 더듬어보았다. 체인은 금세 손에 잡혔지만 바깥쪽에서는 역시 채울 수 없었다. 채우려면 문을 완전히 닫아야 하는 것이다. 이것만은 세상 어떤 도어체인이든 마찬가지다.

시바타는 다시 한번 안으로 들어왔다. 안쪽에서도 해봤지만 결과는 똑같았다.

체인의 길이와 벽에 붙은 고리의 간격이 중요해. 이게 빠듯하게 걸리는 구조야. 체인이 조금만 더 길면 바깥쪽에서도 어떻게든 해볼 수 있을 텐데…….

그 순간, 머릿속에 번쩍 떠오르는 게 있었다. 어쩌면 범인은 체인의 길이를 조정했던 게 아닐까, 라는 생각이 떠오른 것이다.

아니, 아니, 아니지. 그걸 조정했다가는 나중에 조사해보면 금세 드러나잖아…….

이번에는 진짜로 방을 나와 우선 드링크제부터 사왔다. 나오이는 여전히 자고 있었다. 잘도 자는구나, 하고 감탄했다.

드링크제를 마시면서 시바타는 다시 문 앞으로 갔다. 체인의 길이를 바꿀 수 없다면 벽에 붙은 고리의 간격을 바꾸는 방법도 있다. 하지만 이건 조정하기가 더 어렵고, 말할 것도 없이 증거가 남아버린다.

앗, 잠깐…….

시바타는 체인을 잡고 그것과 문을 번갈아 보았다. 중요한 점을 놓쳤다는 것을 깨달았다.

아하, 그렇구나. 저도 모르게 드링크 병을 움켜쥐었다.

"나오이 선배, 얼른 일어나요."

그는 침대로 다가가 담요를 젖히고 나오이를 흔들었다. 끄으응 신음 소리를 내면서 한사코 담요 속으로 기어 들어가려고 했다.

"그만 일어날 시간이라니까요? 게다가 아주 중요한 걸 알았어요."

"대체 뭔데 호들갑이야. 나는 아침 안 먹을 테니까 제발 좀 더 자게 해줘."

"중요한 얘기가 있다고요."

시바타는 나오이의 귓가에 대고 말했다.

"밀실 수수께끼가 풀렸어요."

7장

너와 함께 비틀스를

1

다카미 슌스케와 발레 공연을 본 다음 날, 일이 끝나자마자 요리 재료를 잔뜩 사 들고 온 교코는 원룸 주방에서 악전고투 중이었다.

"흠, 이게 뭐야, 소 간을 소금물에 넣고 바락바락 주물러 씻어서 여러 번 헹군다……."

재료와 요리책을 번갈아 들여다보며 교코는 중얼거렸다. 요리책도 오늘 막 사 온 참이다.

"여러 번 헹구라니, 대체 뭔 소리야. 정확히 몇 번인지 알려줘야 할 거 아냐. 아무리 씻어도 깨끗해지지를 않잖아."

에잇, 모르겠다, 하고 대충 넘어가기로 했다.

"얇은 껍질을 벗겨내고…… 네에, 벗겼습니다. 1센티미터 크기의 깍두기 모양으로 썬다……. 이렇게 작게 썰어? 좀 더 커야 맛있을 거 같은데?"

그래서 듬성듬성 2, 3센티미터 크기로 썰었다. 그다음은 '살짝 데쳐낸다'라고 적혀있었다.

"살짝이라니 대체 어느 정도야? 이런 감각적인 표현이 많은 게 문제라니까. 초보자도 알아듣게 써주세요, 제발!"

스파게티와 샌드위치 말고는 정식으로 요리를 해본 적이 없는 교코가 오늘 밤 이렇게 투덜거려가며 고생하는 데는 이유가 있었다. 다카미 슌스케에게 손수 요리한 밥을 대접하기로 약속해버린 것이다.

내가 왜 그런 약속을 했을까, 하고 뒤늦게 후회했지만 그에게 좋은 면을 보여주고 싶은 마음도 있었다. 역시 그런 게 힘들다.

드디어 요리 비슷한 것이 완성되었지만 교코는 아무것도 먹고 싶지 않았다. 중간에 자꾸 맛을 본데다가, 너무 지쳐서 위가 움직여줄 것 같지도 않았다. 우선은 식전주부터 마시자는 생각에 그녀는 캔맥주를 들고 창가에 앉아 공원을 내려다보며 목을 축였다.

그녀의 뇌리에 어젯밤 다카미와 나눈 대화가 되살아났다.

왜 경찰에도 비밀로 해야 하는 걸까…….

다카미가 했던 말을 교코는 떠올려보았다. 그는 다카미

유타로 살해사건에는 아직 감춰진 것들이 많다고 했다.

그리고 그 감춰진 것이 무엇인지 이미 짐작하는 듯한 말투였다. 다만 그건 경찰에도 비밀로 해왔다고 한다. 왜 비밀인지는 물론 얘기해주지 않았다.

"하지만 나를 믿어도 돼요. 나는 교코 씨의 친구 분이 사망한 사건과는 관계가 없습니다. 결코 교코 씨에게 거짓말을 하지는 않아요."

그는 진지한 눈빛으로 교코를 바라보며 말했다. 네, 믿어요, 라고 교코도 멋있게 대답해주면서 그의 눈을 마주 보았다.

아무튼 사건이 하루빨리 해결되면 좋으련만…….

교코가 남은 맥주를 둘러 마시는 순간, 시바타가 공원을 지나가는 모습이 눈에 들어왔다. 어젯밤에 집에 돌아오지 않더니만 큼직한 가방을 든 것을 보니 출장이었던 모양이다.

에이프런을 입은 채 달려 나가 현관 앞 통로에서 그를 기다렸다. 무거운 걸음으로 계단을 올라오는 소리와 함께 칠칠치 못하게 넥타이를 축 늘어뜨린 시바타가 나타났다. 통로에 서있는 교코를 보고 흠칫 놀란 얼굴을 했다.

"나를 마중해주는 사람이 있다니, 이렇게 흐뭇할 수가."

시바타는 지친 기색의 미소를 지으며 말했다.

"아까 창문으로 지나가는 게 보였거든요. 그보다, 배고프죠?"

그러자 시바타는 손목시계를 보며 말했다.

"아까 6시쯤에 카레빵 하나 먹고 끝."

지금은 밤 11시가 넘은 시각이다.

"그럼 내 요리 좀 먹을래요? 너무 많아서 난감하던 참인데."

"아, 그래서 마중을 나오셨구나?"

"시바타 씨가 보고 싶기도 했죠. 진짜예요."

"그래요, 진짜인 걸로 해둡시다."

가방을 든 채 안으로 들어서자마자 시바타는 킁킁 코를 실룩거렸다.

"뭔가 이상한 냄새가 나는데?"

"기왕이면 맛있는 냄새라고 해주시지."

"맛있는 냄새도 나긴 하지만, 그보다 온갖 잡다한 냄새가 뒤섞인 느낌이랄까……."

주방 쪽을 돌아보다가 시바타는 말문이 막힌 기색이었다.

"무슨 일 있었어요?"

"아무 일도 없었어요. 그냥 요리를 한 거라고요."

"조리도구와 음식 재료가 한바탕 전쟁을 벌인 것 같은데?"

시바타는 입을 헤벌린 채 주방을 둘러보았다. 그곳에는 요리에 사용한 냄비, 프라이팬, 부엌칼, 스푼, 계량컵 등이 나뒹굴고 있었다. 썰고 남은 야채, 소 간 껍질, 달걀 껍질 등도 여기저기 널브러졌다. 감자 껍질은 싱크대 밖으로 기어 나와 환풍기의 작은 바람에 흔들렸다.

"좀 지저분하죠? 미안해요."

그렇게 말하고 교코는 환풍기 스위치를 껐다. 감자 껍질도 움직임을 멈췄다.

"나한테 사과할 건 없고요. 하지만 그래도 이건 좀……."

시바타는 테이블에 차려진 요리를 보고 다시 눈이 둥그레졌다.

"이거 전부 교코 씨가 만들었어요?"

"그럼요. 대단하죠? 다음에 그 사람 집에 가서 요리해주기로 약속했거든요. 그래서 오늘 그 리허설을 해본 거예요."

"그 사람이라면 다카미 부동산회사의 후계자님?"

시바타가 어이없다는 얼굴을 했다.

"그러면 나는 기미 상궁 역할?"

"아이, 그런 말씀 마시고. 실은 내가 본격적인 요리를 한 번도 해본 적이 없거든요. 진짜 자신이 없어요. 친구라면 좀 도와주셔야죠. 아, 와인도 있어요."

교코는 냉장고에 차게 얼려둔 와인을 꺼내다 마개를 돌렸다.

"근데 어디로 출장을 다녀온 거예요?"

"나고야."

시바타가 짧게 대답하면서 포크를 들고 맨 앞의 접시에 손을 내밀었다. 다진 고기, 야채, 소 간을 버무린 양념소를 얇게 펼친 고기에 돌돌 말아 쪄낸 것이다. 한 조각 입에 넣은 뒤에 물었다.

"이거, 무슨 요리?"

"교코의 오리엔탈 갈랑틴!"

대답하고 나서 교코는 화이트 와인을 두 개의 잔에 따랐다.

"그나저나 나고야에는 왜 갔어요?"

"이래저래 볼일이 있었어요. 다카미 유타로 살해사건을 찬찬히 탐문도 할 겸."

말을 하면서 시바타는 돌돌 감은 고기 안의 양념소를 살펴보았다.

"이거, 간의 핏물 제거를 제대로 한 거 맞아요?"

"핏물 제거요?"

"물에 잘 씻어야 하는데."

"씻었죠. 큰 그릇에 담아서 바락바락."

"아니, 다음부터는 수돗물을 틀어놓고 핏물을 확실히 빼도록 해요."

"아, 그렇구나. 시바타 씨는 그런 것도 알아요?"

"그거야 상식이죠. 게다가 간을 이렇게 크게 썰면 안 되지. 1센티 정도가 좋을걸요? 이건 2, 3센티는 되겠는데?"

시바타는 포크로 간을 쿡 찍어 교코 앞으로 내밀었다.
"아니, 그 정도 크기가 맛있다고 요리책에 나와 있어요."
교코는 시치미를 뚝 떼고 말했다.
"그래요? 이상하네, 좀 더 작아야 할 거 같은데."
그는 또 한 조각을 입에 던져 넣었다. 그러고는 급히 와인을 마셨다. 교코도 와인 잔을 손에 들었다.
"그래서 나고야에서 수확은 있었어요?"
"수확이라고 할 수 있는지는 모르겠지만, 일단 최선은 다했어요."
"얘기 좀 해줘요."
"이번에도 에리 씨의 본가에 들렀어요. 이세 고이치 얘기를 숨겼던 건 미안하다고 에리 씨 오빠가 사과하더라고요."
시바타는 이어서 시금치 포타주를 먹기 시작했다. 한 입 떠먹더니 뭔가 생각에 잠긴 얼굴이 되었다.
"에리의 본가에서 새롭게 알아낸 건 없었어요?"
"이세의 사망 당시 얘기를 해줬어요. 에리 씨가 날마다 혼자 방에 틀어박혀 비틀스를 들었다고."
"저런, 가엾어라, 비틀스를……. 어머, 왜요, 맛이 이상해요?"
교코가 물어본 것은 시바타가 포타주를 떠먹고 묘한 얼굴을 했기 때문이다. 그는 아니라고 고개를 저었다.

"너무 개성적인 맛이라서……. 비틀스는 이세와 사귀던 시절에 함께 들었던 노래인 모양이에요. 이세가 그녀에게 남긴 유서에도 '너와 함께 비틀스를 들을 수 있어서 행복했어'라고 적혀있었으니까."

"그랬구나."

교코는 어디선가 비슷한 얘기를 들은 듯한 느낌이 들었다. 그건 누가 얘기해줬더라. 아니면 단순한 착각인가.

"그거 말고는 에리 씨의 본가에서 별다른 수확도 없었어요."

시바타는 말했지만, 그리 낙담한 눈치도 아닌 것이 교코에게는 좀 이상하게 느껴졌다.

"그리고 또 어디에 갔었어요?"

"기후에도 다녀왔네요." 시바타는 샐러드의 오이를 와삭와삭 씹으면서 말했다.

"이세의 본가가 기후였거든요. 뭔가 참고가 될까 싶어서 거기까지 갔는데, 진짜 산골짜기여서 깜짝 놀랐어요."

"그래서 뭔가 건져냈어요?"

"아니, 전혀. 그야말로 심심산골이라는 것만 알았죠."

"그 밖에는?"

"그 밖에는 뭐, 별로."

"이래저래 조사했을 거 아니에요. 아까 그렇게 말했잖아요. 근데 시바타 씨는 수확이 없었다는 얘기만 하고, 왜 나한테 감추는 건데요?"

교코가 강한 어조로 다그치자 시바타는 포크를 내려놓고 그녀에게서 시선을 돌렸다.

"감추긴 내가 뭘? 별다른 수확이 없어서 그냥 그렇다고 얘기한 것뿐인데요."

"거짓말. 아직 잘 모르는 모양인데 시바타 씨는 거짓말을 하면 얼굴에 그대로 티가 나는 타입이거든요? 수확이 없었다면 이보다 훨씬 더 시들한 얼굴을 했을걸요."

그 말에 시바타가 불끈하는 눈치였지만 교코는 아랑곳하지 않았다.

"그러지 말고 얘기해봐요. 무슨 일이 있었어요?"

하지만 시바타는 여전히 그녀 쪽을 쳐다보지 않았다.

"그건 안 되죠. 형사는 수사상의 비밀을 발설해서는 안 됩니다."

"왜요? 전에는 그런 말 안 했잖아요."

교코는 미니스커트의 무릎을 드러낸 채 시바타에게로 슬금슬금 다가갔다. 그는 잠시 입을 꾹 다물었지만, 이윽고 마음을 정한 듯 그녀 쪽으로 앉음새를 바로잡았다.

"내가 전에도 말했던 것 같은데, 나는 그자도 수상쩍게 보고 있어요. 근데 교코 씨는 그 수상쩍은 자에게 손수 요리를 해줄 정도의 사이잖아요. 그런 교코 씨에게 수사상의 비밀을 술술 털어놓을 수 있겠어요?"

"아, 잠깐. 그 수상쩍은 자라는 게 다카미 씨?"

"물론 그 사람이죠."

시바타는 고개를 끄덕였다.

교코는 항의에 나섰다.

"그 사람은 전혀 수상하지 않아요. 알리바이도 확실하잖아요."

"남한테 청부해서 살해하는 방법도 있죠."

시바타는 태연히 말했다. 교코는 말도 안 된다는 듯이 고개를 저었다.

"아뇨, 그 사람은 관계없어요. 그 사람도 진상을 밝히고 싶어 한다고요."

그녀의 말에 시바타는 순간 얼어붙은 듯 얼굴이 팽팽해졌다. 아차, 하고 교코는 손으로 입을 가렸다.

"진상을 밝히고 싶어 한다니, 그게 무슨 얘기예요?"

"글쎄 그건 그러니까……."

교코는 침을 꿀꺽 삼켰다. 둘러댈 말이 얼른 떠오르지 않았다.

"그 사람도 다카미 유타로 씨가 살해된 사건에 의문을 품고 있다는 얘기예요. 그래서 만일 이번 일이 관계가 있다면 그 진상을 밝히고 싶대요."

시바타는 굳은 표정으로 그녀를 찬찬히 바라보다가 심각한 눈빛으로 두세 번 머리를 끄덕였다.

"그런 거였어요? 나한테서 정보를 캐내서 그 사람에 알려주려는?"

교코는 말문이 턱 막혔다. 그런 노림수가 있었다는 건 부정할 수 없었다. 다카미에게 협력하기 위해서는 그 방법이 가장 빠른 것이다.

"그렇군."

그녀가 아무 말도 못하자 시바타는 자리에서 일어나 가방과 상의를 집어 들었다.

"나는 교코 씨를 좀 더 영리한 여자라고 생각했어요. 그런데 실망이군요."

그런 말을 남기고 시바타는 성큼성큼 현관으로 향했다.

잠깐만요, 라고 교코가 불렀지만 대답도 하지 않았다. 이윽고 큰 소리를 내며 문이 닫혔다.

"흥, 왜 저래? 그렇게 화낼 일도 아니잖아."

교코는 입을 툭 내밀었다.

그리고 테이블에 수북하게 남은 요리를 보며 한숨을 내쉬었다. 아무래도 혼자 어떻게든 처리해야 할 모양이다. 시바타가 내려놓은 포크로 고기를 찍어 입에 넣었다.

그 순간, 교코는 얼굴을 찌푸렸다.

"윽, 맛없어!"

2

다음 날 오후, 긴자 퀸호텔 2층 복도에 험상궂은 남자들이 모여들었다. 마쓰타니 경감과 나오이, 그리고 쓰키지 경찰서의 형사 두 명이다. 거기에 호텔 지배인 도쿠라도 함께 있었다. 도쿠라는 어지간히 좀 하라는 듯 지겨워하는 얼굴을 감추려고 하지도 않았다.

"자, 그럼 설명하겠습니다."

시바타는 203호실 앞에서 마쓰타니를 비롯한 수사원들의 얼굴을 한 차례 둘러보며 말했다.

"지금부터 그때를 재현해볼 테니까 잘 봐주십시오."

손에 들고 있던 열쇠를 꽂고 천천히 문을 밀어서 열었다. 수사원들 사이에서 엇, 하는 소리가 새어 나온 것은 문 틈새로 도어체인이 걸린 것이 보였기 때문이다.

시바타가 손잡이를 잡은 채 뒤를 이었다.

"이때 펜치가 도착합니다."

그러자 타이밍을 맞춰 나오이가 펜치를 척 건네주었다. 시바타는 문틈에 발을 끼워 닫히지 않게 한 뒤에 펜치를 체인에 대고 힘껏 절단했다. 잘린 체인을 매단 채 문이 안쪽으로 열렸다.

"아무도 없네."

잽싸게 방 안을 들여다본 것은 마쓰타니였다.

시바타가 설명을 이어갔다.

"여기서 사체를 발견합니다. 우선 마루모토는 도쿠라 씨에게 전화를 걸어달라고 했죠. ……도쿠라 씨, 그날과 똑같이, 부탁합니다."

도쿠라는 부루퉁한 얼굴이었지만 그래도 범인이 어떤 방법을 썼나 궁금했는지 방 안을 휘휘 둘러보면서 침대 사이의 전화대로 다가갔다.

"그다음에 마루모토는 옆에 있던 직원을 아래층에 보냈습니다. 밤비 뱅큇 사람이 아직 있을지도 모르니까 불러달라고 한 것이죠. 즉 이 시점에 문 옆에 있었던 사람은 마루모토뿐이라는 얘기가 됩니다."

시바타는 손바닥으로 문을 가볍게 치며 말했다. 문은 열린 상태여서 안쪽이 벽을 향하고 있었다.

"그리고 그자는 마지막 마무리 작업에 들어갔습니다."

그렇게 말하고 시바타는 안쪽이 모두에게 보이게 문을 조금 당겼다. 그 순간, 수사원들은 놀란 소리를 올렸다.

"엇, 그런 거였어?"

한층 높은 소리로 감탄한 것은 마쓰타니였다.

"이런 방법이 있었네!"

"네, 콜럼버스의 달걀 같은 일이죠."

시바타는 문제의 부분에 손을 내밀었다. 그곳에는 방금 절단한 체인의 한쪽 끝이 투명한 강력테이프로 붙어있었다. 즉 처음에 문을 연 시점부터 체인은 고리에 걸렸던 게 아니라 한쪽 끝을 문 안쪽에 강력테이프로 붙여둔 것에 불과했다. 이거라면 범인은 복도로 나간 다음에도 손을 넣어 체인을 간단히 붙일 수 있다.

시바타는 범인이 했던 것처럼 그 강력테이프를 떼고 체인 끝을 슬쩍 고리의 홈에 끼워 넣었다.

"이게 끝입니다."

그는 수사원들을 바라보며 말했다.

"이때 체인에 마루모토의 지문이 찍히겠지만 그건 문제가 되지 않아요. 왜냐면 체인을 절단하기 전에 어떻게든 밖에서 풀어보려고 여러 번 당겼었다고 그자가 증언했기 때문입니다. 지문이 찍히는 게 당연한 거예요. 게다가 체인을 절단한 것도 마루모토였습니다."

"그러니까 주범이었든 공범이었든 마루모토는 일단 관련이 있다는 건가……."

마쓰타니는 두 손을 허리에 짚고 천장을 올려다보았다. 생각을 정리하려고 할 때의 버릇이다.

"아주 훌륭한 추리였어. 하지만…… 안타깝네."

이윽고 마쓰타니가 말했다.

네, 라고 시바타도 씁쓸한 표정으로 고개를 끄덕였다.

"안타깝게도 증거가 없습니다."

긴자 퀸호텔에서 돌아오는 길에 시바타는 지하철 안에서 여전히 밀실 트릭에 대해 고민하고 있었다. 일단 가설은 세워졌고 실행이 가능하다는 것도 증명했다. 다만 그런 트릭을 썼다는 걸 증명할 수가 없는 것이다. 그게 안 되면 아무리 훌륭한 추리라도 단순한 공상에 지나지 않는다.

도구로 쓴 게 강력테이프뿐이라면 증명하는 건 일단 불가능해…….

기분전환을 할 생각으로 그는 차내 광고에 시선을 던졌다. 대형 냉장고 광고였다. 냉장고 옆에 왜 그런지 수영복 차림의 젊은 여자가 서있었다. 그 여자는 양손 가득한 채소를 막 냉장고에 넣으려는 참이었다.

광고판을 멍하니 바라보는 사이에 시바타는 어젯밤에 교코와 나눈 대화가 생각났다. 왜 그런 심한 말을 해버렸을까, 하고 아직도 뒷맛이 씁쓸했다.

교코는 다카미 슌스케를 사랑하기 때문에 그가 사건과 관계가 없다고 굳게 믿고 있다. 사랑하는 사람이라면 그건 당연한 일이다. 시바타가 그걸 나무라는 건 쓸데없는 짓이다. 게다가 사랑하는 사람을 위해 정보를 얻어내려는 것도 자연스러운 행동이다. 여자의 마음이라고 해도 무방할지 모른다.

하지만…….

어쩐지 비위가 틀어졌다. 그 불쾌함은 어디서 온 것인가. 시바타는 어제 먹은 교코의 요리가 생각났다. 기묘한 맛이었지만 어쩐지 그리운 맛이기도 했다.

"문제가 한 가지 더 있어."

옆에서 가죽 손잡이를 잡은 채 흔들리고 있던 나오이가 불쑥 중얼거리는 바람에 생각이 툭 끊겼다. 시바타는 고개를 틀어 나오이 쪽을 보았다.

"청산화합물을 준비한 사람이 마키무라 에리 본인이라는 거야. 그게 자살이 아니라면 대체 그 독극물은 어떻게 되지?"

"그 점이라면 나름대로 생각한 게 있어요."

시바타가 말하려고 했지만 나오이가 먼저 술술 답을 내놓았다.

"처음에는 에리 쪽에서 범인을 죽일 계획이었다는 거?"

정확히 시바타가 생각한 그대로였다.

"하지만 실제로 죽은 사람은 에리 쪽이야. 왜 그런 결과가 나왔지? 에리가 독을 탄 것을 범인이 눈치채고 그 독이 든 컵을 보통 컵과 바꿔치기라도 했던 건가?"

"그게 가능할까요?"

"잽싸게 바꾸는 정도라면 가능하지 않겠어?"

"아뇨, 그게 아니라 상대가 눈치 못 채게 독을 탄다는 거 말이에요."

시바타는 에리와 범인이 호텔방에서 마주한 모습을 머릿속에 그려보았다. 테이블 위에는 두 개의 컵이 있고 양쪽 모두 맥주가 들어있다. 에리는 종이에 싼 독극물을 갖고 있고 이걸 언제 넣을지 상대의 빈틈을 노리고 있다.

"역시 어렵겠지?"

똑같은 상상을 하고 있었는지 옆에서 나오이가 말했다.

"네, 심리적으로 어려울 것 같아요."

시바타도 동의했다.

"에리 씨는 먼저 그 방에 도착해 상대를 기다렸으니까 독극물도 미리 준비할 수 있었을 거예요. 그러면 상대에게 들키지 않을 만큼만 미리 컵에 발라둔다든가? 아니, 그것도 아니겠네요. 감식과의 보고에 따르면 독극물이 그렇게 적은 양은 아니었어요. 흠, 그렇다면 맥주병에다 미리 섞었다고 생각할 수밖에 없겠는데요."

"하지만 맥주병에서는 독극물이 검출되지 않았어."

"……아, 그랬지."

시바타는 목소리를 떨궜다. 역시 상대의 빈틈을 노려 직접 컵에 탄 것인가. 하지만 그건 에리의 입장에서는 상당히 용기가 필요한 일이다. 하지만 그렇다고 다른 안이 있는 것도 아니었다.

뭔가 한 가지가 더 있을 것 같은데…….

밀실 외에 또 다른 한 가지, 라고 시바타는 입속에서 중얼거렸다.

3

전화벨이 울렸을 때, 교코는 아직 침대 안에 있었다. 시계를 보니 오전 11시를 막 지났다. 오랜만에 늦잠을 잤다. 지난 2, 3일 동안 요리 특별 훈련을 하느라 지쳐버린 것이다. 좀 더 자고 싶었지만 전화벨은 멈출 것 같지 않았다.

앗, 혹시……?

이불을 걷어차고 벌떡 일어났다. 다카미의 전화일지도 모른다고 생각했기 때문이다.

전화는 주방 테이블 밑에 슬리퍼와 나란히 놓여있었다. 요즘 주방 쪽은 완전 무법천지라서 전화기를 놓을 자리도 없었다.

수화기를 들자 교코가 뭔가 말을 하기도 전에 "오다 교코?"라고 묻는 소리가 귀에 뛰어들었다. 들어본 목소리라고 생각하면서 네에, 라고 대답한 순간에 목소리 주인의 얼굴이 떠올랐다. 으, 짜증 나, 라고 미간을 찌푸렸지만 이미 때 늦은 일이었다.

"나야, 나."

태평한 목소리가 고막에 왕왕 울렸다. 교코는 저도 모르게 수화기를 귀에서 멀리 떼어놓고 말했다.

"누구세요?"

"뭐야, 나라니까? 하나야의 겐조!"

"아, 네에."

역시나, 하고 울고 싶은 기분이었지만 일단 "지난번에는 감사했습니다"라고 애써 상냥하게 말했다. 어쨌거나 푸른 아쿠아마린 브로치 선물을 받아버린 것이다.

"에이, 아냐, 그런 형식적인 인사는 필요 없어. 그보다 그때 약속했었지? 지금 식사나 하자."

"식사요?"

저절로 목소리가 갈라져 나왔다. 분명 그런 약속을 얼렁뚱땅 하긴 했었다.

"아, 그랬었죠. 근데 이걸 어쩌죠? 제가 오늘은 일이 잡혔거든요."

"일이라니, 컴패니언 일?"

“그렇죠. 아무튼 우리 회사는 쉬는 날이 거의 없어요. 오늘도 아카사카 퀸호텔과 리버사이드 에도가와, 게다가 시바타호텔까지 세 탕을 뛰어야 해요.”

퀸호텔은 사실이지만, 다른 두 곳은 엉터리로 지어낸 것이다.

“그래서 지금 미용실에 들렀다가 곧장 일하러 가고, 집에 돌아오는 건 아마 한밤중이 될 것 같아요.”

“거참, 힘들겠네.”

“네에, 그렇답니다. 이렇게 일이 많지 않았다면 좋았을 텐데 말이에요.”

“그러면 교코는 오늘 운이 좋네.”

“……?”

불길한 예감이 뇌리를 스쳐서 교코는 말문이 막혀버렸다.

겐조가 신이 난 듯 줄줄 늘어놓았다.

“실은 그럴 줄 알고 내가 방금 밤비 뱅큇에 연락했거든. 마루모토 사장에게 오늘 하루 오다 교코를 나의 개인 컴패니언으로 일하게 해달라고 부탁했지. 그러면 느긋하게 데이트도 할 수 있고 밤비 뱅큇도 짭짤한 수입이 생기고, 어때, 온 세상이 해피해피한 일이지?”

수화기를 잡고 멍해져 버린 교코의 귀에 겐조의 낭랑한 웃음소리가 울렸다.

"어디로 갈까? 뭐 먹고 싶어?"

겐조가 그렇게 물었을 때, 교코는 곧바로 가이세키 요리(일본의 정식 코스 요리.—옮긴이주)라고 대답했다. 거기에는 두 가지 이유가 있었다. 첫째로 지난 2, 3일 동안 자신이 한 요리만 먹다 보니 양식이 지겨워졌기 때문이다. 그리고 두 번째 이유는, 가이세키 요리라면 한 가지 한 가지 양이 적어서 식욕이 떨어지는 상대와 함께여도 남기지 않고 다 먹을 수 있다고 생각했기 때문이다.

식사 동안 겐조는 예상대로 잘도 지껄여댔다. 거의 아무 내용도 없는 얘기만 하고 있었다. 다카라즈카(일본 효고현 다카라즈카시에 본거지를 둔 가극단으로, 1914년 첫 공연 이후 현재까지 인기를 끌고 있다. 여성 단원으로만 구성되어서 남자 역할은 남장한 여성 배우가 맡는다.—옮긴이주)의 배우에게 홀딱 반해 계속 보석 선물을 보냈더니만 한 달 뒤에 몽땅 택배로 돌려보냈다느니, 요트로 전국 일주를 하려고 요코하마에서 출발했는데 도중에 급성 충수염에 걸려서 단념했다느니 하는 얘기였다. 물론 자랑도 실컷 늘어놓았다. 그의 가장 큰 자랑거리는 몇 년 전까지 미국에서 체류했다는 것이었다. 미국에서 뭘 했느냐고 교코가 물어보자 그는 신이 나서 대답했다.

"그야 물론 공부를 했지. 뭐든 다 공부가 되잖아."

그러고는 입을 크게 벌리고 웃었다. 어떤 공부를 했을지

안 봐도 뻔하다, 라고 교코는 마음속으로 욕을 퍼부었다.

"그나저나 밤비 뱅큇의 마루모토 사장이 요즘 곤욕을 치르고 있는 모양이야."

대구 회를 입에 넣다가 문득 생각난 것처럼 겐조가 느물느물 웃으면서 말했다.

"애인으로 사귀던 컴패니언이 자살하지를 않나, 게다가 프리 컴패니언까지 살해됐다잖아. 경찰에서 아주 성가시게 조사를 하는 모양이야. 게다가 회사에 안 좋은 소문이 퍼질까 봐 단골 거래처에 일일이 해명하느라 진땀을 빼고 있어. 내가 오늘 전화했더니 앞으로도 잘 부탁드린다고 애걸복걸하더라고."

그럴 거라고 교코도 생각했다. 마루모토가 범인인지 아닌지는 모르겠지만, 아무튼 그로서는 이번 일로 회사의 신용이 떨어지는 게 가장 두려울 터였다.

"하긴 경찰에서도 눈에 불을 켜고 조사를 해야겠지. 무슨 관계가 있는지 우리 회사에까지 형사가 다녀갔다니까."

교코는 시바타가 들려준 얘기가 생각났다. 유카리는 살해되기 전날, 하나야의 사장에 대해 남자친구에게 물어봤다고 했다. 그리고 하나야가 밤비 뱅큇 쪽에 컴패니언의 파견을 의뢰한 것도 어딘가 미심쩍다고 했다.

"저기요, 겐조 씨."

교코는 달달한 목소리를 내며 겐조를 슬쩍 올려다봤다.

"이건 어디선가 들은 이야기인데요, 하나야에서 밤비 뱅큇에 일을 맡기신 거, 사타케 씨라는 부장님이 추천하셨기 때문이라던데요? 그 사타케 씨는 왜 밤비 뱅큇을 콕 집어 지정하셨을까요?"

그러자 겐조의 젓가락이 딱 멈췄다. 웬일로 얼굴이 진지해져서 되물었다.

"사타케가? 그 얘기, 누구한테 들었어?"

"아, 그건 그러니까 밤비 뱅큇 사람에게 얼핏 들은 얘기예요."

흥, 하고 그는 뭔가 못마땅하다는 얼굴을 했다.

"파티업체 선정 같은 건 부하직원에게 다 맡기니까 나야 모르지. 아마 사타케가 좋아하는 여자가 밤비 뱅큇에 있었던 모양이지. 뭐, 그 덕분에 나도 교코처럼 멋진 여성을 만나게 됐잖아."

건배나 하자면서 겐조는 술잔을 들었다. 아뇨, 아뇨, 저는 이제 그만, 이라고 교코는 술잔 위를 손바닥으로 덮어버렸다.

식사 후에 겐조는 하나야 본사에 들어갈 거라고 했다. 교코는 한시바삐 풀려나고 싶었지만, 본사에 가는 이유를 듣고는 마음이 바뀌었다. 홍보실에서 〈세계의 신 보석전〉을 하고 있다는 것이었다.

"신 보석이란 게 뭐예요?"

교코의 질문에 겐조는 한쪽 눈을 찡긋 하며 말했다.

"응, 가보면 알아."

홍보실은 10평 남짓한 면적으로, '신 보석'이라는 브랜드명이 적힌 상품들이 촘촘히 진열되어 있었다. 손님은 교코 외에 몇 명이 와있을 뿐이었다. 겐조의 말에 따르면 이건 일반적인 전시회가 아니라 하나야의 고객 중에서도 최상급 단골 고객만을 위해 개최한 것이라고 했다.

"와아, 너무 예쁘다!"

불꽃 같은 빛깔로 반짝이는 루비 반지를 보고 교코는 감격의 탄성을 올렸다. 3.99캐럿이라니, 진짜 엄청 크다. 그 밖에도 에메랄드 반지와 펜던트, 알렉산드라이트……. 하나같이 깜짝 놀랄 만큼 사이즈가 큰 보석이었다.

"이거, 전부 다 인공 보석이야."

교코의 놀람을 즐기는 듯한 투로 겐조가 말했다.

"정확히 말하면 합성 보석이지."

"그럼 모조품인 거예요?"

그녀의 말에 겐조는 혀를 끌끌 차며 검지를 좌우로 흔들었다. 나름대로 멋있는 포즈라고 생각하는 모양인데 전혀 폼이 나지 않았다.

"모조 보석은 겉보기에는 천연 보석과 흡사하지만 화학 구조나 조성이 전혀 다른 것을 말하는 거야. 그에 비해 합성 보석은 인공적으로 만들어낸 것이라도 구조나 조성은 천연과 똑같아."

"그럼 이 루비나 사파이어도 진품과 성질은 똑같겠네요?"

"딱 맞혔어! 그래도 이 루비 반지는 주위에 박힌 다이아몬드가 진품이야. 이렇게 인공 보석과 함께 끼워 넣으면 가격이 무려 10분의 1로 낮아져."

지난번에도 겐조가 인공 보석 얘기를 했던 것이 생각났다. 망나니 아들이라도 나름대로 새로운 시도를 해보려고 노력하는지도 모른다.

그렇게 인공 보석을 이용한 상품들을 하나하나 구경하고 있는데 갑작스레 홍보실 분위기가 싸해졌다. 주위의 직원들이 부쩍 긴장한 기색이었다. 입구 쪽을 보니 로맨스그레이의 중년 남자가 기모노 차림의 여자와 함께 들어오는 참이었다. 어디선가 본 적이 있는 얼굴이었다.

여기, 라고 겐조가 팔을 들어 인사를 건넸다. 중년 남자 쪽도 고개를 끄덕이며 응했다.

아, 그렇구나, 라고 교코는 그제야 생각났다. 하나야의 부사장 니시하라 쇼이치였다.

"평판이 꽤 좋더구나."

쇼이치가 옆으로 다가와 말했다.

"앞으로는 인조의 시대가 될 거야."

겐조는 코를 벌름거리면서 자랑스럽게 대답했다. 그렇다면 이 전시회는 겐조가 기획한 것인 모양이다.

"그래, 뭐든 일단 시도해보는 게 좋지."

대답하면서 쇼이치는 교코 쪽에 흘끔 시선을 던졌다. 겐조의 애인쯤으로 오해할까 봐 내심 걱정했지만, 별반 관심도 없는지 그는 아무 말 없이 아내와 함께 진열 케이스 쪽으로 건너갔다.

교코는 어떻게든 거절하려고 했지만 집에까지 데려다주겠다는 겐조의 고집을 꺾지는 못했다. 별수 없이 흰색 벤츠에 타자 그는 신이 난 듯 운전기사에게 행선지를 알렸다.

차 안에는 전화와 텔레비전은 물론 냉장고까지 있었다. 겐조가 뭔가 찾는 기색이어서 지켜보고 있었더니 어디선가 마이크를 꺼내 들었다. 노래방 설비까지 있는 모양이다. 말도 안 돼, 지금 여기서 노래를 하려고? 교코는 내심 어이가 없었다. 어떻게든 시간을 벌어보려고 적당히 말을 건넸다.

"형님이 훌륭한 분이신 것 같아요."

하지만 겐조는 손을 쉬지 않았다. 설마 했더니만 조수석 등받이가 노래방 장치였다.

"쇼이치 형이야 어려서부터 하나야 후계자 대접을 받았으니 당연하지. 본인도 그걸 의식해서 항상 착실한 척 성실한 척한다니까. ……이봐, 〈에스터데이〉하고 〈나니와부시라네, 인생은(80년대에 유행한 일본의 엔카. 제목의 '나니와부시'는 에도 말기에 유행한 창 기법의 노래로, 샤미센 반주에 맞춰 주로 대중의 인정과 의리를 소재로 삼았다.—옮긴이주)〉 중에 어떤 게 좋아?"

"그럼 둘째 형님은요?"

"다쿠지 형은 지금은 외국에 나가 있어. 역시 〈마이웨이〉가 좋겠다."

교코가 그다음 할 말을 찾고 있는 사이에 겐조는 노래방 테이프를 세팅해버렸다. 그 바람에 교코는 집에 도착할 때까지 그의 서툰 노래를 세 곡이나 들어야 했다.

집에 도착하자 교코의 사양은 들은 척도 하지 않고 겐조는 원룸 앞까지 따라왔다. 마지막까지 배웅해주는 것이 자신의 신조라는 것이다. 그런 신조 따위는 개나 물어갔으면 좋겠다고 생각했지만, 아래층에 차를 기다리게 해뒀기 때문에 교코는 그나마 마음이 놓였다.

"그럼 저는 이만. 저녁, 잘 먹었습니다."

열쇠를 꽂고 현관문 앞에서 교코는 머리를 숙였다. 하지만 겐조는 쉽게 물러서지 않았다. 찬찬히 문 옆의 명패를 살펴본 본 뒤에 불쑥 말했다.

"잠깐 구경 좀 하고 싶은데? 왠지 교코의 방이 너무 궁금하잖아. 좋아, 잠깐만 들어갈게."

왜 그걸 자기 마음대로 정하는가.

아뇨, 아뇨, 너무 어질러져서, 라고 제지했지만 소용없었다. 괜찮아, 괜찮아, 라면서 문을 열고 안으로 쑥 들어선 것이다. 교코는 서둘러 뒤따라 들어갔다.

하지만 겐조는 현관에서 우뚝 멈춰 섰다. 뭔가 멍해져 버린 것처럼 보였다.

"왜 그래요?"

교코가 물어보자 그는 한숨 섞인 소리로 말했다.

"진짜 엉망으로 어질러져 있잖아."

"네?"

겐조 옆을 빠져나가 안을 들여다보고 교코는 깜짝 놀랐다. 마치 작은 태풍이 휩쓸고 간 것처럼 모든 것이 뒤엎어져 있었기 때문이다.

4

교코가 가장 먼저 확인한 것은 베갯머리에 숨겨둔 통장이었지만 다행히 무사했다. 이것만 도둑맞지 않으면 일단은 안심이다. 그녀는 통장을 껴안은 채 바닥에 흐르르 주저앉아버렸다.

겐조가 전화로 신고하고 몇 분 뒤에 근처 파출소의 경찰이 달려왔다. 겐조가 빈집털이 도둑놈이 다녀갔다고 말했지만, 교코가 나서서 그게 아니라고 설명했다. 이건 분명 유카리가 살해된 사건과 관계가 있을 테니까 그쪽 수사관에게 연락해달라고 말했다.

"그 범인들이 뭘 찾고 있었지?"

싱크대에 산더미처럼 쌓인 그릇을 보며 겐조가 말했다.

이것도 범인 짓인가, 라고 생각하고 있는 얼굴이었다.

"아마 유카리 집에서 찾던 것과 똑같은 것이겠죠. 그쪽에서 찾지 못하니까 여기까지 온 거예요, 분명."

그게 무엇인지는 교코도 알지 못했다.

이윽고 관할 경찰서의 형사가 도착했고 잠시 뒤에 시바타 일행도 달려왔다.

겐조와 수사원들은 돌아가고 시바타 혼자만 남아서 방 정리를 도와주었다. 뭔가 나올지도 모른다는 이유를 댔지만 이미 수사원들이 샅샅이 조사해서 새로 나올 게 있을 것 같지는 않았다.

바닥에 흩어진 여성잡지를 정리하며 시바타가 말했다.

"현재로서 가장 확실한 건 범인에게 매우 불리한 뭔가가 어딘가에 있다는 거예요. 그리고 범인은 아직 그걸 손에 넣지 못했어요."

"그게 대체 뭘까요?"

"모르겠어요. 하지만 아마 유카리 씨는 그걸 찾아냈겠죠. 그래서 살해됐을 거예요. 다만 유카리 씨가 그걸 찾아냈다는 것을 범인이 어떻게 알았는지, 그게 의문이죠. 또 한 가지, 유카리 씨는 그걸 대체 어디에 감췄는가. 범인은 교코 씨에게 건네줬을 거라고 추측한 모양이지만, 그렇지 않았잖아요."

"네, 유카리 씨는 나한테 아무것도 주지 않았어요."

"그런 것 같군요."

시바타는 다시 묵묵히 정리에 들어갔다. 교코는 흩어진 옷들을 주워 다시 옷장에 걸었다.

"그 뚱보하고도 사귀는 중이에요?"

시바타가 손을 멈추지 않은 채 교코에게 물었다.

"말도 안 돼, 오늘 하루만 만난 거예요. 갑작스럽게 불러냈다고 얘기했잖아요."

"하나야도 이번 사건과 무관하지 않아요. 조심하는 게 좋을 겁니다. 교코 씨를 위해서 하는 말이에요."

"나도 알거든요?"

교코의 대답에 시바타는 아무 말 없이 흩어진 CD며 카세트테이프를 선반에 정리하는 작업에 들어갔다. 교코는 내친김에 설거지도 하기로 했다. 하지만 시바타가 테이프를 주워 드는 것을 보고 그녀의 머릿속에 퍼뜩 한 가지 생각이 떠올랐다.

"아, 그래! 범인이 찾는 것 말인데요, 유카리 씨가 원래 갖고 있던 물건은 아니겠죠?"

시바타는 손을 멈추고 교코를 올려다봤다. 그 얼굴을 마주 보며 그녀는 말을 이어갔다.

"유카리 씨의 손에 들어오기 전에는 에리가 갖고 있었던 거 아닐까요?"

"오호, 그렇겠네."

시바타가 눈을 반짝이며 말했다.

"맞는 말이에요. 하지만 만일 에리 씨가 그런 중요한 단서를 건네줬다면 유카리 씨는 좀 더 일찍 눈치를 채지 않았을까요?"

"그러니까 그건……. 아, 에리가 직접 준 게 아닐 거예요. 우연히 유카리 씨의 손에 넘어온 거죠. 근데 그게 큰 단서라는 걸 유카리 씨는 미처 알지 못했던 거예요."

"우연히 유카리 씨의 손에 넘어온 것……."

시바타는 몸을 일으키고 미간을 좁힌 채 천장을 올려다봤다.

"그런 것이 있었나?"

"네, 있었죠, 있었어요. 유카리 씨를 처음 만난 날 밤에 나한테 얘기했던 게 있어요. 나고야 본가에서 에리 방을 정리하는 걸 도와드릴 때, 유카리 씨는 에리 부모님한테서 그녀의 CD며 카세트테이프를 전부 받아왔어요. 유카리 씨가 그날 분명히 나한테 얘기했어요, 매일 저녁마다 그걸 듣는 게 낙이라고."

따악, 하고 시바타가 손가락을 튕겼다.

“그럼 그 CD나 카세트테이프에 단서가 숨겨져 있었다는 건가! 유카리 씨가 저녁마다 그걸 듣는 사이에 덜컥 단서를 발견했다는?”

“네, 틀림없이 카세트테이프예요.” 교코도 흥분해서 말했다. “테이프에 뭔가 녹음을 해둔 거라고요!”

“아, 잠깐.”

시바타는 입을 반쯤 벌린 채 허공의 한 지점을 지그시 노려보았다.

“맞아, 에리 씨도 똑같았어요. 이세가 자살했을 때, 혼자 방에 틀어박혀 온종일 비틀스를 들었다고 했어요. 게다가…….”

그는 검지로 교코 쪽을 가리키며 말했다.

“이세가 에리 씨에게 남긴 유서에 이렇게 적혀있었어요. 너와 함께 비틀스를 들을 수 있어서 행복했어…….”

“앗, 그럼 비틀스 테이프에 단서가 숨겨져 있겠네!”

교코가 말을 마치자마자 시바타는 전화기로 뛰어들었다.

5

“운 좋게 편한 일이 걸렸다 했더니만, 이걸 다 듣는 것도 여간 중노동이 아니네.”

양반다리를 틀고 컵라면을 후루룩거리며 나오이가 투덜거렸다. 그 앞에 놓인 CD 플레이어에서는 지금 〈헤이 주드〉가 흐르고 있었다. 또 한쪽에서는 시바타와 교코가 미니 플레이어로 〈걸〉을 듣고 있었다.

마노 유카리의 원룸이다. 비틀스 카세트테이프에 뭔가 숨겨져 있다는 추리에 따라 나오이까지 응원군으로 나와서 한 곡 한 곡 점검 중인 것이다. 비틀스 테이프만 이십 개가 넘어서 다 듣자면 시간이 상당히 걸릴 것 같았다.

시바타는 테이프를 앞에 두고 팔짱을 꼈다.

"만일 그 추리가 맞는다면 이세는 비틀스 테이프에 뭔가를 숨겼어요. 그리고 에리 씨는 그가 남긴 테이프를 듣다가 그걸 알게 됐겠죠. 그래서 도쿄에 올라온 거예요. 즉 행동에 나서게 할 만한 비밀이 숨겨져 있었다는 얘기예요."

"이세는 대체 왜 그런 복잡한 방법을 썼지? 그냥 속 시원하게 유서에 적어뒀으면 쉽게 끝났을 거 아냐."

혼자 투덜거리다가 나오이는 길게 하품을 했다. 그 모습을 보고 교코도 덩달아 하품이 터졌다. 노래라는 게 멍하니 들을 때는 좋지만 한 구절도 놓치면 안 된다고 온 신경을 집중해 계속 듣다 보면 저절로 졸음이 몰려오게 마련이다.

게다가 그게 일거리라면 재미도 뭣도 없다.

"유서에 적어둘 수 없는 이유가 있었겠죠. 어쨌든 문제의 테이프를 발견하기만 하면 모든 문제가 해결돼요."

"그렇게 간단히 풀린다면 좋겠는데, 그게 우리 뜻대로 될까, 흐흐흥."

나오이는 테이프의 음악에 맞춰 콧노래를 흥얼거리기 시작했다.

나오이의 그 말이 맞아떨어졌다. 일이 그렇게 간단히 풀리지 않았던 것이다. 세 사람은 모든 테이프를 빠짐없이 들었지만 결국 단서 비슷한 것은 찾을 수 없었다.

"이상하네." 시바타도 맥이 빠져서 혼잣말처럼 중얼거렸다. "왜 아무것도 안 나오는 거야……."

"범인이 가져갔을까요?"

"아니, 범인도 못 찾았어요. 그러니까 교코 씨 집까지 뒤졌겠죠."

교코는 가까이에 있던 카세트테이프의 케이스를 가져다 인덱스를 빼냈다.

"혹시 테이프가 아니라 여기에 뭔가 써뒀다든가?"

"그건 진즉에 확인했지."

큰 대자로 벌렁 누워 있던 나오이가 목소리를 냈다. 그 옆에는 빈 케이스가 굴러다니고 있었다.

"말이 나온 김에 말하자면 CD 쪽도 다 확인했어. 근데 아무것도 없었다고."

"진짜 이상하네."

시바타가 다시 한번 중얼거리고 머리를 감쌌다.

"이상할 것도 없어. 잘못 짚는 게 어디 한두 번인가. 문제는 그 실수를 어떻게 다음 단계에 활용하느냐는 거야. 수사란 한 걸음 한 걸음 착실히 걸어가는 머나먼 길이라고."

사고 능력이 둔해졌는지 나오이는 입에서 나오는 대로 중얼거렸다. 그러면서도 이미 확인한 테이프를 다시 듣고 있는 것을 보면 의욕까지 떨어진 건 아닌 모양이다.

교코는 인덱스의 글자를 지그시 들여다보며 말했다.

"혹시 노래 제목을 암호로 쓴 건 아닐까요?"

"암호?"

시바타가 얼굴을 들며 되물었다.

"이를테면 첫 글자를 연결해보면 문장이 되는 거예요. 추리소설 같은 데 자주 나오잖아요."

"흐음."

시바타는 카세트테이프 케이스를 끌어 모아 제목을 한참 노려보았다. 입속에서 뭔가 중얼중얼하는 것은 다양한 시행착오를 거듭하기 때문일 것이다.

하지만 이윽고 뭔가 깨달은 것처럼 교코 쪽을 돌아보며 고개를 저었다.

"아니, 역시 그런 건 아니에요. 너무 복잡한 암호라면 아무도 해독할 수가 없죠. 에리 씨나 유카리 씨가 어느 순간 퍼뜩 알아차릴 정도의 단서여야 해요."

"그런가……."

맞는 말이라고 교코도 공감했다. 마노 유카리가 꼭 단서를 찾겠다고 작정하고 카세트테이프를 들었던 건 아닐 테니까.

"역시 잘못 짚었나."

자신감을 잃은 듯 시바타가 깊은 한숨을 쉬었다. 하지만 그 순간 나오이가 벌떡 일어났다.

"이거, 좀 이상한데?"

손에 인덱스 카드를 들고 있었다. CD 플레이어 쪽에서는 어떤 노래도 흘러나오지 않았다.

"뭐가 이상한데요?"

시바타가 물었다.

"아까 들을 때는 몰랐는데 이 테이프에는 딱 한 곡, 빠진 노래가 있어. 〈페이퍼백 라이터〉라는 노래야. 여기 봐, 인덱스에는 맨 끝에 곡명이 적혀있는데 실제로 테이프 안에는 없어."

교코도 들여다보았다 인덱스의 A면에 영어로 노래 제목들이 적혀있었다. 〈Can't buy me love〉를 시작으로 총 여섯 곡이다. 맨 끝의 6번은 〈Paper back writer〉라고 적혀있었다.

"테이프를 들어봤는데 5번의 〈레이디 마돈나〉라는 노래가 끝이야. 그 뒤에는 아무것도 녹음된 게 없었어."

"B면은?"

시바타가 물었다.

"인덱스에 나온 대로야. 일단 틀어봤는데 그쪽은 녹음한 게 없어."

분명 B면에는 아무것도 적혀있지 않았다.

시바타는 끄으응 신음 소리를 올렸다.

"대체 어떻게 된 거죠?"

"우선 생각해볼 수 있는 건 딱히 별 의미도 없다는 거야. 인덱스에 잘못 쓴 것인지 아니면 녹음할 때 빠뜨렸는지는 모르겠지만, 아무튼 그런 단순한 실수로 곡명과 노래가 어긋난 거지."

"만일 의미가 있다면 어쩔 건데요?"

교코의 물음에 두 명의 형사는 순간 입을 다물었다.

"맞아요, 혹시 이 부분에 뭔가 녹음이 됐을 수도 있어요. 노래가 아닌 다른 것을."

시바타가 말했다.

"아니, 들어봤는데 아무 소리도 안 난다니까?"

"그렇다면 그거네요."

"그거라뇨?"

교코의 물음에 시바타는 다시 입을 꾹 다물었다. 그 대신 나오이가 음울한 목소리로 말했다.

"뻔하잖아, 뭔가 녹음을 했는데 지금은 없다. 즉 누군가 지워버렸다는 얘기죠."

8장

페이퍼백 라이터

1

다음 날 저녁이었다.

시바타와 나오이는 밤비 뱅큇 사무실 근처의 카페에 와있었다. 그리고 온순한 얼굴로 그들 앞에 앉아있는 사람은 밤비 뱅큇의 영업실장 요네자와였다. 그는 금테 안경을 슬쩍 올린 다음 크흥 하고 작은 기침을 했다.

"저한테 하실 말씀이라는 게 뭔지……."

여자처럼 높은 목소리였다. 약간 신경질적인 인상이라고 시바타는 생각했다.

"일할 때의 상황에 대해 물어볼 게 있는데요."

나오이가 말했다.

"요네자와 씨는 컴패니언들이 파티장에 나가 있는 동안에 계속 대기실에서 기다린다면서요?"

"네, 그렇습니다만, 그게 왜요?"

요네자와의 눈빛이 불안한 듯 흔들렸다.

거짓말을 할 만한 타입은 아니라고 시바타는 판단했다.

"파티장에 나갈 때 컴패니언들의 귀중품은 대기실에 그대로 두고 간다던데?"

나오이의 말에 요네자와의 얼굴이 조금 팽팽해졌다.

"네, 귀중품 관리도 제 업무니까요."

"그렇군요. 그럼 절대로 외부인을 대기실에 들어오게 하는 일은 없겠네요?"

"물론입니다. 그런 일은 없습니다."

"이를테면……." 잠깐 말을 끊고 나오이는 요네자와의 신경질적인 얼굴을 바라보며 뒤를 이었다.

"마루모토 사장이 대기실에 찾아오거나 한 적은 없었어요?"

"사장님이?" 요네자와는 의아하다는 얼굴을 했다. "사장님이 왜 대기실에……."

"그러니까 최근에 그런 일은 없었다는 거죠?"

"네, 없었습니다."

요네자와는 고개를 끄덕였다.

이 질문은 오다 교코의 집에 누군가 침입했을 때, 범인이 어떤 방법으로 집에 들어갔느냐는 의문에서 나온 것이었다. 교코는 분명 문단속을 제대로 했다고 단언했다. 또한 누군가 억지로 자물쇠를 뜯어낸 흔적도 없었다. 그렇다면 범인은 어떤 방법으로든 그 집의 열쇠를 복사해 갖고 있었다는 얘기다. 하지만 교코는 열쇠를 남에게 내준 기억이 없다고 했다. 그래서 그녀가 파티장에 나가있는 동안에 가방을 맡겨둔 일이 부각되었다. 이를테면 마루모토가 대기실에 찾아와 몰래 교코의 가방에서 열쇠를 꺼내 본을 떴을 수도 있지 않을까, 라고 시바타는 생각했던 것이다.

하지만 마루모토가 대기실에 찾아온 적이 없다면…….

생각해볼 수 있는 또 한 사람이 있었다.

"최근에 이런 일은 없었어요? 즉 파티 도중에 어떤 컴패니언 한 명이 대기실에 잠깐 들렀다든가."

시바타의 질문에 요네자와는 고개를 저었다.

"그런 일도 없었어요. 웬만한 일이 아닌 한, 파티 중간에 빠져나오는 건 허용이 안 되니까요."

"그럼 중간이 아니라도 좋아요. 아무튼 컴패니언 한 명만 대기실에 돌아왔던 적은 없어요? 이를테면 파티 시작 직전에 뭘 깜빡 잊고 갔다면서."

"그건 어려운 질문이네요." 요네자와가 얼굴을 찌푸렸다. "파티장에 나가면서 깜빡 잊고 갈 만한 게 없는데?"

그렇게 말한 뒤에 그는 아참, 하고 뭔가 생각난 듯한 표정이 되었다.

"뭐죠?"

"그러고 보니 며칠 전에 전원이 파티장에 들어간 다음에 한 명만 돌아왔었어요. 왜 그러냐고 했더니 별일 아니니 잠깐 돌아서 있어 달라고 했습니다. 그래서 하라는 대로 했는데 그때 가방을 열었다가 잠그는 소리가 나고 그녀는 화장실에 들렀어요. 아마 그날이 생리였기 때문일 거예요."

평소에 주로 여자들만 접하는 탓인지 요네자와는 그런 얘기를 별반 쑥스러워하는 일도 없이 태연하게 말했다.

"방금 며칠 전이라고 했는데, 정확히 언제였어요?"

나오이가 물었다.

"아, 잠깐만요." 요네자와는 수첩을 꺼내 가느다란 손가락으로 페이지를 넘겼다.

"사흘 전이네요."

"그 여자가 누구죠?"

시바타가 재우쳐 묻자 그는 당혹스러운 표정으로 대답했다.

"에자키 씨예요. 컴패니언 팀장인 에자키 요코 씨."

요네자와와 헤어진 뒤 시바타와 나오이는 신주쿠로 돌아와 일단 끼니를 해결하러 라면집에 들렀다.

"예상대로 드디어 에자키 요코라는 이름이 나왔어."

이마에 맺힌 땀을 손수건으로 닦고 다른 손으로는 라면을 후루룩 빨아들이면서 나오이가 말했다.

"네, 예상이 딱 맞았어요."

시바타도 젓가락을 멈추지 않고 고개를 끄덕였다.

마루모토가 직접 컴패니언 대기실에 오지 않아도 그를 도와주는 컴패니언이 있다면 교코 집 열쇠의 본을 뜰 수 있다는 게 시바타의 생각이었다. 그렇다면 마루모토를 도와줄 만한 컴패니언은 누구인가. 이건 당연히 에자키 요코 외에는 있을 수 없다. 그녀는 마루모토와의 관계가 끝나도 좋다는 식으로 말했지만 실제로는 어떤지 알 수 없다.

"에자키 요코는 요네자와의 눈을 피해 교코 씨의 가방에서 열쇠를 꺼냈어. 그러고는 화장실에 가서 점토에 본을 뜨고 빈틈을 노려 열쇠를 다시 가방에 넣었겠지. 그게 사흘 전이면 늦어도 그저께는 열쇠 복사본이 완성되었다는 얘기야. 그걸로 어제 교코 씨 집에 침입한 거야."

나오이는 젓가락을 내두르며 말하더니 라면 그릇을 들고 국물을 쭈우욱 들이켰다.

"만일 에자키 요코가 처음부터 마루모토를 도와준 거라면 전체적인 얘기가 약간 달라지겠는데요?"

유카리가 살해된 날과 교코의 집이 털린 날에 에자키 요코가 어디서 무엇을 했는지, 알리바이를 조사해볼 필요가 생긴 것이다.

"이렇게 되면 마키무라 에리가 마루모토 사장과 연인 사이였다는 말도 신빙성이 없어. 만일 그게 사실이라면 에자키 요코가 마루모토를 적극적으로 도와줄 리가 없잖아."

나오이의 말에 시바타는 나무젓가락을 움켜쥐었다. 마루모토가 분명 수상하다고 생각하면서도 그동안 증거를 하나도 잡지 못했던 것이다.

라면집을 나와 두 사람은 신주쿠 경찰서로 걸음을 옮겼다. 요네자와한테 들은 얘기는 수사본부에 미리 보고했다. 수사원들이 벌써 에자키 요코가 이용했을 법한 열쇠가게를 샅샅이 탐문하고 있을 것이다.

잠시 걸어간 참에 나오이가 발을 멈췄다. 작은 레코드가게 앞이었다.

"비틀스 판이 있으려나."

나오이가 중얼거렸다.

"들어가서 확인해보죠."

시바타가 먼저 안으로 들어갔다.

가게 안에는 젊은 손님이 많았지만 대부분 CD 코너에 몰려 있었다. LP판을 구경하는 사람은 한 명도 없었다. 요즘의 경향이다.

"시바타는 평소에 주로 어떤 걸 들어?"

가게 안을 둘러보며 나오이가 물었다.

"이것저것 듣죠. 나는 프린세스 프린세스가 좋던데요. 피곤을 날려주고 힘이 난다고 할까."

"그래? 난 거의 들어본 적이 없지만, 그런 효과가 있다면 한번 들어봐야겠네."

에이프런을 입은 젊은 점원에게 시바타는 비틀스의 레코드가 있느냐고 물어보았다. 물론입니다, 라고 점원은 자신있게 대답했다.

"〈페이퍼백 라이터〉라는 노래가 들어있는 것이었으면 좋겠는데."

나오이가 말했다.

"CD로 드릴까요, 아니면 LP로 드릴까요."

"LP로 찾아봐 줘요."

시바타가 말했다. 이세 고이치는 LP판으로 녹음했을 가능성이 높다.

점원이 꺼내준 것은 〈헤이 주드〉라는 제목의 레코드판이었다. 재킷에 비틀스 멤버 네 명의 진지한 얼굴이 나란히 실려있었다.

"〈페이퍼백 라이터〉를 들어볼 수 있을까?"

나오이의 부탁에 점원은 친절하게도 레코드를 플레이어에 얹어주었다. 이윽고 노래가 흘러나왔다. 첫 부분은 좀 느린 느낌이더니 금세 경쾌한 템포로 바뀌었다.

"어?"

재킷을 들여다보던 나오이가 놀란 소리를 냈다.

"왜요?"

"이것 좀 봐, 그 테이프에 녹음된 곡이 전부 이 레코드판 A면에 있어."

"진짜네? 이세가 정확히 이 레코드판으로 녹음한 모양이네요."

"그렇지. 하지만 순서가 달라. 이 레코드는 〈페이퍼백 라이터〉가 3번인데 그 테이프에는 6번으로 녹음했잖아."

"편집으로 노래를 바꿔서 녹음한 모양이죠? 하지만……." 시바타는 나오이의 얼굴을 마주 보았다. "왜 바꿨을까요?"

"바로 그거야. 왜 그런 식으로 편집했을까. 마키무라 에리에게 메시지를 남기는 것뿐이었다면 굳이 바꿀 필요는 없었을 텐데 말이야."

시바타는 돌아가는 레코드에 시선을 되돌렸다. 노래는 끝부분에 접어들었다. 남자 둘이 말씨름을 하는 듯한 모습에 점원은 당황한 모양이었다. 시바타가 입을 열었다.

"그러니까 반드시 〈페이퍼백 라이터〉여야 할 특별한 이유가 있었다, 라는 걸까요?"

"맞아, 그거네! 근데 왜 꼭 이 노래여야 했지? 이봐요, 이 제목을 일본어로 번역하면 어떻게 되죠?"

"페이퍼백이란 종이 한 장으로 표지를 만든 보급판 책을 가리키는 말이에요. 그러니까 페이퍼백 라이터는 보급판 책 작가, 즉 삼류 작가라는 뜻이죠."

끄으응, 하고 나오이가 신음 소리를 냈다.

"전혀 아무 관계도 없는 단어잖아."

"아뇨, 분명 뭔가 있을 거예요. 돌아가서 다시 조사해보죠."

"그럴까. 좋아, 서둘러 들어가자고. 이봐요, 미안하지만 다음에 또 올게."

구입할 거라고 기대했던 점원을 남겨두고 두 사람은 총총히 레코드가게를 나왔다.

수사본부에서는 마쓰타니 경감이 다른 수사원의 보고를 받는 참이었다. 마루모토의 밤비 뱅큇 창업 자금에 대한 조사 결과인 모양이었다. 그에 따르면 기록에 남아있는 한, 수상한 점은 없었다. 나고야의 본가를 매매한 돈으로 지금과는 다른 작은 사무실에서부터 시작했다는 정도였다.

"하지만 거기서 단기간에 지금 같은 규모의 회사로 급성장했다는 건 있을 수 없습니다. 아마도 거래처 호텔 관계자에게 뒷돈을 쓴 것으로 보입니다. 게다가 신용도가 높은 다른 컴패니언 파견 업체에서 상당수의 컴패니언을 빼내왔어요. 컴패니언뿐만 아니라 교육 담당자도 스카웃해온 모양입니다. 그런 식으로 인재를 빼돌리는 데도 상당한 자금이 들었을 겁니다."

"그런 자금을 어디서 마련했느냐가 문제로군."

수사원의 보고를 듣고 마쓰타니는 자신의 턱을 비볐다. 뒷돈의 출처를 밝혀내는 건 어려운 일이다. 그걸로 마루모토를 아무리 추궁해봤자 철저히 시치미를 뗄 것이다.

"마루모토와 사타케의 관계에서는 뭔가 나온 거 없습니까?"

보고가 일단락된 참에 나오이가 옆에서 물었다. 밤비 뱅퀏의 급성장에는 하나야의 감사파티에 선정된 것이 분명 큰 영향을 끼쳤다. 그리고 밤비 뱅퀏을 선정하라고 지시한 사람이 하나야의 사타케 부장인 것이다.

하지만 마쓰타니는 얼굴을 찌푸렸다.

"유감스럽지만 아무것도 나온 게 없어. 아무래도 우리가 뭔가 중요한 것을 놓친 거 같아."

그 참에 다시 다른 수사원이 돌아왔다. 그는 교코의 집에 누군가 침입한 날의 에자키 요코의 알리바이를 확인하러 갔었다. 결론부터 말하자면, 알리바이는 없었다. 3시쯤 미용실에 갔다고 했지만, 그전에는 내내 혼자서 자택에 있었다는 것이다.

"그리고 마노 유카리가 살해된 날의 알리바이도 조사했습니다. 역시 3시쯤에 미용실에 갔고 저녁에는 긴자 퀸호텔의 파티장에서 일했다고 합니다."

"흠, 그쪽은 일단 알리바이가 성립되는군. 우선 미용실 쪽에 반증수사를 하도록 해."

마쓰타니가 다른 수사원에게 지시를 내리는 동안 시바타와 나오이는 그 카세트테이프를 꺼내 다시 인덱스를 살펴보았다. 하지만 아무것도 떠오르는 게 없었다.

"이것만 봐서는 군이 노래 순서를 바꿀 필요는 없어 보이는데 말이야."

나오이가 고개를 갸웃거리며 혼잣말처럼 중얼거렸다.

"그렇죠. 원래 맨 끝 곡은 〈레볼루션〉이었거든요. 바꾸지 않고 그대로 써도 괜찮았을 텐데, 대체 어떻게 된 건지……."

"뭐 하고 있어?"

옆으로 다가와 말을 건넨 사람은 사카구치 계장이었다. 키가 작고 뚱뚱한 편인데다 눈이 동글동글해서 '콩 너구리'라는 별명으로 통한다. 사카구치는 시바타가 들고 있는 테이프를 흘끗 넘어다보며 물었다.

"전에 얘기했던 그 비틀스 테이프야? 뭔가 좀 밝혀질 것 같아?"

사카구치는 노래라면 트로트밖에 모르는 중년 아저씨다. 그래서 그런지 이번 일에는 되도록 관여하려 하지 않았다.

"〈페이퍼백 라이터〉, 삼류 작가의 수수께끼를 풀어보려는 참이에요."

케이스의 인덱스를 가리키며 나오이가 농담처럼 말했다.

"그래? 이게 삼류 작가라는 뜻이야?"

사카구치는 감탄한 듯이 말했다. 그는 영어에도 서툰 것이다.

"라이터라는 건 작가잖아. 거기에 페이퍼와 백을 붙이면 삼류 작가라는 뜻이 되는 모양이지?"

"그게 아니죠. 페이퍼백이 하나의 단어예요."

시바타가 쓴웃음을 지으며 정정해주었지만, 사카구치는 이해가 안 된다는 얼굴로 케이스를 들여다보았다.

"아니, 여기 페이퍼와 백을 띄어 썼잖아. 이건 잘못 쓴 건가?"

"예?"

케이스를 받아들고 시바타는 새삼 인덱스를 들여다보았다. 정말로 〈Paperback writer〉가 아니라 〈Paper back writer〉라고 적혀있었다.

"잘못 썼나?" 나오이도 옆에서 들여다보며 말했다. "아니면 이것도 뭔가 의미가 있는 건가?"

"에이, 뭔 의미가 있겠어?"

그렇게 말한 것은 사카구치였다.

"오히려 이렇게 띄어 쓰면 의미가 애매해지잖아. 페이퍼는 종이, 백은 뒤라는 뜻이지? 종이 뒤를 쓰는 작가라니, 뭔 소린지 도통 모르겠네."

"아뇨, 이런 경우라면 백은 뒷면이라고 번역해야겠죠. 그러니까 종이 뒷면에 글을 쓰는 작가……."

흠칫 놀라면서 시바타가 얼굴을 들자마자 나오이와 눈이 마주쳤다. 나오이도 뭔가 눈치를 챈 기색이었다.

시바타는 급히 인덱스를 빼내 뒷면을 보았다. 하지만 아무것도 적혀있지 않았다.

"아니, 거기가 아니라 여기야!"

말을 마치자마자 나오이는 카세트의 테이프를 쭈욱 잡아당겼다. 가느다란 갈색 테이프가 주르륵 빠져나왔다.

"뒷면을 봐."

나오이가 말했을 때, 시바타는 벌써 테이프의 뒷면을 눈으로 훑고 있었다. 그리고 테이프의 끝부분에서 마침내 그것이 발견되었다.

"이걸 놓쳤었어……."

시바타는 멍해진 얼굴로 중얼거렸다. 나오이도 바짝 다가와 그의 손끝을 들여다보았다. 그리고 두 사람의 망연한 모습에 다른 수사원들도 우르르 달려왔다.

가느다란 갈색 테이프의 뒷면에 글씨가 촘촘히 적혀있었다.

2

에리, 너에게만은 진실을 전해주고 싶다. 내가 어떤 고민을 떠안고 있었는지, 너만은 이해해줬으면 좋겠어.
나는 돈이 필요했어. 돈이 있어야만 내 실력을 어필할 수 있고, 지금 이대로는 평생 미술계에 내 이름을 올릴 수 없다고 생각했어.
하지만 그런 생각이 그자들에게 걸려드는 최악의 결과를 낳았지.
나는 비열한 방법으로 큰돈을 얻으려고 했어. 다카미 유타로 씨의 약점을 파고들어 돈을 뜯어내려고 했거든. 그자들의 감언이설에 넘어갔다고는 해도 이건 인간으로서의 소중한 것을 내던지는 짓이었어.

맞아, 나는 그때 분명 반쯤 미쳐있었어. 그래서 다카미 씨가 경찰에 알리기로 했다는 말을 했을 때, 나는 이유 없는 분노에 휩쓸려 그를 덮쳐버렸어.
나를 함정에 몰아넣은 자들에 대해 적어둘게. 한 명은 '히가시'라는 남자야. 지난번에 네가 내 방에 왔을 때, 책상 위에 놓인 초상화를 보고 눈매가 몹시 날카로운 사람이라고 한 적이 있었지? 실은 그 초상화의 남자가 '히가시'야. 정체는 확실하게 알지 못해. 딱 한 번 그 남자가 나고야의 '하나야'라는 보석점에 들어가는 걸 우연히 본 적이 있어. 그것도 손님으로 들어간 듯한 느낌이 아니었어. 점원들이 정중하게 대한 걸 보면 아마 '하나야'의 높은 사람일 거야. 그리고 또 한 명 '쓰부라야'라는 자도 있어. 이쪽은 누군지 잘 모르는 사람이야. 항상 히가시를 따라다녔어. 길고 밋밋한 얼굴의 남자고, 나이는 삼십대 후반 정도야.
이런 얘기를 네가 경찰에 신고하고 싶다면 그래도 괜찮아. 하지만 나는 결코 그걸 바라지는 않아. 앞에서도 말했듯이 그자들과의 범죄가 세상에 알려지면 더 큰 상처를 받을 사람이 있기 때문이야.
에리, 정말 미안해. 나는 어리석은 인간이야. 부디 나 같은 건 하루빨리 잊고 행복하게 살기를 바란다.

테이프 뒷면에 적혀있는 글이었다.

깜짝 놀라지 않을 수 없는 내용이었다. 시바타가 그대로 칠판에 옮겨 쓰는 동안 수사원들은 하나같이 선뜻 말도 나오지 않는 기색이었다.

"이런 엄청난 것이 나오다니……."

마쓰타니가 어이없다는 듯 고개를 저으며 말했다.

"이 글만 본다면 이세는 히가시와 쓰부라야라는 두 사람과 공모해 다카미 유타로 씨를 협박한 모양이지. 아마 여러 번 돈을 요구했을 텐데, 참다못한 다카미 씨가 경찰에 신고하기로 결심한 것을 알고는 충동적으로 살해해버린 거야."

"마키무라 에리는 이 글을 발견하고 자신이 직접 히가시와 쓰부라야를 찾아내 복수하려고 했던 거예요. 그 두 사람만 아니었으면 이세가 죽는 일도 없었을 테니까."

시바타의 의견에 주위에 있던 수사원들이 고개를 끄덕였다.

"그래, 그건 알겠는데 대체 마키무라 에리는 어떻게 할 작정이었지? 이 글에는 히가시와 쓰부라야라는 이름 말고는 별다른 정보가 없잖아."

마쓰타니가 두툼한 입술을 툭 내밀며 말했다.

"에리 씨는 히가시의 초상화를 직접 봤어요. 거기에 하나야의 높은 사람이라는 조건을 더해서 히가시의 정체를 알아냈겠죠. 그래서 도쿄로 왔을 거예요. 히가시가 도쿄에 있다는 것을 알고."

말을 하는 사이에 시바타는 자신의 몸이 후끈 달아오르는 것을 느꼈다. 마쓰타니는 팔짱을 낀 채 생각에 잠겨있었다. 시바타의 의견을 자기 나름대로 반추해보는 것이다.

"그 쓰부라야라는 자가 마루모토 아닐까요?"

나오이가 칠판을 가리키며 말했다.

"얼굴 특징이나 나이도 거의 맞아떨어져요. 마루모토가 밤비 뱅큇을 설립한 자금의 출처도 이걸로 확실해집니다. 그리고 쓰부라야라는 이름은 한자로 원곡(円谷)이잖아요. 아마 마루모토(丸本)의 환(丸)을 원(円)으로 바꿔 가짜 이름을 만들었을 겁니다."

아하, 하는 소리가 모두의 입에서 새어 나왔다. 예리한 의견이었다. 마쓰타니도 잠시 칠판을 노려보다가 신중하게 동의를 표해주었다.

"음, 그럴지도 모르겠네. 그러면 마키무라 에리는 쓰부라야의 정체도 알고 있었던 건가? 그래서 밤비 뱅큇에 잠입한 거겠지?"

"아뇨, 꼭 그렇다고는 할 수 없습니다."

아까부터 말없이 듣고 있던 다른 수사원이 발언에 나섰다.

"하나야의 감사파티에 가려고 밤비 뱅큇에 들어갔을 수도 있으니까요."

좋은 의견이라고 시바타는 생각했다. 이 카세트테이프만으로 쓰부라야의 정체를 알아내는 건 어렵기 때문이다.

"그러면 이런 얘기인가? 마키무라 에리는 복수를 위해 도쿄에 왔다. 컴패니언이 된 것은 단순히 생활비를 벌기 위해서였지만, 하나야의 감사파티에는 반드시 밤비 뱅큇의 컴패니언을 부른다는 것을 알고 그쪽으로 옮기기로 했다……."

"네, 그렇습니다. 에리는 도쿄에 올라왔지만 2년이 넘도록 히가시라는 자에게 접근할 방법을 찾지 못했어요. 그러다가 그 감사파티를 통해 하나야에 접근하기로 했던 겁니다."

저도 모르게 흥분했는지 나오이가 침방울을 튀기며 말을 이어갔다.

"그런데 마침 그 밤비 뱅큇 회사가 쓰부라야가 경영하는 곳이었어요. 엄청난 우연 같지만 실은 하나야와 밤비 뱅큇의 연결이 곧 히가시와 쓰부라야의 연결이라면 그건 우연도 뭣도 아니죠."

"아하, 히가시의 정체는 사타케였구나."

사카구치가 무릎을 타악 쳤다. 마쓰타니도 끄으응 신음하면서 고개를 끄덕였다.

"좋아, 그걸 증명할 만한 증거가 필요해. 다시 한번 사타케의 과거를 철저히 파헤쳐보자고. 특히 다카미 유타로 살해사건 당시를 주목하도록 해."

그는 열기 띤 어조로 말하면서 모두의 얼굴을 둘러보았다.

"잠깐 한 말씀 드려도 될까요?"

나오이가 손을 들었다.

"마노 유카리가 살해된 것도 이 테이프의 비밀을 알아냈기 때문이겠죠?"

"당연히 그렇지."

사카구치가 옆에서 말했다.

"마노 유카리는 살해되기 전날, 하나야의 사장이 누구냐고 남자친구에게 물어봤어. 그건 이 유서를 읽었기 때문일 거야. 그리고 범인이 마노 유카리와 오다 교코의 방을 뒤진 것은 이 테이프를 찾을 생각이었다는 얘기야."

"그런데 범인은 어떻게 이런 게 존재한다는 걸 알았을까요? 아니지, 카세트테이프에 숨겨져 있다는 것까지는 알지 못했겠죠. 알았다면 이 테이프는 지금쯤 범인의 수중에 있을 테니까요. 하지만 이세의 고백을 기록해둔 뭔가가 있다는 건 범인 측에서 알고 있었어요. 어떻게 알았을까요?"

나오이가 의견을 청하듯이 둘러봤지만 아무도 발언하지 않았다. 날카로운 지적이라고 시바타는 생각했다. 범인의 행동에는 반드시 뭔가 근거가 있을 것이다.

"마노 유카리가 직접 범인에게 얘기했다는 건 어떨까?"

이윽고 마쓰타니가 입을 열었다. "나한테 이러저러한 증거가 있다, 그러니 실토해라, 라는 식으로."

"하지만 이 테이프만으로는 범인이 누군지 알 수 없잖아요."

사카구치가 이의를 제기했다.

아, 그런가, 라고 마쓰타니가 머쓱한 얼굴을 했다.

"좋아, 그건 숙제로 남겨두자고. 우리가 가장 먼저 조사해볼 사람은 사타케야."

"그리고 다카미 유타로의 비밀도 알아봐야 합니다."

시바타의 말에 마쓰타니는 크게 고개를 끄덕였다.

"맞아. 다카미 유타로는 대체 어떤 약점 때문에 그자들에게 협박을 당했는지, 다카미가의 비밀을 찾아내자."

3

다카미 슌스케의 집은 고급 빌라의 동측 맨 끝이었다. 당연히 남향의 발코니가 있었지만 동쪽에도 루프 발코니가 널찍하게 펼쳐졌다. 그곳에 서서 내려다보자 거의 정면으로 다카나와 프린스호텔이 보였다. 햇빛을 반사해 건물이 눈부셨다.

"전망이 좋다는 게 유일한 장점이죠."

다카미는 커피 내릴 준비를 하면서 말했다. 모카의 좋은 향이 흘러왔다.

"어머, 제가 할게요."

"괜찮아요, 교코 씨는 이따가 요리도 해주실 건데."

다카미가 웃으면서 만류했기 때문에 교코도 더 이상 끈덕지게 말하지 않았다.

누군가 집을 온통 뒤엎고 간 지 사흘째 되는 날, 일요일이다. 드디어 문제의 요리를 해야 할 때가 코앞에 닥쳐왔다. 교코는 잔뜩 긴장하고 있었다.

"아까 그 얘기 말인데, 뭔가 다른 걸 훔쳐가려던 건 아니었을까요?"

다카미가 커피를 소파 쪽으로 내오면서 말했다.

"아뇨, 귀중품은 다 그대로 있었거든요."

그가 시나가와역까지 마중을 나왔고 그 차 안에서 사흘 전의 일을 얘기했던 것이다. 역시나 그는 깜짝 놀란 기색이었다.

"거참, 걱정이군요." 다카미가 미간을 좁히며 말했다. "나를 만나는 것 때문에 교코 씨에게까지 불똥이 튀는 건 아닌지 모르겠어요."

"아뇨, 그건 아니에요."

교코는 서둘러 부정했다.

"이렇게 만난다는 건 아무도 모를 텐데요, 뭘. 우리 집에 침입한 건 아마 내가 에리나 유카리 씨와 친했기 때문일 거예요."

"그렇다면 괜찮지만……."

다카미는 여전히 심각한 얼굴로 커피 잔을 기울였다.

교코도 커피를 마시며 새삼 실내를 둘러보았다. 주방이 정말 넓다. 교코의 집 전체보다 넓을 것 같았다. 게다가 방 두 칸이 더 있다. 둘이서만 산다면 충분한 넓이다.

"어쨌든 그 카세트테이프 얘기는 흥미롭군요. 이세에게서 에리 씨에게, 그리고 다시 에리 씨에게서 유카리 씨에게로 건너온 물건이 비틀스의 카세트테이프였고 거기에 뭔가 숨겨져 있을 거라는 추리, 아주 재미있어요."

"아직은 단순한 추리일 뿐이에요."

"아뇨, 틀림없는 것 같아요. 근데 그 카세트테이프는 지금 어디에 있죠?"

"경찰에서 가져갔어요."

교코의 말에 다카미의 표정이 한순간 딱 멈췄다. 그러고는 다시 원래의 웃는 얼굴로 돌아와 남은 커피를 마셨다.

"그래요? 안타깝네, 나도 한 번 보고 싶었는데."

"하지만 아까도 말씀드린 대로 가장 중요한 부분은 누군가 지워버린 모양이에요."

"그럴지도 모르겠네요. 하지만……."

다카미는 교코에게 진지한 눈빛을 던지며 말했다.

"어쩌면 단순히 테이프에 녹음하는 것과는 또 다른 방법으로 그 '뭔가'를 숨겨뒀을 가능성도 있어요."

"다른 방법이라면, 뭘까요?"

"그것까지는 아직 모르겠어요."

다카미는 자리에서 일어나 곁에 놓인 스테레오에 레코드를 걸었다. 신시사이저 소리가 조용히 흐르기 시작했다.

"바흐예요. 신시사이저로 연주하는 바흐도 상당히 좋죠."

그가 말했다. 그리고 잠시 동안 두 사람은 그 연주에 귀를 기울였다.

"저……." 가만히 있는 게 어쩐지 힘들어져서 교코는 입을 열었다. "경찰이 테이프 돌려주면 꼭 가져올게요."

그러자 다카미는 잠시 생각해보더니 미소를 지으며 대답했다.

"네, 부탁드립니다."

그의 반응을 보고 교코는 자신의 말이 별 의미가 없다는 것을 깨달았다. 경찰이 돌려준다는 것은 그 테이프에 아무 메시지도 없었다는 얘기다. 그런 걸 다카미에게 건네봤자 전혀 도움이 안 되는 것이다.

바보 같은 소리를 했네…….

바흐를 들으면서 교코는 혼자 창피해했다.

애초에 그 사람이 잘못한 거야, 라고 그녀는 시바타를 떠올렸다. 시바타는 지난 2, 3일 동안 교코 앞에 나타나지 않았다. 하지만 한밤중에라도 매일 고엔지의 원룸에는 꼬박꼬박 들어왔다. 그 증거로 매일 아침마다 배달된 신문이 사라지곤 했다. 그리고 집에 들어왔다면 '내일 출근 전에 차라도 한잔해요, 교코'라는 메모를 우편함에 넣어둔 것도 알았을 터였다. 그런데도 그는 교코의 현관 차임벨을 누르지 않았다.

이유는 대충 짐작할 만했다. 교코와 마주치면 수사 상황을 물어볼까 봐 일부러 피하는 것이다. 실제로 교코도 물어볼 생각이었다. 그 카세트테이프에서 뭔가 단서가 나왔는지 몹시 궁금했던 것이다.

내가 다카미 씨에게 정보를 흘리면 안 된다고 생각하는 거야. 하지만 다카미 씨는 절대로 범인이 아닌데…….

다카미 슌스케의 단정한 얼굴을 보며 교코는 생각했다.

이제 요리 준비를 해야겠다고 말하고 교코는 커피 잔을 내가는 참에 주방으로 갔다. 그리고 집에서 가져온 에이프런의 끈을 단단히 묶었더니 마치 시합을 앞둔 스포츠 선수 같은 기분이 들었다.

"어떤 요리를 할 건가요?"

소파에 앉은 다카미가 말을 건넸다.

"아이, 별거 아니에요."

교코는 대답했다. 겸손이 아니라 정말로 별로 색다를 것도 없는 요리다.

몇 번이나 연습했던 '교코의 오리엔탈풍 갈랑틴'은 결국 포기하기로 했다. 오늘의 메뉴는 '피렌체풍 돼지고기 요리에 지중해풍 샐러드와 쥘리엔느 콩소메(가늘게 썬 야채를 넣은 맑은 수프. '쥘리엔느'는 야채를 4, 5센티미터 길이로 채썬 것을 말한다.—옮긴이주)'라는, 완전히 초보자용 요리다.

"어머, 어떡해!"

재료를 조리대에 차례차례 꺼내면서 요리법 컨닝 페이퍼를 확인하던 교코는 버섯 통조림을 깜빡하고 안 사 온 것을 그제야 알았다.

"왜요?"

다카미가 읽던 신문에서 얼굴을 들며 물었다.

"빠뜨린 게 있어요. 잠깐 마트에 다녀와야겠어요."

교코는 에이프런을 벗었다.

"지금요? 중요한 게 아니라면 빼고 해도 되는데."

"아뇨, 그게……."

교코는 선뜻 대답할 수 없었다. 버섯이 안 들어가면 어떻게 되는지, 솔직히 그녀도 알지 못하는 것이다. 아마 별 차이가 없을지도 모르지만, 일단 요리책대로 하지 않으면 불안해지는 게 초보자의 심리다.

"아무래도 갔다 오는 게 좋겠어요. 어설픈 요리는 하고 싶지 않아서요."

"그럼 조심해서 다녀와요. 문은 잠그지 않아도 되니까."

"얼른 다녀올게요. 아, 그냥 앉아 계세요."

소파에서 일어나려는 다카미를 만류하고 교코는 복도로 나와 현관으로 향했다. 그리고 구두를 신고 현관문을 연 참에 또 깜빡한 것을 깨달았다. 지갑을 놓고 온 것이다. 그녀는 열었던 문을 닫고 다시 복도 쪽으로 돌아섰다.

그때 전화벨이 울리는 소리가 났다. 전화는 거실에 있었다. 수화기를 들고 "네, 다카미입니다"라고 말하는 소리가 들려왔다.

"엇, 당신이 왜 나한테?"

이어서 들려온 그의 목소리는 묘하게 긴장한 울림이 있었다. 교코는 저도 모르게 발을 멈추고 귀를 기울였다.

"거래라고요?"

그가 물었다. 교코가 나갔다고 생각했기 때문인지 목소리가 큰 편이었다.

"무슨 거래를 하겠다는 겁니까?"

잠시 침묵, 그리고 곧바로 다카미가 말했다.

"이봐요, 무슨 얘기를 하는 건지 나는 전혀 모르겠군요."

다시 침묵. 이번에는 아까보다 길었다. 왜 그런지 교코까지 손에 땀을 쥐며 듣고 있었다.

이윽고 그가 나지막하게 가라앉은 목소리로 말했다.

"알겠습니다. 어디서 만나죠? ……네, 거기 괜찮아요. 그러면 내일 8시에."

그가 수화기를 내려놓는 것과 동시에 교코는 살금살금 발소리를 죽여 현관으로 가서 일부러 큰 소리를 내며 문을 열었다가 닫았다. 그리고 발소리를 쿵쿵거리며 복도를 뛰어갔다.

"제가 정신이 나갔나 봐요. 지갑을 안 들고 갔지 뭐예요."

4

교코가 다카미의 집에서 요리를 시작했을 무렵, 시바타와 나오이는 신주쿠 경찰서로 돌아왔다. 두 사람은 사타케의 자택 주변에 탐문수사를 나갔던 것이다. 만일 사타케가 이세의 유서 속에 나온 히가시라면 마루모토와 마찬가지로 3년 전쯤에 갑작스럽게 큰돈을 손에 넣었을 터였다. 사타케의 주변에서 그런 변화가 있었는지 훑어봤지만, 오늘 탐문해본 범위만 봐서는 그런 낌새는 없었다.

"나고야 쪽은 어때요?"

마쓰타니에게 보고를 마친 뒤에 시바타가 물었다. 나고야에도 수사원을 파견해 이세가 주로 드나든 가게 등에 쓰부라야 혹은 히가시라는 이름의 남자가 있었는지 알아본 것이다.

"아직 별다른 연락은 없었어." 마쓰타니가 대답했다. "하지만 다카미 집안 쪽을 조사한 친구들이 묘한 소문을 물어왔어. 다카미 유타로의 딸에 관한 얘기야."

"딸? 아, 그러고 보니……."

아이치 현경 본부에 갔을 때, 딸 얘기를 들었던 것이 생각났다. 분명 유타로가 살해된 사건의 여파로 혼담이 깨졌다고 했었다.

"이름은 다카미 레이코, 유타로의 외동딸이야. 그런데 실제로 있는지 없는지 확실하지 않다는 거야."

"행방불명이라는 건가요?"

"아니, 행방불명인 것도 아니야. 일단 나고야의 다카미 유타로의 본가에서 현재 사장인 야스시 씨의 가족과 함께 살고 있는 것으로 나와 있긴 해."

"일단이라뇨?"

"어째 애매한 얘기인데요?"

옆에서 나오이도 물었다.

"아마 그 사건 이후로 계속 집에 틀어박혀 있는 모양이야. 친아버지가 살해된 충격 때문이라고 생각하면 물론 이해 못할 일도 아니지만 지난 1, 2년 동안 레이코의 모습을 제대로 본 사람이 없다는 게 아무래도 마음에 걸려."

"설마 죽은 건 아니겠죠?"

나오이가 섬뜩한 소리를 했다. 마쓰타니는 흘끗 그를 노려보며 말했다.

"어허, 그건 아니지. 제대로 본 사람은 없어도 얼핏 본 사람은 있어. 멀쩡해 보였다는 얘기도 있고."

"그때 혼담이 있었던 남자는 누구였어요?"

"실은 그게……." 시바타의 질문에 마쓰타니는 한껏 목소리를 낮췄다. "재정경제부 장관의 아들이었어. 물론 기브 앤 테이크를 노린 정략적 혼담이었겠지만."

"그 혼담이 다시 성사되는 일은 없을까요?"

"글쎄, 현재로서는 그런 움직임은 없는 것 같아. 다카미 유타로가 사망했으니 더 이상 의미가 없는지도 모르지."

마쓰타니는 이쪽에서 뭔가 나올 것이라는 듯 한껏 고무된 표정이었다.

"그건 그렇고, 초상화 쪽은 어떻습니까?"

시바타의 말에 모처럼 활기가 돌던 마쓰타니의 얼굴이 다시금 처량하게 일그러졌다.

"아무래도 이세가 그린 초상화는 자네들이 가져온 게 전부인 모양이야. 아이치 현경에 협조를 요청했는데 그것 외에는 더 이상 찾지 못했다는 거야."

카세트테이프의 유서에 따르면 이세는 히가시의 초상화

를 직접 그렸다. 그래서 에리의 방에서 가져온 초상화를 한 장 한 장 살펴봤지만, 사타케는 물론이고 하나야와 관련된 사람의 얼굴은 없었다.

"그렇다면 히가시라는 자가 이미 없애버렸는지도 모르겠네요."

나오이의 말에 시바타도 맞는 얘기라고 고개를 끄덕였다.

"만일 그렇다면 마키무라 에리는 이세의 집에서 초상화를 잠깐 봤던 그 기억만으로 도쿄까지 복수를 하러 왔다는 얘기야. 게다가 그 복수를 위해 2년 반이나 버텼어. 역시 여자가 한을 품으면 오뉴월에도 서리가 내린다더니만."

마쓰타니가 절절한 어조로 말했다.

"하지만 사타케라면 누구든 기억하기 쉬운 얼굴이에요. 초상화도 그리 어렵지 않게 그릴 수 있었을걸요. 이세의 유서에도 나온 것처럼 눈빛이 날카로운 남자니까요."

교코가 해골 같은 남자라고 표현했던 것을 떠올리며 시바타는 말했다.

"그 사타케 말인데, 아무래도 일이 쉽게 풀릴 것 같지 않아."

마쓰타니의 미간에 조각도로 새긴 듯한 주름이 생겼다.

"지금 다른 형사들을 보내 보강수사 중이지만, 마키무라 에리가 살해된 그 시간에 사타케는 알리바이가 확실했어.

같은 호텔의 최상층 바에서 니시하라 일가와 함께 거래처 고객을 접대하고 있었대. 9시부터 10시까지라고 하니까 완벽하지."

"그럼 살해를 맡은 사람은 마루모토인 모양이네요."

나오이가 즉각 말했다. 그리고 시바타의 얼굴을 보며 뒤를 이었다.

"그 밀실 장치가 가능한 것도 마루모토였잖아. 뭐, 이건 틀림없어."

"아뇨, 그건 좀 이상한데요?"

시바타는 부정했다.

"마키무라 에리는 마루모토가 쓰부라야라는 것을 알지 못했잖아요. 그 감사파티에 나간 시점에는 히가시에게 복수할 예정이었어요."

"그건 나도 알지."

"그렇다면 에리가 호텔방에서 만나려고 한 상대도 히가시 쪽이었겠죠."

"하지만 히가시 대신 마루모토가 그 호텔방에 나타났을 가능성도 있잖아."

"아니, 그건 아니지."

싸구려 찻잔에 몇 번을 우려낸 차를 따르면서 마쓰타니가 말했다.

“결과는 반대로 나왔지만 어쨌든 에리는 자신이 들고 간 독극물을 사용했어. 그렇다면 거기에 나타난 상대는 에리가 노리던 사람이었다는 얘기야.”

“아, 그렇지…….”

마쓰타니의 말에 나오이도 수긍할 수밖에 없는 모양이었다. 하지만 여전히 고개를 갸웃거리고 있었다.

“근데 에리가 실제로 어떻게 움직였는지, 당시의 상황을 파악하기가 아무래도 힘든데요? 어떤 흐름에 따라 도리어 에리 쪽이 죽게 됐는지 확실하지가 않아요. 그걸 알지 못하고서는 사타케의 알리바이 확인은 별 의미가 없습니다.”

“그래, 자네 말도 분명 일리가 있어.”

마쓰타니는 찻잔을 든 채 시선을 먼 곳으로 향했지만, 이윽고 크게 고개를 끄덕였다.

“좋아, 그렇다면 실제로 한 번 해보자. 그날 밤을 재현해 보는 거야.”

“실제로 해보다니, 어떻게 하시려고요?”

“이를테면 자네를 마키무라 에리라고 치자고. 이곳은 호텔방이야. 히가시를 불러내는 데 성공해서 이제 곧 그자가 나타날 거야. 자, 그때 에리는 어떻게 하고 기다렸을까. 이건 맥주병, 이건 컵이라고 하자고.”

마쓰타니는 책상 위의 주전자와 찻잔을 가리키며 나오이

에게 말했다.

나오이는 담배를 비벼 끄고 의자에 앉았다.

"제가 에리라면…… 역시 맥주병에 미리 독극물을 넣어두겠죠. 그러는 게 확실하니까요. 그리고 들키지 않게 마개를 다시 막아둡니다."

"하지만 그랬다가는 자기 컵에도 독극물이 든 맥주를 따르게 되잖아. 상대를 안심시키기 위해서는 자기도 조금쯤은 맥주를 마셔야 할 테니까."

마쓰타니가 즉각 지적했다.

아, 그런가, 하고 나오이는 머리를 긁적이며 말했다.

"그럼 이건 어떨까요? 내 컵에는 미리 멀쩡한 맥주를 따라둔다." 나오이는 주전자를 기울여 찻잔 하나에 차를 따랐다. "그런 다음에 맥주병에 독극물을 넣습니다. 이 상태에서 상대를 기다리는 거죠."

"좋아, 그거라면 괜찮겠네. 그다음, 시바타."

"네."

"자네는 히가시 역할을 해봐. 호텔방에 들어온 다음부터야."

"네에……."

대답은 했지만 구체적으로 뭘 해야 좋을지 시바타는 난감했다. 그러자 마쓰타니가 나오이에게 말했다.

"상대를 마주하고 에리는 우선 어떻게 했을까?"

나오이는 잠시 생각해본 뒤에 말했다.

"맥주를 권했겠죠?"

"좋아, 권해봐."

"자, 맥주 한 잔 드세요."

나오이는 주전자를 기울여 시바타의 찻잔에 차를 따랐다.

"좋아, 바로 거기야. 히가시는 어떻게 했을까? 그대로 마셨으면 죽었을 텐데."

"히가시는 맥주에 독극물을 탔을지도 모른다고 생각하지 않았을까요?"

"그러면 어떻게 되지?"

"에리가 한눈을 파는 틈을 노려 컵을 바꿔치기하려고 했겠죠."

시바타는 나오이 앞의 찻잔과 자신의 찻잔을 잽싸게 바꿨다. 마쓰타니는 고개를 끄덕였다.

"응, 그 정도의 빈틈이라면 잡을 수 있었겠네. 일부러 뭔가를 떨어뜨리고 에리에게 주워달라고 한다든가. 자, 그다음에는?"

"둘이서 맥주를 마십니다."

나오이가 찻잔을 입으로 가져가서 시바타도 그대로 따라 했다. 나오이는 찻잔을 내려놓고 목을 쥐어뜯는 시늉을 했다.

"으윽, 목이 타는 것 같아……라고 하는 겁니다."

"엉성한 연기력이지만 뭐, 좋아."

마쓰타니는 쓴웃음을 짓고 이번에는 시바타 쪽에 물었다.

"그럼 히가시는 그다음에 어떻게 했을까?"

"마루모토를 부르지 않았을까요? 그러고는 대책을 상의했겠죠."

"잠깐, 이 범행이 몇 시경이었지?"

"그건……."

시바타는 자신의 메모를 확인했다. 마키무라 에리가 프런트에서 열쇠를 받아 간 것은 9시 20분경이었다. 그렇다면 그보다 조금 늦은 시각으로 추정된다.

"9시 30분쯤이 아닐까요?"

"마루모토가 프런트에 203호실의 문을 열어달라고 한 것은 몇 시였지?"

"9시 40분이라고 했습니다. 그렇다면 마루모토는 현장 바로 근처에 있었다는 얘기네요."

그렇게 생각하지 않고서는 시간적으로 설명이 되지 않는다.

"히가시는 에리의 초대를 받자마자 마루모토에게도 미리 연락을 했군요. 그러니 마루모토가 바로 근처에서 대기하고 있었겠죠."

나오이가 의견을 냈다.

"좋아, 그 점은 그걸로 오케이. 여기서 다시 맥주병 얘기를 해보자고."

마쓰타니는 소도구로 쓰인 주전자를 가볍게 두드리며 말을 이어갔다.

"이대로라면 이 맥주병 안에는 독극물이 남아있게 돼. 범인들은 이 맥주병을 어떻게 처리했을까? 병을 씻어둔 게 아니라는 건 감식 결과로 확실하게 나와 있어."

"냉장고에서 새 맥주병을 꺼내 맥주를 적당히 버린 다음에 독극물이 든 병과 바꿔치기한 건 아닐까요?"

나오이가 말했다.

"아니, 호텔 냉장고에는 원래 맥주 두 병을 비치해두는데 다른 한 병은 손도 대지 않고 그대로 남아있었어."

마쓰타니가 그 의견을 부정했다.

"하지만 외부에서 가져와 바꿔치기를 했다고 생각할 수도 있겠네. 그 호텔에 병맥주 자판기가 있지 않았나?"

"아뇨, 없었습니다."

시바타가 대답하자 마쓰타니는 약간 아쉬운 얼굴로 고개를 저었다. 좋은 아이디어라고 생각했던 모양이다.

"그렇다면 손쉽게 맥주를 구입할 수 있는 곳은 없었던 셈이군."

"다른 방의 냉장고에서 가져온다는 건 어떨까요?"

나오이가 말했다.

마쓰타니의 눈이 번쩍 빛났다.

"어떤 방에서?"

"이를테면 204호실이죠." 이번에는 시바타가 말했다. "그 날 밤비 뱅킷 컴패니언의 대기실이 203호와 204호, 두 군데였거든요."

"하지만 어떻게 그 방에 들어가지? 열쇠가 없으면 못 들어가잖아."

"누군가 그 방에 있었다고 하면?"

"아하, 마루모토가 그쪽 방에 있었구나."

마쓰타니는 오른쪽 주먹으로 왼쪽 손바닥을 타악 내리쳤다.

"그자가 히가시의 연락을 받고 204호실에 미리 숨어있었던 거야. 아, 잠깐, 그 마루모토는 어떻게 204호실에 들어갔지?"

"204호실의 문을 잠그기 전에 들어갔겠죠. 마지막으로 그 방을 나온 컴패니언이 도와준 겁니다."

시바타가 말했다. 도와준 컴패니언이라는 건 말할 것도 없이 에자키 요코다. 마쓰타니도 고개를 끄덕이며 말했다.

"자, 그럼 여기까지 한 번 정리해보자."

그는 칠판에 차례차례 써내려갔다.

- 에리, 히가시와 203호실에서 만나기로 약속한다. (파티 도중에 연락?)
- 히가시, 마루모토에게 연락한다.
- 에리, 오다 교코와 함께 일단 203호실을 나온다. (8시 30분)
- 마루모토, 퀸호텔에 도착한다. 에자키 요코의 도움을 받아 204호실에 숨는다.
- 에리, 프런트에서 열쇠를 빌려 203호실에 들어간다. (9시 20분경). 히가시를 기다린다.
- 히가시, 203호실에 도착. 맥주 컵을 바꿔치기해서 에리 쪽이 사망.
- 히가시, 204호실에 가서 마루모토와 함께 대책을 상의한다.
- 204호실의 냉장고에서 새 맥주병을 꺼내 적당히 버린 뒤 203호실 테이블에 올려둔다. 독극물이 든 맥주병은 깨끗이 씻어서 204호실에 돌려놓는다.
- 히가시, 호텔을 떠난다. 마루모토, 도어체인을 조작한 뒤에 프런트에 내려가 203호실 문을 열어달라고 한다. (9시 40분경)

"좋아, 이걸로 깔끔하게 정리됐어."

마쓰타니는 만족스러운 듯 턱을 쓰다듬었다.

"마무리는 마루모토의 연극이었네요. 에리와 애인 사이라는 얘기를 꾸며내고 그 삼각관계를 고민하다 죽었다는 엉터리 자살 동기를 만들어낸 것이죠. 에자키 요코를 공범으로 끌어들여서."

나오이는 말을 마치고 양복 주머니에서 꾸깃꾸깃해진 담뱃갑을 꺼냈다. 안에 든 담배도 구부러져 있었다.

"이게 맞다면 히가시는 9시 20분부터 최소한 10분 동안은 사건 현장에 있었어야 합니다. 사타케가 그 시간에 잠깐 고객 접대 자리를 벗어났다면 앞뒤가 딱 맞는 얘기가 될 텐데 말이에요."

수첩에 메모를 하면서 시바타는 말했다.

"좋아, 그 점을 집중적으로 알아보도록 하자. 그다음은 긴자 퀸호텔이야. 그날 204호실의 맥주가 없어졌는지 어떤지 확인해보라고."

마쓰타니의 지시가 수사본부에 높직하게 울렸다.

5

교코의 요리는 그럭저럭 성공적이었다. 다카미의 도움을 받아 설거지까지 끝내고 그새 완전히 해가 저문 하늘을 바라보며 식후의 홍차를 마셨다.

두 사람의 대화는 그리 재미있게 이어지지 않았다. 그 이유를 교코는 알고 있었다. 다카미는 조금 전의 전화 때문에 머릿속이 복잡한 것이다. 그 증거로 교코가 말을 건네도 몇 번이나 건성으로 응할 뿐이었다. 교코도 그런 눈치를 채고 평소보다 말수가 줄어들 수밖에 없었다.

그 전화는 대체 누구에게서 온 것일까…….

침묵이 이어지자 교코도 자연히 그쪽으로 생각이 흘러갔다.

단순한 업무 전화였을까. 하지만 다카미의 말투는 그런

느낌이 아니었다. 거래라고? 거래란 게 대체 뭘까…….

"저는 이제 그만 가볼게요."

이런 식으로 시간을 보내봤자 별 의미가 없다는 생각에 교코는 자리에서 일어섰다. 다카미는 또다시 생각에 빠져 있었는지 한 박자 늦게 그녀를 보았다.

"아, 그래요, 그럼 택시를 불러야겠네."

그러고는 옆방으로 들어가더니 금세 다시 나왔다.

"전자 주소록을 차 안에 두고 왔군요. 얼른 가서 가져올 테니까 잠깐만 기다려요."

"네, 그럴게요."

그가 나간 뒤 교코는 다시 소파에 앉았다. 코너 테이블 위의 전화기가 눈에 들어왔다. 녹음장치가 딸린 갈색 전화기였다.

혹시 아까 그 통화도 녹음이 됐을까…….

잠시 망설인 끝에 교코는 테이프를 잠깐 되감아 마음을 굳게 먹고 재생 버튼을 눌렀다.

아무것도 들리지 않았다.

잠시 기다렸다가 교코는 정지 버튼에 손을 내밀었다. 역시 조금 전의 통화는 녹음되지 않은 것이다. 하지만 그 순간이었다.

"슌스케 씨……."

갑작스럽게 소리가 흘러나왔다. 여자 목소리다. 정지 버튼에 얹은 손가락 끝이 얼어붙었다.

"슌스케 씨……보고 싶어……나한테 와줘……슌스케 씨……."

오싹 소름이 끼쳐서 교코는 정신없이 정지 버튼을 꾹 눌렀다. 테이프가 멈추고 심장이 두근거리는 소리만 실내에 울리는 것 같았다.

뭔가, 이 목소리는…….

그때 딸칵 문 열리는 소리가 났다. 발소리와 함께 다카미의 목소리가 들렸다.

"기다리게 해서 미안해요. 지금 바로 택시 부를게요."

그는 교코에게 다가와 방금 전까지 그녀가 만졌던 전화를 끌어당겼다. 그리고 번호를 누르려다가 문득 그녀 쪽을 돌아보았다.

"왜 그래요?"

"네?"

"안색이 안 좋은데?"

"아, 좀 피곤했던 모양이에요."

교코는 자신의 뺨을 만지며 말했다.

"저런, 오늘 정말 수고했어요."

다카미는 다정하게 위로하고 다시 버튼을 누르기 시작했다.

택시 창문 너머로 흘러가는 네온사인을 바라보며 교코는 몹시 불쾌한 느낌에 빠져 있었다. 아까 들었던 테이프의 목소리가 머릿속을 떠나지 않았기 때문이다.

그건 분명 부재중 전화가 녹음된 것이었다. 그래서 다카미의 응답은 없었다.

어쨌든 정말로 슬픈 목소리였어…….

슌스케 씨……보고 싶어…….

교코는 그 목소리를 전에도 들은 적이 있었다.

처음으로 다카미와 식사를 하고 돌아오는 참에 갑작스럽게 울린 자동차 전화의 수화기를 들었다가 그 목소리를 들었던 것이다.

그때도 흐느껴 우는 소리였는데…….

9장 윙크로 건배

1

월요일 오후, 시바타와 나오이는 다시 밤비 뱅큇 사무실에 찾아갔다. 이 빌딩의 엘리베이터를 벌써 몇 번째 타는 건가. 그새 내 집에 드나드는 것처럼 익숙해져 버렸다.

사무실에 들어가 누구에게 양해를 구할 것도 없이 성큼성큼 통로를 건너갔다. 마루모토는 뭔가 서류를 들여다보는 참이었다. 두 사람이 책상 앞에 다가가자 천천히 얼굴을 들더니 눈이 둥그레졌다.

"깜짝 놀랐네. 또 무슨 일이에요?"

"아니, 잠깐 물어볼 게 있어서요."

시바타의 말에 마루모토는 황당하다는 얼굴로 서류에 시선을 되돌렸다.

"안됐지만, 지금은 시간이 없네요."

"잠깐이면 돼요. 10분 만이라도."

그러자 마루모토는 민폐라는 듯이 얼굴을 찌푸리며 자리에서 일어섰다.

"그럼 딱 10분에 끝내주시죠."

응접실로 가자 마루모토는 우선 손목시계를 보았다. 시각을 확인한 모양이다. 그래서 시바타도 즉각 본론에 들어가기로 했다.

"우선 에리 씨가 사망한 날의 얘기인데요, 그날 퀸호텔에서 에리 씨를 만나기로 약속했다고 하셨죠?"

"예, 그랬죠."

마루모토는 태연히 고개를 끄덕였다.

"몇 시에 만나기로 했어요?"

"시간을 정확히 정한 건 아니었어요. 일 끝나고 대기실이 비는 게 9시 정도여서 대략 그때쯤에 맞춰서 가기로 했으니까요."

애매하게 얼버무리는 대답이라고 시바타는 생각했다.

"그래서 몇 시에 호텔에 도착했어요?"

"그러니까 그게……." 마루모토는 이마에 손을 짚었다. "9시 반이었나, 아마 그쯤이었을 거예요."

"그때까지는 어디에 있었어요?"

시바타 쪽의 추리로는 그는 204호실에 숨어있었어야 한다.

“잠깐만요, 찾아보죠.”

마루모토는 수첩을 꺼냈다. 그리고 페이지를 넘기면서 손목시계를 흘끗 보았다. 정말로 딱 10분 만에 자리를 털고 일어설 모양이다.

“여기 사무실에서 8시에 나가서 긴자 거리를 잠깐 돌아다니다가 호텔로 갔어요.”

“그럼 꽤 오래 돌아다닌 건데?”

옆에서 나오이가 살짝 비꼬는 말을 던졌다. 하지만 마루모토는 대꾸도 없이 밉살스러운 미소를 지었다. 남이야 돌아다녔건 말건 무슨 상관이냐는 투였다.

“또 한 가지, 괜찮겠습니까?”

시바타가 물어보자 마루모토는 다시 한번 시계를 확인한 뒤에 말했다.

“뭐, 그러시죠.”

“이건 실례되는 질문이겠지만, 양해 바랍니다. 혹시 마루모토 씨와 에리 씨의 교제를 증명할 만한 뭔가가 있을까요?”

“허참, 정말로 실례되는 질문을 하시네.”

마루모토는 소파 등받이에 몸을 기대며 큰 한숨을 내쉬었다.

시바타는 말없이 마루모토의 표정을 응시했다. 에리는 결코 이런 자와 사귀었을 리 없다는 확신이 강하게 들었다.

"아쉽게도 증명할 만한 게 아무것도 없군요."

마루모토는 느물느물한 말투로 대답했다. 그야말로 아쉽다는 척하는 게 내심 분통이 터졌다.

"그러지 말고 좀 더 생각해보시죠."

나오이가 말했다.

"남녀가 사귈 때 둘 사이에 아무 일도 없었다는 것을 증명하기는 어렵지만, 뭔가 있었다는 것을 증명하는 건 일반적으로는 간단한 일이니까."

이것 또한 비꼬는 말이었다. 하지만 마루모토는 옅은 웃음을 띠며 고개를 저었다.

"그건 일반론이겠지요. 나와 에리는 최대한 신중하게 행동했거든요."

"아무리 그래도……."

"아, 이런 이런." 거기서 마루모토가 벌떡 일어섰다. "미안하지만, 10분이 지났군요. 좀 더 상대해드리고 싶지만 제가 워낙 바쁜 몸이라서. 형사님들은 느긋하게 쉬시다 가셔도 됩니다."

시바타는 마루모토의 뒤통수를 한 대 쥐어박고 싶었다.

응접실을 나와 두 사람은 다시 사무실을 가로질러 출구로 향했다. 여전히 전화가 연달아 울리고 있었다. 혼자 두 개의 수화기를 떠안은 직원도 있었다.

"아니, 또 결근이에요? 어휴, 교코 씨, 이러면 진짜 난감하다니까요."

교코라는 말이 귀에 꽂혀서 시바타는 발을 멈췄다. 수화기를 움켜쥔 사람은 젊은 남자 직원이었다.

"그야 열이 높다면 어쩔 수 없지만……응, 그래도 그게……다른 컴패니언에게……수고료를……아니, 그래도……."

교코 쪽에서 일방적으로 떠드는지 그 직원은 체념한 듯 입을 다문 채 듣고 있었다. 그러다가 잠시 뒤에 그가 드디어 입을 열었다.

"알았어요. 근데 이번 딱 한 번이에요, 알았죠? ……네, 네, 됐어요, 이제 얘기는 그만해요."

직원은 수화기를 내려놓더니 옆의 여직원에게 말했다.

"오다 교코, 오늘 결근이야. 열이 39도라네."

감기에라도 걸렸나…….

혼자 열에 들떠 끙끙 앓는 교코의 모습을 상상하며 시바타는 나오이와 함께 사무실을 나왔다.

2

면바지에 폴로셔츠, 그 위에 재킷을 걸쳤다. 요즘 계속 미니스커트만 입었기 때문에 이런 차림새는 오랜만이다. 머리를 뒤로 땋아 내리고 패션 선글라스를 꼈다. 거울 앞에 서보니 제법 다른 사람이 된 듯한 느낌이 들었다.

이제 슬슬 나가봐야지…….

시계를 확인하고 교코는 현관으로 향했다. 신발은 최대한 걷기 편한 것으로 골랐다. 언제 어디로 가게 될지 모르는 것이다.

오늘 밤 8시, 다카미는 누군가를 만난다. 그것에 대해 교코는 간밤에 곰곰 생각해보았다. 아무것도 하지 말고 그냥 가만히 있을까. 아니면 시바타에게 상의해볼까. 하지만 시바타에게 상의하는 건 어쩐지 바보 같은 느낌이 들었다. 그쪽은 아무것도 알려주지 않는데 나만 정보를 제공하다니, 그건 불공평하다. 게다가 시바타는 어차피 다카미를 악당 취급할 게 틀림없다.

그래서 교코는 직접 다카미를 미행하기로 마음먹었다. 그 결과에 따라 다시 그다음 일을 생각해보면 된다.

"자, 출동이야."

스스로 기운을 불어넣고 교코는 힘차게 문을 열었다.

"어?"

"엇?"

무슨 영문인지 문 앞에 시바타가 서있었다. 그는 어리둥절한 표정으로 물었다.

"누, 누구세요?"

교코의 단순한 변장을 눈치채지 못한 모양이다.

"아, 교코는 지금 집에 없어요."

그렇게 말하고 교코는 문을 닫으려고 했다. 하지만 중간에 시바타에게 붙잡혔다.

"뭐야, 교코 씨잖아요. 목소리로 다 알지."

들켰으니 어쩔 수 없다. 교코는 어깨 힘을 풀고 일단 그를 안으로 들였다.

"웬일로 이런 시간에 집에 들어왔어요?"

"집에 들어온 게 아니에요, 병문안을 왔지."

시바타는 오른손을 들었다. 그 손에는 과일 바구니가 들려있었다.

"병문안이라니, 누구 병문안?"

"교코 씨 병문안이죠." 그가 어리둥절한 얼굴로 말했다. "열이 펄펄 끓는다면서요? 누워있지 않아도 돼요?"

"열이라니? 그런 거 없어요."

말을 한 뒤에야 교코는 자신이 아까 밤비 뱅큇에 전화했던 게 생각났다.

"시바타 씨, 혹시 우리 회사 사무실에?"

"그렇죠. 거기서 전화 통화하는 걸 들었는데……." 말을 하는 사이에 시바타의 표정이 차츰 변해갔다. "엇, 꾀병이었어요?"

"시바타 씨와는 상관없는 일이에요. 과일은 가져가서 드시고요. 갈아서 주스로 드시면 맛있겠네."

퉁명스럽게 대꾸하고 교코는 시바타의 가슴팍을 밀쳤지만, 그는 과일 바구니를 내려놓고 오히려 밀고 들어왔다.

"잠깐만, 지금 어딜 가려고?"

교코는 눈을 둥그렇게 뜨고 고개를 저었다.

"아무 데도 안 가요."

"아니, 가려고 했잖아요. 게다가 뭡니까, 그 괴상한 차림새는?"

"흥, 괴상해서 미안하네요. 남이야 뭘 하든 상관 마시라고요. 시바타 씨와는 관계없는 일이라니까요."

"관계가 없다면 말해줄 수 있잖아요. 말을 못 하는 건 역시 관계가 있기 때문이겠죠. 그렇잖아요?"

시바타는 허리에 손을 턱 짚고 내려다보았다. 교코는 손목시계를 흘끗 들여다보았다. 빨리 나가지 않으면 다카미가 회사에서 나오는 모습을 놓치게 된다.

"다카미 씨를 미행하러 가는 거예요."

교코는 포기하고 사실대로 말했다.

"미행을? 왜요?"

시바타가 놀라서 되물었다. 당연한 반응이다. 교코가 사정을 설명하자 그의 얼굴빛이 다시금 변했다.

"그랬구나. 그건 분명 뭔가 있네요."

그는 입술을 깨물며 생각에 잠겨있었지만 불쑥 얼굴을 들었다.

"근데 왜 그걸 나한테 감추려고 했어요?"

"그건……." 교코는 지지 않으려고 입술을 악물었다. "시바타 씨도 나한테 아무 말도 안 해줬잖아요."

그러자 시바타는 말없이 교코의 눈을 마주보았다. 교코도 시선을 피하지 않았다.

"……알았어요." 그가 말했다. "일단 서둘러서 나가죠. 시간이 없잖아요."

"예?"

"둘이서 미행하자고요."

다카미 부동산 본사 빌딩 건너편의 카페에서 교코와 시바타는 감시를 계속하고 있었다. 시바타는 코코아를 추가로 주문했고 교코는 케이크를 두 개나 먹었다.

기다리는 동안 시바타는 〈페이퍼백 라이터〉의 테이프에 감춰진 비밀을 알려주었다. 추리소설 같은 얘기에 교코는 "와아, 대박"을 연발했다.

"사건의 진상에 상당히 근접했어요. 문제는 다카미가의 비밀이에요. 다카미 레이코에게 그 비밀이 있을 것 같긴 한데 글쎄, 어떻게 될지."

시바타는 속이 타는지 빈 물 잔을 들고 서빙 직원에게 얼음물을 부탁했다.

"이건 전혀 관계가 없는 얘기인지도 모르지만……."

그렇게 전제를 하고 교코가 입을 열었다. 그 으스스한 전화의 주인에 대한 얘기였다. 시바타의 말을 듣고 보니 그게 혹시 다카미 레이코가 아닌가 하는 마음이 들었기 때문이다.

"물론 다카미 레이코가 그런 상태라면 사람들 앞에 나서

지 못하는 것도 이해가 되네요. 하지만 그렇게 된 것은 당연히 다카미 유타로의 뜻하지 않은 사망 때문이겠죠. 그러니까 범인들에게 협박을 당하게 된 다카미가의 비밀은 그게 아닐 거예요."

시바타는 놀라면서도 그렇게 고개를 저었다. 교코도 맞는 말이라고 생각했다.

7시 반쯤에 드디어 다카미 슌스케가 회사에서 나왔다. 교코와 시바타는 동시에 카페를 나섰다.

다카미는 소토보리 대로를 따라 신바시 쪽으로 가고 있었다. 20미터쯤 거리를 두고 교코와 시바타는 미행에 나섰다. 둘 다 입을 꾹 다물고 열심히 걸었다. 잠시라도 한눈을 팔면 자칫 놓쳐버릴 만큼 다카미의 걸음이 빨랐던 것이다.

다카미는 야마노테선의 가드를 넘어 맞은편 호텔로 들어갔다. 두 사람은 급히 그 뒤를 따라갔다. 로비에 들어서자 다카미는 프런트에 다가가 뭔가 물어보고 있었다. 일순 이쪽을 돌아봤지만 교코를 알아차리지는 못한 것 같았다. 서툰 변장이라도 안 하는 것보다는 낫다.

그가 프런트를 떠나 가까운 엘리베이터에 타는 것을 지켜본 뒤에 시바타는 냅다 프런트로 뛰어갔다. 방금 그 손님이 어떤 방으로 갔는지 물어본 모양이었다. 프런트 담당이 의아한 얼굴로 쳐다보자 시바타는 성가시다는 듯이 즉각 뭔가를 꺼내 보였다. 아마 경찰수첩일 것이다. 호텔 직원의 얼굴빛이 변했다.

"310호실이래요. 얼른 가죠."

시바타는 교코의 팔을 끌고 엘리베이터로 향했다. 엘리베이터 안에서 그가 물었다.

"어떤 이름으로 방을 예약했는지 알아요?"

교코는 고개를 저었다.

"니시하라 겐조라는데요?"

시바타가 말했다.

"어머, 설마!"

"순간적으로 가짜 이름을 지어낼 때는 일반적으로 자신이 잘 아는 이름을 쓰는 법이죠."

엘리베이터가 3층에 도착했다. 빠른 걸음으로 복도로 나섰다. 덜컥하는 소리와 함께 문이 닫히는 게 얼핏 보였다. 그 앞에 가보니 분명 310호실이었다. 시바타는 알겠다는 듯이 고개를 끄덕이고 다시 엘리베이터 홀로 돌아왔다.

"교코 씨에게 부탁할 게 있어요. 지금 신주쿠 경찰서에 전화해서 나오이 형사에게 급히 이쪽으로 와달라고 전해줘요. 혹시 뭔가 물어보면 교코 씨가 아는 대로 얘기해주면 됩니다."

"네, 알았어요."

힘차게 대답하고 교코는 다시 엘리베이터에 탔다.

약 30분 뒤, 310호실에서 다카미 슌스케가 나왔다. 문밖에서 시바타와 나오이가 기다리고 서있는 것을 보고 그는 영문을 몰라 어리둥절한 얼굴이었다. 그 얼굴로 문을 연 채 멍하니 서있었다. 그의 그런 모습을 교코는 모서리 벽 뒤에 숨어서 지켜보았다.

"……나를 날마다 미행한 겁니까?"

다카미가 물었다.

아니죠, 라고 시바타는 대답했다. "하늘의 계시를 받았거든요, 오늘 뒤를 쫓으라고."

"찬찬히 얘기를 듣고 싶군요. 이곳에서 뭘 상의하셨는지."

나오이도 방 안을 향해 말했다.

그러자 다카미의 뒤쪽에서 그림자처럼 거뭇거뭇한 인물이 천천히 나타났다.

"업무 얘기였다는 거짓말은 하지 말아주시고요."

나오이가 빙긋 웃으며 그 그림자를 향해 말했다.

"아시겠죠, 사타케 씨?"

3

구두 바닥이 쓸리는 소리가 났다. 책상에 앉은 마쓰타니가 다리를 달달 떠는 것이다. 두 팔을 괴고 얼굴 앞에서 양손을 끼고 있었다. 수사가 마음먹은 대로 풀리지 않아 초조할 때의 버릇이다. 그 소리와 함께 다른 수사원들의 얼굴까지 시무룩해져 간다.

사건의 진상은 거의 다 파악되었다. 이제 반증수사만 맞춰두면 아무 문제가 없을 터였다.

하지만 증거가 잡히지 않았다. 아무리 앞뒤가 잘 맞는 얘기라도 추리만으로는 문제가 해결되지 않는 것이다.

게다가 범인으로 추정되는 자의 알리바이가 확실했다. 시바타를 비롯한 수사원들이 조사해본 결과, 범행 시각에 사타케는 틀림없이 접대 손님과 호텔 최상층의 바에 있었다.

한편 지난번에 가설을 세웠던 마키무라 에리의 살해 경위에 대한 것은 반증수사가 거의 끝이 났다. 긴자 퀸호텔 측에 문의해본 바, 그날 밤 분명 204호실에서 맥주 한 병이 없어졌다는 게 밝혀졌다. 또한 밤비 뱅큇의 컴패니언을 총괄하는 요네자와에게 연락해보니 그날 밤 204호실의 문단속은 에자키 요코에게 맡겼다는 증언을 해줬다.

시바타는 인스턴트커피를 마시며 며칠 전 메모한 범행 과정과 시각 등을 새삼 들여다보았다. 아무래도 마음에 걸리는 부분이 있었기 때문이다.

- 에리, 오다 교코와 함께 일단 203호실을 나온다. (8시 30분)
- 마루모토, 퀸호텔에 도착한다. 에자키 요코의 도움을 받아 204호실에 숨는다.
- 에리, 프런트에서 열쇠를 빌려 203호실에 들어간다. (9시 20분경). 히가시를 기다린다.

"여기서 이상한 게 한 가지가 있는데요."

시바타가 옆자리에 말을 건네자 나오이는 갑자기 허둥지둥 난리였다. 보고서를 쓰는 줄 알았더니만 그새 깜빡 졸고 있었던 모양이다.

"응? 뭐야, 뭔데?" 마쓰타니 쪽을 흘끔 확인한 뒤에 나오이는 시바타의 메모를 들여다봤다. "그게 뭐, 잘못됐어?"

"에리 씨는 8시 30분부터 9시 20분까지 어디서 뭘 하고 있었을까요? 좀 더 일찍 호텔방으로 돌아왔어도 됐을 텐데 말이에요."

"오, 진짜 그러네."

"그리고 또 한 가지가 더 있어요. 에리 씨는 프런트에서 열쇠를 받아갈 때 '밤비 뱅큇의 마키무라 에리'라고 자신의 이름을 밝혔어요. 근데 생각해보면 이상하잖아요? 에리 씨는 사람을 죽일 계획이었어요. 만일 그 계획에 성공해서 방에서 사체가 발견된다면 당장 에리 씨가 의심을 받게 돼요. 근데 그렇게 자기 이름을 당당히 밝힐까요?"

나오이의 얼굴빛이 변했다. 그는 말없이 자리에서 일어나 마쓰타니에게로 달려갔다. 마쓰타니도 놀란 얼굴로 시바타를 불러들였다.

"자세히 얘기해봐."

마쓰타니가 지시했다.

"그러니까 그게요……." 시바타는 한 차례 입술을 깨문 뒤에 설명에 들어갔다.

"어쩌면 프런트에 찾아가 열쇠를 받아 간 사람은 마키무라 에리가 아니었을지도 모른다는 거예요."

"……그러면 에자키 요코가?"

역시 마쓰타니는 얘기가 빠르다. 시바타는 고개를 끄덕였다.

"마키무라 에리는 그때 이미 죽어있었던 게 아닌가, 라는 것이 제 생각입니다."

"하지만 프런트 담당 직원이 못 알아봤을까?"

나오이의 말에 마쓰타니가 대답에 나섰다.

"못 알아봤을 수도 있어. 프런트 담당이 컴패니언의 얼굴을 모두 다 아는 건 아니잖아. 게다가 컴패니언은 대부분 키가 크고 차림새도 비슷해. 게다가 요코가 에리의 재킷을 입고 갔다면 어떻겠어? 마키무라 에리라고 이름을 대면 그런가 보다고 생각할 수밖에 없단 말이지."

"만일 열쇠를 받아 간 사람이 에자키 요코였다면 범행 시각은 좀 더 빨랐다는 얘기가 됩니다. 그러면 범인이 9시 이후의 알리바이를 조작하는 것도 가능하죠."

"그렇지! 맞는 말이야."

마쓰타니는 오른손 검지로 책상을 톡 쳤다. 그 소리에 이끌리듯이 사카구치를 비롯한 다른 수사원들도 이쪽으로 모여들었다. 마쓰타니는 다시금 말을 이어갔다.

"이거, 아주 재미있게 됐어. 하지만 문제가 아직 남아있어.

만일 그게 맞다면 마키무라 에리는 열쇠 없이 그 호텔방에 들어갔다는 얘기가 되잖아."

"문제는 바로 그거예요. 프런트에서 열쇠를 받지 않고서도 방에 들어가는 방법이 뭐가 있는지."

"좋아, 그건 호텔에 문의해보자고."

마쓰타니의 지시에 시바타는 즉시 긴자 퀸호텔에 전화를 걸었다. 하지만 결과는 예상했던 대로였다. 그런 방법은 없다, 마스터키가 있지만 일반 투숙객이 반출하는 건 불가능하다, 라는 것이었다.

"역시 잘못 짚은 건가."

떨떠름한 얼굴로 마쓰타니는 올백 머리를 쓸어 올렸다.

"하지만 제 생각에는 마키무라 에리가 열쇠 없이 그 방에 들어간 건 확실합니다."

시바타는 아무래도 포기할 수 없었다.

"하지만 불가능한 얘기잖아."

나오이가 달래듯이 말했다.

"그 호텔은 문이 자동으로 잠기는 방식이야. 그래서 나올 때 일부러 문을 잠그지 않는다는 것도 불가능해."

자동으로 잠기는 방식…….

시바타는 흠칫 놀랐다. 머릿속에서 뭔가 번쩍 터지는 느낌이었다.

"아뇨, 자동으로 잠기는 문이니까 그게 가능하죠!"

마쓰타니의 눈이 둥그레졌다.

"무슨 말이야?"

"방을 나올 때 잠금 고리를 눌러놓은 상태로 고정해두면 문을 마음대로 열고 닫을 수 있잖아요. 마키무라 에리는 문을 그런 상태로 해놓고 오다 교코와 함께 그 방을 나온 겁니다."

"그럼 오다 교코도 공범이란 거야?"

사카구치가 큼직한 소리를 냈다.

"아뇨, 그건 아니죠. 교코 씨의 눈을 피해 몰래 잠금 고리를 눌러놓은 거예요. 분명 마지막에 문을 닫은 건 마키무라 에리일 겁니다."

"잠금 고리는 어떻게 고정을 하지?"

마쓰타니가 물었다.

"분명 강력테이프였겠죠. 그리고 바로 그 강력테이프를 마루모토 쪽에서 슬쩍 밀실 트릭에 응용한 거고요."

즉각 교코에게 연락해 확인 작업에 들어갔다. 그녀의 말에 따르면 마지막에 문을 닫은 것은 틀림없이 에리였다. 게다가 방을 나오기 직전에 교코는 잠깐 화장실에 들렀다. 그 틈에 에리는 잠금 고리를 강력테이프로 고정한 것이다.

"좋아, 이걸로 범인들의 알리바이가 완벽하지 않다는 게 밝혀졌네. ……하지만 여전히 증거가 없잖아. 어떻게 추궁해야 하지?"

부하들의 의견을 청하듯이 마쓰타니의 시선이 한 바퀴 빙 돌았다.

"이세의 유서 테이프로 어떻게든 몰아붙일 수 있지 않을까요?"

한 수사원이 대답에 나섰다.

"그 테이프를 우선 에자키 요코에게 보여주고, 범행이 들통 나는 건 시간문제라는 위기감을 주는 거예요. 에자키 요코는 살인에 직접 관여한 건 아니니까 자수하는 게 자신에게 득이 될 거라고 생각하고 의외로 쉽게 털어놓을 수도 있어요."

"요코 쪽을 추궁하는 것도 좋은 방법이지만, 그 유서만으로는 별 효력이 없어. 그것만으로는 히가시의 정체를 밝힐 수도 없잖아."

"최소한 초상화라도 남아있었으면 좋았을 텐데."

나오이의 한숨 섞인 말에 마쓰타니도 실감을 담아 고개를 끄덕였다.

"그러게 말이야."

히가시의 초상화는 어디로 사라졌을까…….

시바타도 지금까지 줄곧 고민해온 점이었다.

그런 극적인 유서를 남겨줬는데 초상화까지 원하는 건 너무 염치없는 바람인가…….

카세트테이프 유서가 시바타의 머릿속을 스쳐 갔다. 그토록 어려운 방법으로 유서를 숨겨둔 것은 혹시라도 범인들에게 들켰다가는 끝장이라는 이세의 깊은 고민 때문이었는지도 모른다.

그렇다면…….

초상화 쪽도 마찬가지였다고 생각하는 게 합리적이다. 범인에게 들키면 초상화를 당장 없애버릴 것이라는 염려 때문에 이세가 나름대로 공들여 숨겼다면…….

"앗, 그거예요!"

시바타의 부르짖음에 옆에 있던 나오이가 화들짝 놀랐다.

4

하나야의 홍보실은 성황이었다. 망나니 아들 겐조가 기획한 〈세계의 신 보석전〉 전시회의 마지막 날인 것이다.

교코가 안에 들어서자 겐조가 그녀를 알아보고 자신의 머리를 쓱쓱 쓸어 올리면서 옆으로 다가왔다. 변함없이 흰색 정장 차림이었다. 그 요란한 취향은 볼 때마다 할 말을 잃게 된다.

"오, 감격스럽네. 네가 먼저 나를 찾아주다니. 오늘은 일이 없나?"

주위의 고객들이 돌아보는 것도 아랑곳하지 않고 큰 소리로 떠들었다. 멘탈 하나는 대단한 자다.

"네, 오늘은 일이 없어요. 아니, 오늘부터, 라고 해야 할까요?"

"오늘부터?"

"아뇨, 아무것도 아니에요. 보석을 좀 보여주시겠어요?"

교코의 말에 겐조는 뻔뻔스럽게도 그녀의 허리에 손을 얹고 연설조로 말했다.

"물론이지. 사양 말고 마음껏 둘러봐. 이곳에는 전 세계의 보석이 다 있어. 그리고 무한한 미지의 가능성이 펼쳐져 있지. 지금까지 아무도 본 적이 없는 거대한 보석도 앞으로는 얼마든지 손에 쥘 수 있단 말이야."

"하지만 이미테이션이잖아요."

교코의 말에 그가 불끈했다.

"아니, 가짜가 아니야. 천연 보석이 허접하니까 그걸 능가하는 보석을 만들어낸 거라고. 앞으로 아무도 천연 보석 따위는 돌아보지도 않을 거야."

그리고 그는 진열 케이스 뒤쪽으로 돌아 들어가 알렉산드라이트 반지를 꺼냈다. 큼직한 보석을 다이아몬드가 에워싸고 있었다.

"이걸 보라고. 아름답지? 이 아름다움은 부자들의 전유물이 아니야. 모든 여성들에게 평등하게 나눠줘야 하는 것이지."

교코 옆으로 두 남자가 다가왔다. 겐조는 순간 그들을 알아보지 못한 기색이었지만 금세 생각났는지 놀란 얼굴을 했다.

“형사들이 왜 여기에?”

그들은 시바타와 나오이였다.

시타바는 겐조가 엉거주춤 내민 알렉산드라이트를 받아 들며 말했다.

“정말 아름답군요. 인간이 만들어냈다는 게 믿어지지 않을 정도예요.”

겐조는 입을 꾹 다물고 있었다. 두 사람이 나타난 것이 어떤 의미인지 생각하고 있는 모양이었다.

시바타는 반지를 돌려주며 말했다.

“에자키 요코가 모두 자백했습니다.”

겐조의 얼굴이 순식간에 험악해졌다. 그것은 교코가 지금까지 한 번도 본 적이 없는 표정이었다.

“……무슨 소리를 하는지 모르겠네?”

이것 또한 한 번도 들어본 적이 없을 만큼 음침한 목소리였다.

“일단 경찰서까지 같이 가시죠. 설명해드릴 테니까.”

두 명의 형사와 겐조가 서로를 노려보았다. 주위에서는 하나야의 단골 고객들이 진짜 같으면서도 의외로 값싼 보물을 찾아내려는 듯 진열 케이스를 한 칸 한 칸 들여다보고 있었다. 이곳에서 어떤 대화가 오고 가는지, 그들은 전혀 상상도 못할 것이다.

"흥, 무슨 일인지도 모른 채 따라나설 수는 없지."

드디어 겐조가 입을 열었다. 시바타는 일단 시선을 숙인 뒤에 천천히 말했다.

"당신들이 마노 유카리 씨의 집에서 찾던 것을 우리가 발견했어요. 그것에 관한 얘기예요, 히가시 씨."

겐조는 침묵하고 있었다. 머리는 잘 돌아가는 인물이니 열심히 빠져나갈 궁리를 하고 있을 게 틀림없다. 그렇다, 겐조는 재벌가의 망나니 아들 따위가 아니었다. 무섭도록 머리 좋은 사람인 것이다.

시바타는 손에 든 종이봉투를 진열 케이스 위에 내려놓았다.

"당신은 이세나 마루모토와 연관된 흔적을 최대한 다 지워버렸더군요. 솔직히 우리도 포기할 뻔했어요. 다양한 정황을 통해 히가시라는 자는 당신일 수밖에 없다는 것을 알면서도 그것을 증명할 방법이 없었으니까. 하지만 당신은 한 가지, 결정적인 실수를 했어요. 이세 고이치에게 초상화를 그리게 했다는 것. 하긴 뭐, 우리도 그 초상화를 금세 찾아내진 못했죠."

겐조의 손끝이 가늘게 떨리는 것을 교코도 알 수 있었다.

"당신의 얼굴이 생각지도 못한 곳에 있었거든요."

시바타는 종이봉투에서 그 물건을 꺼냈다. 이세 고이치가 자살할 때 이젤에 올려둔 풍경화였다. 겐조는 감정이 담기지 않은 눈빛으로 그 그림을 내려다보았다.

"이 그림을 X선으로 조사해봤어요. 그랬더니 풍경화 밑에 초상화가 있더군요. 초상화 옆에는 '히가시'라고 똑똑히 적어뒀더라고요. 그게 바로 당신 얼굴이었어요."

"이 그림과 이세가 숨겨둔 글을 에자키 요코에게 보여줬지."

나오이가 쐐기를 박듯이 말했다.

"그 여자, 의외로 금세 실토하던데? 하긴 자기가 직접 살인을 한 것도 아닌데 버텨봤자 좋을 게 없다고 판단했겠지."

"……그렇군."

"그 여자가 실토했으니 당연한 일이지만 알리바이 조작도 해결됐어요. 더 이상 당신이 도망칠 길은 없다는 얘기예요."

그림을 다시 종이봉투에 챙겨 넣으면서 시바타가 말했다.

겐조는 얼굴을 비빈 뒤에 그 손으로 진열 케이스를 짚었다. 그리고 잠시 인공의 보석이 내뿜는 광채를 바라보고 있었다.

5

그 이틀 뒤의 아침이다.

시바타와 교코는 도쿄역 플랫폼에 나와 있었다. 하지만 오늘은 배웅을 하기 위해 나온 것이다. 이 시간대에는 나고야와 오사카로 가는 샐러리맨들로 신칸센 플랫폼은 제법 북적거린다. 두 사람은 특등칸이 서는 위치의 벤치에 나란히 앉았다.

"9시 차라고 했죠? 너무 일찍 나왔나."

계단을 올라가는 승객들과 손목시계를 번갈아 보며 시바타는 중얼거렸다.

"그래서 내가 너무 이르다고 말했잖아요. 그런데도 늦으면 큰일이라고 재촉한 사람이 누구죠?"

"아니, 실제로 늦으면 큰일이잖아요. 됐어요, 여유 있는 편이 좋지."

그렇게 말하며 시바타는 역 매점에서 사온 팝콘 봉지를 뜯었다.

"그 걱정 많은 성격 덕분에 나는 머리 세팅도 제대로 못했다고요."

교코는 손바닥으로 머리를 매만지며 투덜거렸다.

"아무튼 그건 됐고, 얼른 아까 하던 얘기나 계속해봐요."

"어디까지 얘기했더라?"

"에리가 독극물을 마시게 된 경위를 수사본부 아저씨들이 추리했다는 데까지."

"아저씨라니, 너무하시네."

시바타는 불끈해서 팝콘 한 주먹을 입에 털어 넣었다.

"다들 그때까지만 해도 히가시의 정체는 사타케라고만 생각했었어요."

"아, 근데 거기서 내가 펼친 활약이 큰 공을 세운 거였죠?"

교코가 콧구멍을 벌름거리며 말했다.

시바타는 입을 우물거리면서 그녀의 새침한 얼굴을 돌아보았다.

"활약? 뭐, 그렇다고 치죠. 교코 씨의 그 맹활약 덕분에 다카미 슌스케와 사타케의 비밀스런 만남의 장소를 급습했어요. 그리고 두 사람을 따로따로 조사했죠. 그 결과, 실로 흥미로운 사실을 알게 된 거예요."

"괜히 말을 빙빙 돌리지 말라니까요? 답답하잖아요."

"어허, 차분히 들어봐요, 탐정에게는 가장 기분 좋은 대목인데. 음, 그게 말이죠, 사타케는 사실 겐조의 과거를 캐고 있었어요."

"겐조의 과거를? 왜요?"

"그걸 설명하려면 한참 거슬러 올라가 겐조가 집에서 쫓겨났던 얘기부터 해야 되는데?"

"좋아요, 마음껏 얘기해봐요. 시간도 넉넉하니까."

교코는 팔을 뻗어 시바타의 팝콘을 한 줌 집어다 입에 넣으면서 씨익 웃었다.

"이런 자리에서 보고를 하게 될 줄은 몰랐지만 뭐, 좋아요. 교코 씨도 아는지 모르겠는데 겐조는 5년 전 마사오 사장의 눈 밖에 나서 의절을 당했어요. 아들의 방탕한 꼴을 보다 못해 완전히 내친 거예요. 근데 2년 전에 그 의절이 갑작스럽게 풀렸어요. 왠지 알아요?"

교코는 고개를 저었다.

"겐조가 오사카에서 액세서리 가게를 시작했다는 소문이 마사오 사장의 귀에 들어간 거예요. 겐조가 싸구려로는 보이지 않는 이미테이션을 중심으로 제법 괜찮게 사업을 펼친 거지. 그러니 아무래도 친자식이라 애틋했던 모양이죠. 새 출발을 각오한 것으로 알고 다시 받아준 거예요."

"아무리 재벌이라도 부모는 부모네요."

교코는 시골에 계신 부모님을 얼핏 떠올렸다. 지금까지 비밀로 해왔지만 사실 그녀는 시골 출신인 것이다.

"하지만 일이 그렇게 진행되는 게 별로 달갑지 않은 사람이 있었어요. 겐조 대신 지점을 담당하기로 했던 사타케 부장이죠."

"아, 알겠네. 사타케는 겐조가 새로 시작했다는 사업이 아무래도 의심스러웠던 거군요?"

"정답!"

시바타가 무릎을 따악 쳤다.

"겐조 본인에게 약간의 저금이 있었지만 가게를 얻어 새 사업을 펼칠 정도는 아니었어요. 게다가 겐조가 착실히 일해서 따로 돈을 모았을 리도 없다고 사타케는 생각했죠. 그래서 그 자금이 어디서 나왔는지 철저히 조사해보기로 한 거예요."

"그런데 그게 다카미 씨와는 어떤 관계가 있었죠?"

"사타케가 흥신소에 의뢰해 뒷조사를 했는데 거기서 묘한 정보를 듣게 됐어요. 또 다른 누군가가 겐조의 과거를 캐고 있다는 거예요. 그게 누구였는지 조사해보니 바로 다카미 슌스케였어요."

"다카미 씨도?"

교코는 큰 눈을 더욱더 크게 떴다.

"그렇다니까요. 사타케는 다카미가 왜 겐조의 뒤를 캐고 있는지 궁금했지만, 일단 한동안은 상황을 지켜보기로 했어요. 그러는 사이에 다카미 부동산회사가 하나야에 접근해온 거예요. 이건 분명 뭔가 있다, 라고 사타케는 짐작했죠."

"그래서 어떻게 했어요?"

교코가 얼굴을 앞으로 쓱 내밀며 물었다.

하지만 시바타는 태연히 고개를 저었다.

"아무것도 안 했어요. 그냥 지켜보기만 했다던데요. 아주 끈질긴 성품이더라고, 그 사타케라는 사람."

"맞아요, 척 보기에도 집념이 강해 보이잖아요."

그림자처럼 음울한 표정을 교코는 머릿속에 떠올렸다.

"그렇게 일종의 교착 상태가 한동안 이어졌어요. 겐조의 과거는 여전히 밝혀지지 않고, 다카미 쪽도 움직일 기미가 없었죠. 바로 그런 때였어요, 마키무라 에리 씨가 살해되는 사건이 일어난 게. 물론 사타케는 그때만 해도 겐조가 얽힌 사건인 줄은 생각을 못했어요. 뭔가 이상하다고 감지한 것은 형사, 즉 내가 사타케를 찾아갔을 때였죠. 사타케에게 왜 밤비 뱅큇 회사를 선정했느냐고 물어봤거든요. 그걸 듣고 사타케는 어쩌면 겐조가 이번 사건과 관계가 있을지도 모른다고 직감한 것이죠. 왜냐면 감사파티에 밤비 뱅큇을 선정하라고 반 강제로 지시한 사람이 다름 아닌 겐조였으니까."

"하지만 사타케 씨가 추천했다고……."

"아니, 겐조가 먼저 사타케에게 지시했고, 그다음에 사타케가 부하 직원에게 지시한 거였어요. 하지만 사타케는 그런 사실을 비밀로 했어요. 일단은 자신이 밤비 뱅큇을 추천했던 걸로 해두고 다시 상황을 지켜본 거예요. 그에게는 사건의 해결보다 겐조의 약점을 잡는 게 더 중요했으니까."

"정말 인내심 강한 사람이네요. 도쿠가와 이에야스 같아."

교코는 봉지째 팝콘을 가져가 버렸다. 이제는 반대로 시바타 쪽이 손을 내밀어야 했다.

"이어서 마노 유카리 씨가 살해됐죠. 이것 역시 밤비 뱅큇과 관계가 있었어요. 사타케는 분명 겐조가 어떤 형태로든 관련된 사건이라고 확신했어요. 하지만 정보가 없었죠. 그래서 마음먹고 다카미 슌스케에게 거래를 청했던 거예요."

"그날 걸려온 전화가 그거였군요."

교코가 피렌체풍 돼지고기 요리를 했던 날이다. 약간 시큼한 맛이 돼버렸지만.

"사타케는 다카미가 왜 겐조의 과거를 캤는지, 그리고 이번 사건에 대해 무엇을 알고 있는지, 그 두 가지를 알아내려고 했어요. 거래에 응하지 않으면 겐조의 뒷조사를 했던 것을 장본인에게 말해버리겠다고 위협하면서."

"그래서 다카미 씨는 별수 없이 그 거래에 응했군요."

"맞아요. 하지만 그 덕분에 사건이 해결된 셈이에요. 사타케의 그런 진술을 듣고 우리는 히가시의 정체가 겐조라는 것을 알게 됐으니까. 그가 큰돈을 손에 넣은 시기도 일치했어요. 문제는 그걸 어떻게 입증하느냐는 것이었죠. 그런 만큼 겐조의 초상화를 찾아낸 게 결정타가 됐어요. 카세트테이프와 초상화, 이번 사건을 해결해준 것은 이세 고이치라고 해도 과언이 아니에요."

드디어 역 전광판에 9시발 열차가 올라왔다. 그래도 아직 한참 더 시간이 남아있었다.

"질문이 있어요." 교코가 손을 번쩍 들며 말했다. "겐조와 공범들은 그런 테이프가 있다는 걸 어떻게 알았죠?"

"그건 마노 유카리 씨가 에자키 요코에게 얘기했기 때문이에요."

"유카리 씨가? 아니, 왜 하필 그 여자한테?"

교코가 답답한지 시바타의 옷자락을 잡으며 물었다.

"유카리 씨는 에리 씨의 죽음을 어떻게든 밝혀내려고 했어요. 그런데 하필이면 에자키 요코를 한 편으로 끌어들이기로 한 거예요. 왜냐면 마루모토가 에리 씨와 애인 사이였다고 밝히는 바람에 요코가 분명 마루모토를 원망할 거라고 생각했으니까. 하지만 요코는 마루모토 쪽과 한편이었잖아요. 도와주는 척하면서 유카리 씨의 움직임을 감시했겠죠. 이윽고 유카리 씨는 카세트테이프에서 이세의 글을 발견하고 가장 먼저 요코에게 연락했어요. 다만 그때 테이프 얘기까지는 안 했던 모양이에요. 이세의 유서 비슷한 것을 발견했다고만 했죠."

그녀는 교코에게도 그 얘기를 할 생각으로 전화를 했던 것이다. 하지만 교코는 그때 집에 없었다.

"그래서 유카리 씨가 살해됐구나, 가엾게도……."

"그렇죠. 그날 에자키 요코가 3시경에 먼저 유카리 씨의 집에 찾아갔어요. 그 전날 약속했던 일이라서 유카리 씨도 전혀 의심하지 않았죠. 요코는 그 유서가 어디 있는지 알아내려고 했지만, 유카리 씨는 끝내 그것만은 말하지 않은 거예요. 결국 요코는 원래 계획대로 홍차에 몰래 수면제를 타서 먹이고 그 집을 나와버렸어요. 요코는 그날 컴패니언 일이 있었기 때문에 거기에 늦었다가는 자칫 의심을 살 수 있었으니까. 그리고 뒤를 이어 그 집에 들어간 게 마루모토였어요. 그자는 필사적으로 집 안을 뒤졌어요. 하지만 유서 비슷한 건 어디에도 없었어요. 맥이 빠진 마루모토는 겐조에게 연락을 했죠. 그러자 이번에는 겐조가 유카리 씨 집으로 달려왔어요. 둘이 함께 집 안을 뒤지는 참에 유카리 씨가 눈을 떠버린 거예요."

"그래서 죽였어요?"

시바타는 고개를 끄덕였다.

"유카리 씨를 살해하고 문을 잠근 뒤에 도망쳤죠. 겐조 본인은 충동적인 일이었다고 했지만, 그런 말은 아무도 믿을 수 없을걸요."

"물론이죠, 그걸 누가 믿어요?"

겐조에 대한 인상이 변해버렸다. 그자는 일시적인 감정에 따라 움직이는 인간이 아니었던 것이다. 교코에게 접근한 것도 정보를 수집하려는 속셈 때문이었던 게 틀림없다. 게다가 교코의 집에 침입할 시간을 벌기 위해 일부러 식사를 청했다. 그때 교코의 집을 뒤엎은 것은 에자키 요코였다.

"이번 사건이 어떻게 해결됐는지는 이제 알겠어요. 그다음은 왜 이런 사건이 일어났는지 들어봐야겠죠?"

"응, 좋아요."

두 사람이 앉은 자리의 반대편 플랫폼에 열차가 들어왔다. 수많은 승객들이 내리고 탔다. 그 모습을 바라보며 시바타는 이야기를 풀어나갔다.

발단은 겐조가 아버지에게 의절을 당한 것이었다. 그는

주거도 일정하지 않은 상태로 각지를 떠돌았다. 나고야에 자리를 잡은 것은 3년 전이었다. 그는 이따금 하나야 나고야 지점에 얼굴을 내밀었는데, 어느 날 거기서 의외의 여자를 보게 되었다. 그가 미국에 체류하던 시절에 마약 파티에서 만났던 일본인 유학생으로, 당시에 그녀는 마약에 찌들어 살다시피 했었다. 하지만 오랜만에 하나야에서 목격한 그녀는 전혀 딴사람처럼 완전히 갱생에 성공한 모습이었다. 주위의 얘기로는 장관 집안의 아들과 약혼한 사이라고 했다. 이름을 알아보니 부동산회사 사장 다카미 유타로의 외동딸 레이코였다.

겐조에게 한 가지 생각이 떠올랐다. 미국에서의 레이코의 행적을 빌미로 다카미 유타로를 협박해 돈을 뜯기로 한 것이다. 하지만 자신이 직접 나설 마음은 없었다. 누군가 대신 해줄 사람을 찾아 돈을 반반으로 나누면 된다고 생각했다. 그렇게 포섭한 사람이 마루모토와 이세였다. 마루모토는 술집에서 고주망태가 되어있던 참에, 그리고 이세는 역 앞에서 초상화를 그리다가 겐조에게 걸려들었다. 둘 다 큰돈을 간절히 원한다는 공통점이 있었다.

우선 마루모토가 범행에 나섰다. 레이코의 과거를 발설하지 않는다는 조건으로 5,000만 엔을 요구했다. 다카미 유타로는 순순히 돈을 내주었다. 다카미가로서는 그리 대단한 액수가 아니었기 때문일 것이다. 이어서 이세도 5,000만 엔을 요구했다. 유타로는 다시 응했다. 하지만 이세에게 돈을 건넬 때, 이대로는 한이 없겠다고 생각했는지 경찰에 신고하겠다는 말을 꺼냈다. 크게 당황한 이세는 순간적으로 그의 목을 졸라 살해하고 말았다.

이세는 그 돈을 들고 돌아왔지만, 공포를 견디지 못한 채 자살했다.

제 몫을 찾으러 갔던 겐조는 그가 자살한 것을 알고 돈만 챙겨 들고 도망쳤다. 혹시 자신과 관련된 물건이 있는지 이세의 집 안을 살펴봤지만 아무것도 없다고 판단했다.

그렇게 겐조와 마루모토는 각자 새 사업을 위한 자금을 손에 넣었다. 겐조는 그걸로 마루모토와 인연을 끊고 싶었다. 하지만 마루모토는 그럴 생각이 없었다. 밤비 뱅큇을 도와달라고 한 것이다. 별수 없이 겐조는 그 요청을 받아들였다.

마키무라 에리가 밤비 뱅큇으로 옮겨왔을 때, 마루모토는 즉각 이세의 옛 연인을 알아보았다. 이미 이름도 알고 있었고, 이세가 항상 사진을 갖고 다녀서 얼굴도 기억했다. 처음에는 마루모토 자신에게 복수하려는 것이라고 생각했지만, 아무래도 그게 아니었다. 자신이 아니라 하나야의 감사파티를 노리고 있었다.

파티가 한창이던 중에 예상대로 에리는 겐조에게 접근했

다. 8시 45분에 203호실에서 따로 만나자고 슬쩍 말을 건넨 것이다. 겐조는 마루모토에게 연락해 그의 연인 에자키 요코와 함께 미리 와서 대기하라고 지시했다.

203호실에 찾아간 겐조는 에리가 맥주를 권하자 뭔가 수상한 것을 감지하고 빈틈을 노려 컵을 슬쩍 바꿔보았다. 그러자 예감이 적중해서 에리 쪽이 고통스러워하다가 숨을 거두었다. 겐조는 급히 마루모토와 요코를 불러들여 알리바이를 조작하기로 하고, 나아가 자살로 위장하기 위해 밀실을 만들어냈다.

"정말 잔인한 인간이었네, 니시하라 겐조."

교코는 겐조의 흰색 정장을 떠올렸다. 항상 얼빠진 듯 떠들기만 해서 태연히 살인을 저지를 사람이라고는 생각지도 못했다.

"돌이켜보면 우리 수사진도 그자의 어릿광대 같은 모습에 깜빡 속았어요. 이세가 남긴 글에는 초상화 속의 인물이 눈매가 날카롭다고 나와 있었는데, 실은 그게 겐조의 본디 얼굴이었던 거예요. 하지만 그자가 어릿광대 연기를 한 것은 딱히 이번뿐만이 아니었던 모양이에요."

"무슨 얘기예요?"

교코는 고개를 갸우뚱하며 시바타를 올려다보았다.

"니시하라 겐조는 어려서부터 광대 짓을 해왔다는 얘기예요."

시바타는 빈 팝콘 봉지를 꾹꾹 뭉치면서 말했다.

"하나야의 니시하라 마사오 사장에게 아들이 셋이라는 건 알고 있죠? 쇼이치와 다쿠지와 겐조. 그 셋 중의 한 명이 후계자가 되는 것인데 실제로 막내 겐조는 그 대상에 끼워주지도 않았던 모양이에요. 나이 차가 많이 났던 것도 있었지만 학교 성적이 형편없었던 게 가장 큰 원인이었죠. 겐조는 두 형이 다닌 곳보다 몇 등급 낮은 고등학교에 다녔어요. 하지만 겐조 쪽은 자신이 형들보다 뒤떨어진다고는 생각하지 않았어요. 오히려 자신이 후계자로 가장 적합하다고 생각했을 정도죠. 하지만 그런 야심을 한 번도 입 밖에 내지 않고 철저히 연기를 했어요. 언젠가는 기회가 올 거라고 숨을 죽인 채 기다리면서."

"음험한 성격이네요."

교코는 미간을 찌푸리며 낮은 소리로 말했다.

"방탕한 짓으로 아버지에게 의절을 당한 것도 어느 정도는 계산된 행동이었던 것 같아요. 모범생보다 오히려 약간 파격적인 타입을 더 높이 쳐주는 아버지의 성향을 간파한 거죠. 의절을 당하면서도 머지않아 풀어질 거라는 자신이 있었던 모양이에요. 그 뒤로도 여전히 망나니짓을 연기하면서 한 방에 역전해버릴 비책을 착착 진행시키고 있었으니까."

"뭔데요, 그 비책이라는 게?"

"교코 씨도 봤잖아요. 그 인공 보석."

"아……."

루비, 사파이어, 알렉산드라이트……. 모두 다 멋있었다.

"장남 쇼이치는 보수적으로 사업을 이어갈 생각이었지만, 겐조는 그렇게 해서는 하나야가 크게 성장할 수 없다고 내다봤어요. 인공 보석이 앞으로 기대주가 된다는 믿음이 있었죠. 그래서 망나니 아들의 심심풀이 취미인 척하면서 서서히 인공 보석의 영역을 넓혀갔어요. 쇼이치가 알아차렸을 때는 이미 전세 역전, 이라는 게 그의 원대한 계획이었죠."

"그때까지는 가면을 쓰고 있으려고 했던 거네요?"

"맞아요, 어릿광대라는 가장 효과적인 색감의 가면을 쓰고 있었죠."

어릿광대 가면…….

겐조와 보낸 시간을 교코는 머릿속에 떠올렸다. 야심가인 셋째 아들은 그런 수단이 가장 효과적이라는 것을 아마도 어린 시절부터 본능적으로 배워온 것이리라.

"아직 묻지 못한 게 있어요."

교코는 가장 중요한 것이 생각났다.

"다카미 씨는 왜 겐조의 뒷조사를 한 거예요? 그 사람은 이세의 배후에 겐조가 있다는 건 알지 못했잖아요."

"아, 그거요?"

시바타는 그녀에게서 일단 얼굴을 돌린 채 아랫입술을 깨물었다. 그러더니 이번에는 재킷 호주머니에서 껌을 꺼내 씹을 거냐고 물었다. 교코는 말없이 고개를 저으며 그다음 이야기를 재촉했다.

시바타는 껌을 다시 호주머니에 넣었다.

"다카미 유타로가 살해된 뒤, 외동딸 레이코는 아버지의 책상 서랍에서 묘한 것을 발견했어요. 유타로 앞으로 온 편지였는데, 딸의 비밀을 발설하지 않는 대신 돈을 달라는 내용이었죠. 그것을 보고 레이코는 엄청난 충격을 받았어요. 하긴 그럴 만도 하죠. 그걸로 중증 노이로제에 걸렸을 정도예요."

"아, 그래서……."

교코는 수화기 너머로 들었던 레이코의 목소리를 떠올렸다. 그때는 오싹한 느낌뿐이었지만 사정을 듣고 보니 진심으로 딱한 마음이 들었다.

"그 협박장을 다카미 슌스케도 보게 됐어요. 그래서 이세 고이치의 배후에 누군가 다른 사람이 있다는 것을 눈치챘죠. 유타로가 분명 큰돈을 건넸는데도 자살한 이세의 집에서는 그런 돈이 나오지 않았으니까. 그는 어떤 형태로든 이세의 배후에 있는 자를 응징하기로 마음을 먹었어요. 하지만 이세 고이치가 자살해버렸으니 아무것도 알 수가 없었죠. 결국 다카미 슌스케는 미국에 건너가 레이코가 마약 중독이라는 것을 알 만한 사람을 수소문해본 거예요."

"그 결과, 겐조라는 이름이 나왔군요?"

교코의 말에 시바타는 고개를 끄덕였다.

"하지만 그자가 협박의 주모자라는 증거가 없었어요. 그래서 일단 겐조의 과거를 철저히 캐보기로 한 거예요."

"그랬구나……."

"에리 씨가 사망했을 때, 다카미는 직감적으로 큰아버지의 살해사건과 관련이 있다고 생각했다던데요? 마키무라 에리가 이세 고이치의 연인과 이름이 똑같았으니까."

다카미는 에리의 친구였던 교코에게 접근했다. 레이코의 과거가 드러날 우려가 있어서 경찰에는 얘기할 수 없었기 때문이다.

"……그래도 레이코 씨는 행복한 사람이네요."

저도 모르게 그런 말이 교코의 입에서 흘러나왔다. 놀란 얼굴로 시바타가 그녀를 돌아보았다.

"다카미 씨가 그토록 힘겹게 지켜주려고 했잖아요. 아마 레이코 씨를 그만큼 사랑하는 거겠죠."

그녀가 혼잣말처럼 중얼거리자 시바타는 진한 한숨을 내쉬며 머리를 가로저었다. 그리고 두 손으로 눈두덩을 꾸욱 눌렀다.

"아니, 그 반대였어요."

"예?"

"그 반대였다니까."

그는 눈을 지그시 누른 채 말했다.

"레이코 쪽이 다카미를 사랑했던 거예요. 오래전부터."

"오래전부터?"

"아주 오래전부터. 다카미는 몇 년 전 부인이 병으로 세상을 떠났지만, 그 부인과 결혼하기 전부터였어요. 좋아하던 사람이 결혼하자 충격을 받고 레이코는 미국으로 건너간 거예요. 마약에 취해 지냈던 것도 그를 잊기 위해서였겠죠."

"저런……."

즉 레이코의 비극은 다카미를 사랑한 것에서부터 시작되었다는 얘기다. 다카미는 그걸 잘 알고 있었기 때문에 레이코를 대신해서 응징에 나섰던 것이다.

교코는 머릿속이 멍해진 채 플랫폼을 오고 가는 사람들을 바라보았다. 설명을 다 들었지만 여전히 모든 게 전혀 다른 세상에서 일어난 일만 같았다.

그렇게 앉아있는데 문득 눈앞에 그림자가 생겼다. 고개를 들어보니 다카미 슌스케가 온화한 웃음을 보이며 서있었다.

"안녕하세요?"

그가 말했다.

교코는 그의 주위를 둘러보았다. 누군가 함께 가는 사람이 있는지 찾아본 것이다. 하지만 아무도 없었다. 그는 혼자서 나고야로 떠나는 것이다.

"한동안 도쿄에는 안 돌아올 건가요?"

시바타가 물어보자 다카미는 눈을 꾹 감으며 고개를 끄덕였다.

"네, 당분간 레이코 곁에 있어줄 생각입니다. 친오빠처럼 나를 찾으니까요."

"그렇군요……."

시바타가 교코 쪽을 슬쩍 돌아보았다. 뭔가 한마디쯤은 해야 하는 거 아니냐, 라는 표정이었다. 하지만 그녀는 아무 말도 생각나지 않았다.

이윽고 다카미가 타야 할 열차가 플랫폼에 들어왔다. 주위의 다른 승객들이 부산하게 움직이기 시작했다.

"건투하십쇼."

시바타가 다카미에게 악수를 청했다.

"네, 시바타 형사님도."

손을 마주 잡으며 다카미는 말했다. 그리고 교코 쪽을 보았다.

"한 가지만 얘기할게요."

그가 무겁게 입을 열었다.

"교코 씨를 이용하려고 한 건 부정할 수 없겠죠. 하지만 즐거웠어요, 진심으로."

"네, 저도요."

그렇게 말하고 교코는 손을 내밀었다. 그런 그녀의 손을 다카미는 양손으로 감싸듯이 맞잡았다. 따뜻한 손이었다.

"건강하게 잘 지내요."

다카미는 열차에 올랐다. 이윽고 문이 닫히고 서서히 출발했다. 열차가 보이지 않을 때까지 시바타와 교코는 플랫폼에 서있었다.

"왕자님이 떠나버리셨네."

시바타는 교코의 어깨에 손을 얹었다.

"뭐, 그렇죠."

그녀는 어깨를 으쓱 쳐들며 말했다.

"이번에는."

"이번에는?"

그 순간 시바타의 포켓벨이 울리기 시작했다. 지겹다는 얼굴로 그는 스위치를 꾹 눌렀다.

"또 호출이네. 진짜 힘든 밥벌이라니까."

"그러지 말고 열심히 하세요."

"교코 씨는 이제 어떻게 할 거예요?"

"어떻게 할까……."

교코는 손가락 끝을 입술에 대고 윙크를 건넸다.

"일자리나 알아보러 갈래요."

"그렇군. 자, 그럼 저만치까지 배웅해드릴까요."

시바타가 오른팔을 ㄱ자로 꺾어 그녀 쪽으로 내밀었다. 교코는 빙긋이 웃으며 그의 팔을 잡았다.

역자 후기

무거움을 가볍게 풀어내는 실험

명품 브랜드 상점이 즐비한 도쿄 긴자 거리, 화려하게 빛나는 보석점 쇼윈도를 오늘도 '교코'는 홀린 듯 바라본다. 직원의 업신여기는 시선이 날아와도 꿋꿋이 버티며, 언젠가 저 아름다운 보석을 마음껏 사들이는 생활을 꿈꾸지만 그건 애초에 안 될 일이다. 그녀가 할 수 있는 일은 '계획'을 짜고 최선을 다해 그쪽으로 달려가는 것뿐.

자고 일어나면 부동산과 주식이 폭등하는 거품경기로 세상이 들썩거리고 그 흐름을 타지 못한 사람들은 상대적 박탈감에 시달린다. 자본의 논리 앞에서 순수나 윤리, 정의 따위는 딱할 만큼 무지한 소리다. 요즘 우리 주변의 얘기인가 싶은 기시감이 들지만, 실은 1980년대 후반 일본의 거품경기 시절에 발표한 이 소설, 《그녀는 다 계획이 있다》의 얘기다. 당시의 부동산 거품은 국경을 뛰어넘었고, 1989년에 약 2,000억 엔으로 미국의 록펠러센터를 구입한 일은 일본 기업에 의한 국외 부동산 구매의 상징으로 지금까지 얘깃거리가 되고 있다. 대도시와 지방 소도시, 부유한 자와 가난한 자의 격차가 걷잡을 수 없이 벌어진 것도 그 시절이었다. '없는 사람'은 어떻게 움치고 뛸 수도 없는 상황에 처했을 때, 저마다 원대한 계획을 짜는 것으로 욕망의 탈출구를 찾으려 하는 것인지도 모른다.

여주인공 교코의 직업은 컴패니언이다. 이 특이한 직업이 등장한 것은 1970년 오사카 만국박람회 때부터라고 한다. 아직 대규모 이벤트나 전시회 경험이 그리 많지 않았던 데다 최초의 만국박람회였기 때문에, 행사 안내에 만전을 기하기 위해 접객 매너와 어학 능력이 뛰어난 고급 인력들이 별도의 교육을 받아 이른바 컴패니언으로 나섰다. 이어서 80년대에 거품경기의 광풍을 타고 국제적 행사는 물론 사업 부양을 위한 파티가 많아지면서 컴패니언은 여성들 사이에 인기 있는 직업으로 커나갔다. 거품이 꺼지고 긴 암흑기에 들어선 뒤에는 그 영예의 거품도 함께 꺼져서 이제는 가까스로 명맥을 유지하는 정도에 그치고 있지만.

히가시노 게이고는 이 작품을 쓰면서 처음으로 '취재 비슷한 것'을 했다고 밝혔다. 컴패니언 회사에 찾아가 직접 얘기를 들었는데 당사자와 자주 대화하다 보니 아무래도 컴패니언에 대해 안 좋은 얘기는 쓰기 어렵겠다는 느낌이 들어 난처했다고 한다. 그런 취재를 바탕으로 전국에 체인점을 가진 유명 보석점이 연중행사를 좀 더 격조 있고 화사하게 꾸미기 위해 수십 명의 컴패니언을 따로 부르고 그 비용을 아낌없이 지불하는 '하나야 감사파티'를 만들어냈다. 기묘하게 부풀어 오른 거품에 열광하는 시대적 분위기를 효과적으로 보여준다는 점에서 주인공을 컴패니언으로 설정한 것은 그야말로 탁월한 선택이 아닌가 싶다.

히가시노 게이고는 지난 30여 년 동안 해마다 두 권 혹은 세 권씩 거의 끊임없이, 꾸준하게 소설을 발표해왔다. 게다가 이 집필 규칙은 현재진행형이다. 그야말로 놀라운 기록이다. 1985년 데뷔작《방과 후》로부터 4년 만인 1988년에 벌써 일곱 권째의 이 소설《그녀는 다 계획이 있다》를 써냈다. 긴 호흡으로, 결코 멈추지 않고 굴러가는 소설 공장—히가시노 게이고는 처음부터 다 계획이 있었는지도 모른다.

이 작품은 그의 첫 연재소설이다. 마감 날의 압박에 시달리며 월간지에 5회에 걸쳐 집중 연재했다. 추리소설은 태생적으로 대중을 위한 엔터테인먼트 성격을 띤다. 가장 필요한 미덕은 어떤 무거운 주제라도 최대한 가볍고 쉽게 풀어내 대중의 즐거움에 헌신하는 것이다. 연재물일 때는 더구나 독자의 흥미를 항상 염두에 두어야 한다. 배경을 파고들면 심각한 사회경제적 부조리라는 음울하고 묵중한 주제가 드러나지만, 오히려 코믹하게 술술 읽어 내려갈 수 있도록 스토리를 풀어나간 실험이 돋보인다. 이야기가 전개될수록 장소는 마치 교향곡의 테마 멜로디처럼 변주(變奏)를 거듭한다. 이를테면 나고야 장면은 처음에는 교코와 시바타 형사, 그리고 두 번째는 시바타와 나오이 형사가 찾아가는 식으로 변주된다. 독자는 '지난번' 나고야 출장과 비교하고 복기해가며 추리를 가다듬을 수 있다. 밤비 뱅큇 사무실로 마루모토 사장을 찾아가거나 203호실을 검증하는 장면 등, 거의 모든 장소가 두세 번씩 반복되는 동안 차츰 미스터리가 깊어지고 서서히 트릭이 해결되는, 독자에게 매우 친절한 구성이다.

미스터리에서 중요한 등장인물은 무엇보다 악역일 것이다. 성공을 인정받아 부의 최상층에 서기 위해 하류층의 욕망을 활용하고, 또한 거기에 빌붙는 인물들은 아직 신인이던 작가가 공들여 만들어낸 캐릭터라는 실감이 든다. 미스터리소설의 성실한 모범으로 꼽힐 만하다.

이 작품은 당시에 히가시노 게이고가 푹 빠져 있던 오드리 헵번의 영화 중에서 《티파니에서 아침을》을 의식하면서 쓴 작품이라고 한다. 이번 기회에 그 명작을 다시 감상해보니 역시나 교코가 보석점 쇼윈도를 홀린 듯 바라보는 첫 장면도, 서로의 신상조차 알지 못한 채 날개로 떠도는 도쿄 사람들도, 무엇보다 이웃집에 이사 온 형사와 티격태격하는 장면까지 많은 것이 흡사하다. 《티파니에서 아침을》은 저

유명한 트루먼 커포티의 동명 소설(1958년 발표)을 원작으로 만든 영화다. 대도시 뉴욕에서 상류사회의 일원이 되기를 열망하는 여성 홀리와 가난한 작가 폴의 이야기가 시골 고향의 달빛 흐르는 강을 그리워하는 노래 〈문리버〉와 함께 펼쳐진다. 천박한 자본의 횡행 속에서 어떻게든 인간의 품위를 지켜보려는 갈등은 시대가 바뀌어도 끊임없이 유전(流轉)하는 것인가, 라는 감회에 젖었다. 다만 홀리와는 달리 교코가 "이번에는"이라면서 다시 일자리를 알아보러 가는 다부진 모습에 흐뭇하고 힘이 나는 해피엔딩이라고 할까.

작품 속에 '신제품'을 즐겨 쓰는 것도 히가시노 게이고의 특징인데, 이번에도 80년대 후반에 유행하던 전자 주소록, 자동차 안의 전화와 냉장고, 노래방 설비 등이 부유층의 전유물로서 등장한다. 휴대전화와 노트북이 일상화된 요즘에는 낯설게 느껴지지만, 이사하면서 전화선이 연결되지 않아 이웃집으로 전화를 빌리러 가기도 한다. 하긴 그 덕분에 교코와 시바타 형사는 친구인 듯 연인인 듯 쿨한 우정을 쌓아갈 수 있었다. 그나저나 시바타가 마지막에 교코에게 권한 껌, 그 속 깊은 배려는 아무리 생각해도 멋있었다. LP판과 CD가 공존하는 풍경도 그렇고, 좋아하는 노래를 녹음하거나 영어공부로 수없이 들었던 카세트테이프의 추억도 새롭다. '집 전화'의 부재중 녹음기능은 기억하는 사람이 많을 것 같다. 예전의 풍물을 되짚어보고 그 시절의 기술적 한계와 그로 인해 더욱더 풍성했던 것들이 무엇인지 찾아보면 독자의 머릿속에도 어느새 또 다른 복고 미스터리가 그려지지 않을까.

한 작가와 함께 나이 들어가면서 그가 새내기 시절에 절치부심, 반전에 반전을 공들여 담아 넣은 작품을 다시 만난다는 것은 힘든 시절의 작고 소중한 기쁨이 될지도 모른다.

그녀는 다 계획이 있다

1판 1쇄 발행	2021년 2월 26일
1판 7쇄 발행	2023년 9월 26일
지은이	히가시노 게이고
옮긴이	양윤옥
발행인	황민호
본부장	박정훈
책임편집	김순란
기획편집	강경양 김사라
마케팅	조안나 이유진 이나경
국제판권	이주은
제작	최택순
발행처	대원씨아이㈜
주소	서울특별시 용산구 한강대로15길 9-12
전화	(02)2071-2094
팩스	(02)749-2105
등록	제3-563호
등록일자	1992년 5월 11일
ISBN	979-11-362-6447-3 03830